高等院校规划教材·计算机基础教育系列

Visual Basic 程序设计

王文浪　周元哲　主编
王　博　孟伟君　编著

机械工业出版社

本书共 13 章，内容包括：Visual Basic 概述，VB6.0 开发环境与工程管理，窗体与基本控件，VB 语言的语法基础，算法及 3 种基本结构，数组与自定义类型，过程和函数，用户界面设计，图形操作，文件操作，VB 数据库编程，综合实例，实验等。本书以一个基于 Visual Basic 的综合实例——学生信息管理系统，引入了软件工程思想，详细讲述了软件开发中的需求分析、设计、编码和测试，使读者了解一个完整的软件开发过程。

本书既可作为高等院校计算机及相关专业的教材或教学参考书，也可供从事计算机应用开发的各类技术人员参考，还可作为全国计算机等级考试、软件技术资格与水平考试的培训资料。

图书在版编目（CIP）数据

Visual Basic 程序设计 / 王文浪，周元哲主编 . —北京：机械工业出版社，2009.1

（高等院校规划教材·计算机基础教育系列）

ISBN 978-7-111-25777-6

Ⅰ. V… Ⅱ. ①王… ②周… Ⅲ. Basic 语言－程序设计－高等学校－教材 Ⅳ. TP312

中国版本图书馆 CIP 数据核字（2008）第 200878 号

机械工业出版社（北京市百万庄大街 22 号 邮政编码 100037）
责任编辑：陈 皓
责任印制：洪汉军

北京振兴源印务有限公司印刷厂印刷

2009 年 1 月·第 1 版第 1 次印刷
184mm×260mm·15.25 印张·374 千字
0001—3000 册
标准书号：ISBN 978-7-111-25777-6
定价：26.00 元

出　版　说　明

计算机技术的发展极大地促进了现代科学技术的发展，明显地加快了社会发展的进程。因此，各国都非常重视计算机教育。

近年来，随着我国信息化建设的全面推进和高等教育的蓬勃发展，高等院校的计算机教育模式也在不断改革，计算机学科的课程体系和教学内容趋于更加科学和合理，计算机教材建设逐渐成熟。在"十五"期间，机械工业出版社组织出版了大量计算机教材，包括"21 世纪高等院校计算机教材系列"、"21 世纪重点大学规划教材"、"高等院校计算机科学与技术'十五'规划教材"、"21 世纪高等院校应用型规划教材"等，均取得了可喜成果，其中多个品种的教材被评为国家级、省部级的精品教材。

为了进一步满足计算机教育的需求，机械工业出版社策划开发了"高等院校规划教材"。这套教材是在总结我社以往计算机教材出版经验的基础上策划的，同时借鉴了其他出版社同类教材的优点，对我社已有的计算机教材资源进行整合，旨在大幅提高教材质量。我们邀请多所高校的计算机专家、教师及教务部门针对此次计算机教材建设进行了充分的研讨，达成了许多共识，并由此形成了"高等院校规划教材"的体系架构与编写原则，以保证本套教材与各高等院校的办学层次、学科设置和人才培养模式等相匹配，满足其计算机教学的需要。

本套教材包括计算机科学与技术、软件工程、网络工程、信息管理与信息系统、计算机应用技术以及计算机基础教育等系列。其中，计算机科学与技术系列、软件工程系列、网络工程系列和信息管理与信息系统系列是针对高校相应专业方向的课程设置而组织编写的，体系完整，讲解透彻；计算机应用技术系列是针对计算机应用类课程而组织编写的，着重培养学生利用计算机技术解决实际问题的能力；计算机基础教育系列是为大学公共基础课层面的计算机基础教学而设计的，采用通俗易懂的方法讲解计算机的基础理论、常用技术及应用。

本套教材的内容源自致力于教学与科研一线的骨干教师与资深专家的实践经验和研究成果，融合了先进的教学理念，涵盖了计算机领域的核心理论和最新的应用技术，真正在教材体系、内容和方法上做到了创新。同时本套教材根据实际需要配有电子教案、实验指导或多媒体光盘等教学资源，实现了教材的"立体化"建设。本套教材将随着计算机技术的进步和计算机应用领域的扩展而及时改版，并及时吸纳新兴课程和特色课程的教材。我们将努力把这套教材打造成为国家级或省部级精品教材，为高等院校的计算机教育提供更好的服务。

对于本套教材的组织出版工作，希望计算机教育界的专家和老师能提出宝贵的意见和建议。衷心感谢计算机教育工作者和广大读者的支持与帮助！

机械工业出版社

前　言

本书是在作者多年讲授的"Visual Basic 程序设计"的课程讲义上修改完成的。本书的编写结合了作者多项基于 Visual Basic 开发软件项目的实际经验，注重基本理论和基本技能的讲解。在内容的选取上力图精简，摒弃陈旧和繁杂的语法规定，不讨论 Visual Basic 语言的语法细节，而只介绍该语言的一些基本语法规则和面向对象的基本特征，主要培养学生掌握 Visual Basic 程序设计的基本方法及提高其应用开发能力的思想。本书以 Microsoft Visual Basic 6.0（简称 VB 6.0）作为开发环境。

本书共分 13 章。内容包括：Visual Basic 概述，VB6.0 开发环境与工程管理，窗体与基本控件，VB 语言的语法基础，算法及 3 种基本结构，数组与自定义类型，过程和函数，用户界面设计，图形操作，文件操作，VB 数据库编程，综合实例，实验等。本书以一个基于 Visual Basic 的综合实例——学生信息管理系统，引入了软件工程思想，详细讲述了软件开发中的需求分析、设计、编码和测试，目的是让学生了解一个完整的软件开发过程。

本书由王文浪和周元哲主编，参与编写的还有王博和孟伟君。其中，第 1～3 章由王文浪编写，第 4～7、9、12 和 13 章由周元哲编写，第 8 章由孟伟君编写，第 10 和 11 章由王博编写。周元哲负责本书的大纲拟订与统稿工作。

西安邮电学院的韩俊刚、蒋林、王忠民对本书的编写给予了大力支持并提出了指导性意见，在此表示衷心的感谢。在本书的编写过程中，参阅了大量中外文的专著、教材、论文、报告及网上资料，由于篇幅有限，未能在参考文献中一一列出。在此，向各位作者表示诚挚的感谢。

学习计算机程序设计的最好方法是实践。因此，我们建议读者上机编写、运行和调试本书所给的例程。本书中的所有程序都已在 VB6.0 环境中调试通过。

本书内容精练，文字简洁，结构合理，实训题目经典实用，综合性强，明确定位面向初、中级读者，由"入门"起步，侧重"提高"。特别适合作为高等院校相关专业 Visual Basic 程序设计的教材或教学参考书，也可供从事计算机应用开发的各类技术人员应用参考，还可用做全国计算机等级考试、软件技术资格与水平考试的培训资料。

本书配套的《Visual Basic 典型例题解析与习题解答》一书可以帮助读者更好地学习 Visual Basic 的基本知识和技能。

由于作者水平有限，书中难免有不足之处，欢迎读者批评指正。

作　者

目　录

第1章　Visual Basic 概述

当前，全世界有 300 多万用户在使用微软公司的 Visual Basic 产品。微软以其强大的实力，将 Visual Basic 发展成为当前基于 Windows 平台上最方便、最快捷的软件开发工具之一。无论是网络应用、多媒体技术还是当前流行的管理信息系统（Management Information of System，MIS）的开发，Visual Basic 都游刃有余。

1.1　Visual Basic 简介

1.1.1　计算机编程语言

计算机编程语言是人和计算机"对话"的桥梁。就像人类的语言一样，有中文、英文、法文和日文等，人们之间要交流信息必须使用某种语言。同样，人要命令计算机去做什么工作，也要使用计算机编程语言。

计算机编程语言种类很多，目前广泛使用的语言有汇编语言（符号/低级语言）、C/C++语言、Visual Basic 语言和 Java 语言（高级语言）等。理论上讲，任何程序都可以用多种语言设计出来，但是各种语言的设计都有自己主要适用的场合。其中，汇编语言主要用于底层程序设计，也就是跟硬件接触很紧密的程序设计，如接口程序的设计；C/C++语言主要用于系统程序的设计，如 Windows 操作系统的设计；Visual Basic 语言可以用于多媒体及管理信息系统的设计；Java 语言可以用于网络应用程序的设计等。

在众多的计算机编程语言中，Visual Basic 语言的学习最为简单，且容易使用。Visual Basic（简称 VB）是微软公司推出的一种基于 Windows 的应用程序开发工具，是当今世界上使用最广泛的编程语言之一。无论是开发功能强大、性能可靠的商务软件，还是编写处理实际问题的实用小程序，它都是最佳的选择之一。

1.1.2　Visual Basic 的发展过程

Visual Basic 是在 BASIC 语言的基础上发展而来的。BASIC 是英文 Beginner's All-purpose Symbolic Instruction Code（初学者通用符号指令代码）的缩写。BASIC 语言是专门为初学者设计的高级语言。

20 世纪 70 年代后期，微软公司在当时的 PC 上开发出了第一代 BASIC 语言产品。BASIC 语言自问世以来，其发展经历了以下 4 个阶段。

第一阶段（1964 年～20 世纪 70 年代初期）：1964 年 BASIC 语言问世。

第二阶段（1975 年～20 世纪 80 年代中期）：微机上固化的 BASIC 语言。

第三阶段（20 世纪 80 年代中期～20 世纪 90 年代初期）：结构化 BASIC 语言时代。

第四阶段（1991 年～今）：Visual Basic 时代。

Visual Basic 1.0 是微软公司于 1991 年推出的基于窗口的可视化程序设计语言。"Visual"

的意思是"可视化的"、"形象化的"，Visual Basic 1.0 就是采用可视化的开发图形用户界面（GUI）的方法，一般不需要编写大量的代码去描述界面元素的外观和位置，而只需把必要的控件拖放到屏幕上的相应位置即可。同时，它还提供了一套可视化的设计工具，大大简化了 Windows 程序界面的设计工作，同时其编程系统采用了面向对象和事件驱动机制，与传统BASIC 语言有很大的不同。

随着 Windows 操作平台的不断成熟，Visual Basic 产品由 1.0 版本升级到了 3.0 版本，可以利用 Visual Basic 3.0 非常快速地创建各种应用程序，如当时非常流行的多媒体应用程序，各种图形操作界面等。

在 Visual Basic 4.0 版本中，提供了创建自定义类模块、自定义属性和数据库管理等功能。通过 DAO 模型和 ODBC，用户可以访问任何一种类型的数据库，这使得 Visual Basic 成为了许多 MIS 的首选开发工具。

随着 Internet（因特网）的出现和迅速发展，微软将其 ActiveX 技术引入到了 Visual Basic 6.0 中，用户可以迅速地编写 ActiveX 文档，并将其应用于 Internet 网页上。

通过不断的发展，Visual Basic 已经成为一种专业化的开发语言。根据用途来划分，Visual Basic 目前有 3 个版本：学习版（Learning）、专业版（Professional）和企业版（Enterprise）。其中，学习版是学习入门编程的版本；专业版为专业编程人员提供了一整套功能完备的开发工具；企业版允许专业人员以小组的形式来创建强健的分布式应用程序。这 3 个版本可以满足不同开发人员的需要。例如，用户不仅可用 Visual Basic 快速创建基于 Windows 的应用程序，还可以编写企业水平的客户机/服务器程序及强大的数据库应用程序等。

1.1.3 Visual Basic 的功能及特点

Visual Basic 吸收了 BASIC 语言的优点，并加入了面向对象技术，具有如下功能和特点。

（1）提供了易学易用的应用程序集成开发环境

BASIC 语言的语法比较简单，Visual Basic 除了面向对象的概念外，语法也同样比较简单，容易掌握。另外，Visual Basic 集成开发环境集创建工程、设计界面、编辑代码、调试程序、直接运行及生成可执行文件等于一体，使用起来也比较简单。

（2）结构化程序设计语言

Visual Basic 语言具有丰富的数据类型、大量的内部函数、多种流程控制结构和模块化的程序结构等高级程序设计语言的优点，使得程序结构清晰，容易阅读。

（3）具有基于对象的可视化设计工具

在面向对象程序设计中，一个窗口、一个命令按钮和一个文本框等就是一个对象。在Visual Basic 中，当用这些对象设计程序界面时，就得到了程序运行时的外在形式。也就是设计时是什么样子，运行时看到的就是什么样子，即"所见即所得"。

（4）事件驱动的编程机制

在 Windows 中，按下一个键，或单击一下鼠标，都可能执行一段程序，这就是事件驱动的程序运行机制。也就是说，对某个对象发生一个事件，将会执行一段代码。在 Visual Basic 中，程序代码更多的是针对某个对象所发生的事件设计的。

（5）强大的网络、数据库和多媒体功能

利用 Visual Basic 提供的各类丰富的可视化控件和 ActiveX 技术，能够开发出集多媒体技术、网络技术和数据库技术于一体的应用程序。

（6）完备的联机帮助功能

与 Windows 环境下的其他软件一样，在 Visual Basic 中，利用帮助菜单，用户可以方便地得到所需要的帮助信息（此时必须安装 MSDN，Windows 下应用开发文档资料）。

1.2 VB 6.0 的安装、启动与退出

1.2.1 VB 6.0 对环境的要求

1. VB 6.0 对硬件的要求

1）具有 80486 或更高的微处理器。

2）至少需要 50MB 的硬盘空间。

3）需要一个 CD-ROM 驱动器。

4）至少需要 16MB RAM。

5）需要 VGA 或更高分辨率的监视器。

2. VB 6.0 对软件的要求

操作系统为 Microsoft Windows 95 或 Microsoft Windows NT 3.51 及以上版本。

3. VB 6.0 的安装

从 CD-ROM 盘上安装 VB 6.0 的步骤如下：

1）把安装盘放入 CD-ROM 驱动器中。

2）在安装盘的根目录下找到安装文件 Setup.exe 并执行，然后按照提示输入相应信息即可（这里须要输入的信息主要有：产品序列号、用户名、安装方式/内容和安装路径等）。

1.2.2 VB 6.0 的启动与退出

在 VB 6.0 开发环境中设计应用程序，必须首先启动 VB 6.0。启动 VB 6.0 有以下两种方法。

1）在 Windows 桌面上双击 Visual Basic 图标，即可进入 VB 6.0 集成开发环境。

2）单击"开始"按钮，在弹出的菜单中选择"程序"命令，然后"程序"菜单中选择"Microsoft Visual Basic 6.0"命令，即可进入 VB 6.0 集成开发环境。

启动 VB 6.0 后，首先显示图 1-1 所示的"新建工程"对话框，此时可以选择 Project（工程：即应用程序）的类型。

如果选择"标准 EXE"，再单击"打开"按钮，则显示如图 1-2 所示的 VB 6.0 集成开发环境。在此开发环境下可以进行 Visual Basic 应用程序的设计。

图 1-1 "新建工程"对话框

退出 VB 6.0 的方法是：选择"文件"菜单中的"退出"命令或单击 VB 6.0 集成开发环

境窗口右上角的"关闭"按钮。

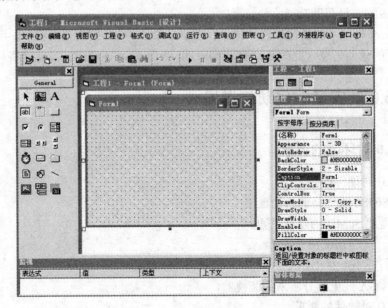

图 1-2　VB 6.0 集成开发环境

1.3　Visual Basic 的第一个例程

设计程序一般都要经过算法设计、界面设计和程序代码设计等步骤，并最终编译连接与运行程序。下面以"一元二次方程求根"程序的设计为例，详细讲解设计程序的一般方法和过程。

1.3.1　算法设计

什么是算法？简单来讲，算法就是解决问题的策略、规则和方法，也就是解决问题的过程和方法。描述算法的方法有多种，其中一种就是用日常语言描述。

【例 1-1】　求解一元二次方程 $aX^2 + bX + c = 0$。

分析：具体步骤如下。

1）先计算 $\triangle = b^2 - 4ac$。

2）若 $\triangle > 0$，计算并求出两个不同的实根 X_1 和 X_2。

3）若 $\triangle = 0$，计算并求出两个相同的实根 X_1 和 X_2。

4）若 $\triangle < 0$，计算并求出两个不同的复根 X_1 和 X_2。

数学方法的求根公式在初等代数中已经学过，这里就不再给出。

那么，如果用计算机来求解一元二次方程，需要考虑哪些问题？

首先，要描述一个一元二次方程，只要确定 a、b 和 c 3 个系数就可以了。

其次，让计算机利用 a、b 和 c 并根据相应的公式计算出相应的根 X_1 和 X_2。

最后，把计算出来的根 X_1 和 X_2 显示出来。

据此，给出计算机求解一元二次方程的算法步骤如下：

4

1）开始。

2）获得描述一元二次方程的 3 个系数 a、b 和 c。

3）判别 a 是否为 0，若为 0 提示不是一元二次方程，转步骤 7）。

4）计算 $\triangle=b^2-4ac$。

5）若 $\triangle\geqslant0$，求出两个实根 X_1 和 X_2 并显示出来，转步骤 7）。

6）若 $\triangle<0$，求出两个复根 X_1 和 X_2 并显示出来。

7）结束。

比较上述两种算法有什么不同？第一，计算机求解一元二次方程首先要获得 3 个系数 a、b 和 c，否则计算机并不知道一元二次方程是什么；第二，要判别 a 是否为 0，因为计算机获得的 a 有可能是 0，如果这样的话，它就不是一元二次方程了；第三，$\triangle>0$ 和 $\triangle=0$ 两种情况可以合成一步来完成，这样可以简化程序代码的设计；第四，求解得到的两个根一定要显示出来，否则看不到计算结果；第五，算法要有开始与结束。

1.3.2 界面设计

经过算法设计，计算机求解一元二次方程的过程与方法已经知道。但是如何用 VB 去实现一元二次方程的求解呢？

下面，仿照 Windows 操作系统的界面，设计出求解一元二次方程的程序的运行界面如图 1-3 所示。

利用 VB 提供的很多控件可以快速地画出图 1-3，其过程如下。

1）先创建一个窗体（Form），标题为"方程求根"。

2）在窗体上指定位置放若干个标签（Label），标题分别为"一元二次方程求根"、"输入系数："、"A"、"B"、"C"、"输出结果："、"根 X1"和"根 X2"，用作说明或提示。

3）在标题为"A"、"B"、"C"、"根 X1"和"根 X2"的标签后面各放一个文本框（TextBox），用作输入系数和输出结果（根）。

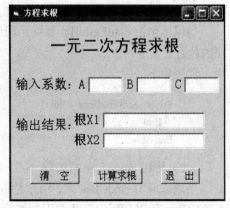

图 1-3　一元二次方程求解程序运行界面

4）在窗体上指定位置放 3 个命令按钮（CommandButton），标题分别为"清空"、"计算求根"和"退出"。当在运行过程中鼠标单击相应的命令按钮时程序会执行相应的功能。

这里的窗体、标签、文本框和命令按钮都是控件。界面设计好以后，VB 程序就可以运行了。但它只能显示出界面来，不能完成任何功能，不能求解一元二次方程。这是因为并没有给它设计出完成相应功能的代码。

1.3.3 代码设计

程序界面设计完以后，就要设计完成相应功能的代码。设计代码中要用到界面上相应的控件，必须知道相应控件的名称，界面上每个控件创建时都有一个默认名称，但不便于区分和识记，因此，重新给图 1-3 中的界面中的控件取新的名称如图 1-4 所示。

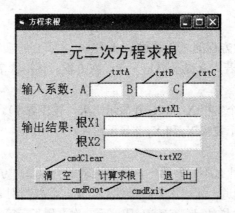

图 1-4　界面上各文本框和命令按钮的名称

现在就可以设计代码了。设计之前再考虑一下当初在窗体上放置这些控件的作用。

1）标签是用来说明或提示作用，代码设计中不会用到它们，所以没有重新取名。

2）文本框 txtA、txtB 和 txtC 是用来输入一元二次方程的系数，文本框 txtX1 和 txtX2 是用来输出一元二次方程的解。

命令按钮 cmdClear、cmdRoot 和 cmdExit 在程序运行时被鼠标单击，程序将执行一段代码、完成一个独立功能，也就是一段程序代码。

基于以上分析，必须为每个命令按钮设计完成相应功能的一段程序代码。具体设计如下。

（1）按钮 cmdExit 的代码

当鼠标单击 cmdExit 时，要终止程序的执行。VB 里有一条 End 命令，其功能就是终止程序的执行。

代码如下：

```
Private Sub cmdExit_Click()        '过程 cmdExit_Click 定义开始
    End                            '终止该程序的执行
End Sub                            '过程 cmdExit_Click 定义结束
```

（2）按钮 cmdClear 的代码

当鼠标单击 cmdClear 时，用意是将 5 个文本框清空，然后把光标置于文本框 txtA 中等待再次输入。所以代码中就要调用能够把 5 个文本框清空的命令，然后再调用相应的命令把光标置于文本框 txtA 中就可以了。

代码如下：

```
Private Sub cmdClear_Click()       '过程 cmdClear_Click 定义开始

    txtA.Text = ""                 '清空文本框 txtA，即给文本框赋空字符串""
    txtB.Text = ""                 '清空文本框 txtB
    txtC.Text = ""                 '清空文本框 txtC
    txtX1.Text = ""                '清空文本框 txtX1
    txtX2.Text = ""                '清空文本框 txtX2

    txtA.SetFocus                  '让文本框 txtA 获得输入焦点
```

　　　　　End Sub　　　　　　　　　　　　　'过程 cmdClear_Click 定义结束

（3）按钮 cmdRoot 的代码

　　首先当鼠标单击 cmdRoot 时，程序要从文本框 txtA、txtB 和 txtC 中把输入的 3 个系数取出来分别放入 3 个变量 a、b 和 c 中；然后判别 a 是否为 0，若为 0，提示"不是一元二次方程"后退出该段代码的执行。若不为 0，则计算△=b^2-4ac 的值；最后再根据△值的大小及相应的计算公式计算出相应的根并显示出来。

　　首先，需要考虑数据类型的问题。VB 语言没有提供复数类型，所以不可能计算出来复数根，解决办法是先计算出复根的实部与虚部（单精度类型），然后用字符串类型构造出复数根。

　　另外，还需判别 a 是否为 0 和△大于等于 0 或小于 0 的情况，其中用到了分支结构 If <条件> Then … Else … End If。这种结构的执行过程为：如果<条件>成立，则执行 Then 和 Else 之间的语句；否则如果条件不成立，则执行 Else 和 End If 之间的语句。最后统一转去执行 End If 后面的语句。

　　最后，代码中用到了若干函数，每个函数完成特定的功能。如 Val（把字符串转换为数值）、MsgBox（提示信息框）、Abs（求绝对值）、Sqr（开平方）等，VB 语言提供了众多的能完成一定功能的这样的一段代码，即函数。在设计程序时只需直接调用这些函数即可。

　　代码段如下：

```
Private Sub cmdRoot_Click()          '过程 cmdRoot_Click 定义开始
    Dim a!, b!, c!, d!, x1!, x2!      '定义变量 a b c d x1 x2 为单精度类型

    a = Val(txtA.Text)               '把 txtA 中的值取出来转换为数值赋给变量 a
    b = Val(txtB.Text)               '把 txtB 中的值取出来转换为数值赋给变量 b
    c = Val(txtC.Text)               '把 txtC 中的值取出来转换为数值赋给变量 c
    If (Abs(a) < 0.000001) Then       '判别 a 的绝对值是否小于 0.000001，若小于则
        MsgBox("不是一元二次方程! ")  '可认为 a 的值为 0，提示"不是一元二次方程"
        Exit Sub                      '退出该求根过程 cmdRoot_Click
    End If                            '与 If...Then 配对构成分支结构

    d = b * b - 4 * a * c             '计算 b*b-4ac 的值并赋给 d
    If (d >= 0) Then                  '判别 d 的值是否大于等于 0，若大于等于 0，
        x1 = (-b + Sqr(d)) / (a + a)  '则分别计算两个实根 x1 和 x2
        x2 = (-b - Sqr(d)) / (a + a)
        txtX1.Text = x1               '在文本框 txtX1 中显示根 x1
        txtX2.Text = x2               '在文本框 txtX2 中显示根 x2
    Else                              '否则若小于 0，则
        x1 = (-b) / (a + a)           '分别计算两个复根的实部 x1 与虚部 x2
        x2 = Sqr(-d) / (a + a)
        txtX1.Text = x1 & "+" & x2 & "i"  '在文本框 txtX1 中显示第一个复根
        txtX2.Text = x1 & "-" & x2 & "i"  '在文本框 txtX2 中显示第二个复根
    End If                            '与 If...Then...Else 构成分支结构
End Sub                               '过程 cmdRoot_Click 定义结束
```

7

分析如下：

1）代码中 Sub 取自英文单词 Subroutine（子程序、过程）的前 3 个字母。每段代码前面的 Sub 与最后的 End Sub 构成一个过程的定义格式（固定结构）；Sub 后面的 cmdExit_Click（如第一段代码）为过程名称，其中 cmdExit 为命令按钮名称（用户自己定义），Click 是鼠标单击事件的事件名称（VB 系统提供），cmdExit_Click 就称之为对应命令按钮 cmdExit 的单击事件 Click 的事件过程，即当用鼠标单击命令按钮 cmdExit 时，程序会自动调用执行事件过程 cmdExit_Click；过程名称 cmdExit_Click 后面的一对小括号"( )"是定义过程时必须有的；Sub 前面的 Private（私有的）说明过程 cmdExit_Click 的作用范围，与 Public 对应。

2）代码 txtA.Text 中的 txtA 是文本框的名称，称之为文本框对象，Text 是文本框的一个属性，该属性就表示文本框中输入或显示的内容。用文本框对象名称去访问它的属性的语法格式就是 txtA.Text，既可以取出文本框属性的值，也可以给文本框属性赋值。

3）代码 txtA.SetFocus 中的 SetFocus 是方法（名称），即对应一段代码，是 VB 系统提供的，其功能是让文本框 txtA 获得输入焦点。

4）代码 txtX1.Text = x1 & "+" & x2 & "i"中的&是字符串连接运算符。该代码的执行过程是依次把 x1 与 x2 的值取出来转换成字符串，再依次与字符串"+"与"i"连接起来构成一个新的字符串，并最终赋给 txtX1.Text，即在文本框 txtX1 中显示出来。

5）代码中每行后面的单引号"'"后的内容为注释，对程序代码起说明作用，编译程序对源程序进行编译时不处理注释部分。

1.3.4 程序的运行过程

至此，通过算法设计、界面设计、程序代码设计 3 大步骤，完成了一元二次方程求根的程序设计，下面该执行程序了。

高级语言设计的程序叫源程序，必须经过编译形成目标文件（.obj 文件），再经过连接形成可执行文件（.exe 文件）后才能执行。VB 作为计算机高级语言，也不例外，其源程序必须经过这一系列过程并最终形成可执行文件后才能运行。

当执行该程序时，操作系统会将该程序加载到内存并执行它。其执行步骤如下：

1）首先，显示人机界面如图 1-3 所示，然后暂停，等待用户的响应。

2）依次在文本框 txtA、txtB 和 txtC 中输入 3 个系数 a、b 和 c 的值；接着鼠标单击命令按钮 cmdRoot，程序就会自动调用执行事件过程 cmdRoot_Click，根据输入的 a、b 和 c 的值计算出结果并在文本框 txtX1 和 txtX2 中显示出来，如图 1-5 所示。

3）如果想求解另一个一元二次方程的根，用鼠标单击命令按钮 cmdClear，程序会自动调用执行事件过程 cmdClear_Click，把 5 个文本框清空，并把光标置于文本框 txtA 中。按照步骤 2）继续操作。

4）如果要退出程序，则单击命令按钮 cmdExit，程序就会自动调用执行事件过程 cmdExit_Click，并终止程序的执行。

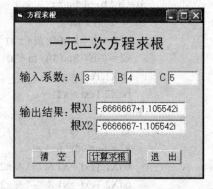

图 1-5 运行结果

1.4 Visual Basic 中对象的概念

在界面设计中，窗体、标签、文本框与命令按钮等控件都是对象。对象是 VB 语言的基础。

1.4.1 对象和类

在面向对象程序设计中，把客观存在的一切东西都看成是对象。比如一个人、一张桌子和一枝笔等就是一个对象；又如在 Windows 中，一个窗口、一个命令按钮和一个文本框等也是一个对象。如何描述一个对象呢？以人为例来说，一个人有姓名、性别、出生日期、身高、体重和胖瘦等特征，称之为对象的属性，是对象的数据部分；每个人会吃饭、走路和工作等，称之为对象的方法，方法是对象固有的行为；每个人都有可能受到某种奖励或惩罚，称之为对象可响应的事件，事件是外部世界作用于对象。

每个人都是一个具体的对象，都具有姓名、性别和身高等属性，都具有会吃饭、走路和工作等方法，也都能响应某种奖励或惩罚等外部事件。把所有人的对象所具有的这些共同的东西进行抽象，形成一个所有人的对象的抽象，就是人类。

人类与人的对象的区别是人的对象是现实世界中一个具体的人，而人类是所有具体人的对象的抽象，它不是一个具体的人，而是概念上的人。

不同类的对象具有不同的属性、方法及其能够响应的事件。例如，人与桌子就具有不同的属性、方法与能够响应的事件，如桌子就不知道自己什么时间受到奖励或惩罚。

1.4.2 对象的属性、方法与事件

1．对象的属性

对象的属性是用来标识一个对象的所有特征。例如，例 1-1 "一元二次方程求解程序设计"中用到的文本框，每个文本框都有它的名称、在窗体上的位置、宽度和高度等属性。

例 1-1 中有如下两行代码：

```
txtA.Text = ""
txtX1.Text = x1
```

其中，txtA 是一个文本框对象的名称（即该文本框 Name 属性的值，代表这个文本框的唯一标识）；Text 为该文本框对象的属性，其等号右边的空字符串""是给 txtA 文本框的 Text 属性所赋的值，使得 txtA 被清空。

同理，txtX1 也是一个文本框对象的名称，Text 为该文本框对象的属性，等号右边变量 x1 的值就是给 txtX1 文本框的 Text 属性所赋的值，使得 txtX1 得到 x1 的值。

至此，代码中给对象属性赋值的一般方法为：

[对象名.]属性名=值（或表达式）

2．对象的方法

对象的方法是指对象可以进行的操作，即对象固有的行为。例如，例 1-1 中用到的文本

框都有各自的方法。

例 1-1 中有如下代码：

    txtA.SetFocus

其中，txtA 是一个文本框对象的名称；SetFocus 是文本框对象的方法，其作用是让文本框 txtA 获得输入焦点，也就是将光标置于文本框 txtA 中。

实际上，在程序设计中，方法也是一段程序代码，完成一个独立的功能，它是 VB 开发环境提供的，用时直接调用即可。

在代码中调用方法的一般方法为：

    [对象名.]方法名 [参数列表]

3．对象的事件

对象的事件是外部环境强加给对象且对象能够响应的行为。例如，例 1-1 中的命令按钮，每个命令按钮都能够响应 Click（单击）事件。该事件是鼠标发出的作用于命令按钮上的且命令按钮能够响应的事件。

例 1-1 中有如下代码：

```
Private Sub cmdExit_Click()
    ……
End Sub
```

其中，cmdExit 是一个命令按钮对象的名称；Click 是命令按钮对象能够响应的事件名称；cmdExit_Click 是命令按钮 cmdExit 对应事件 Click 的事件过程的过程名，其作用是在程序运行中，当鼠标单击命令按钮 cmdExit 时，命令按钮 cmdExit 就响应该 Click（单击）事件，即程序自动调用执行 cmdExit_Click 事件过程。

在代码中设计事件过程的一般方法为：

```
Private Sub 对象名_事件([参数列表])
事件过程代码
End Sub
```

1.5　习题

1．简述 Visual Basic 的特点。
2．什么是对象？如何理解对象的属性、事件和方法。
3．简述 Visual Basic 可视化编程的一般步骤。
4．简述 Visual Basic 的安装过程。
5．学习 Visual Basic 的第一个程序——"一元二次方程求根"程序的开发方法。
6．如何学习 Visual Basic 语言。

第2章 VB 6.0 开发环境与工程管理

VB 6.0 集成开发环境（Integrated Development Environment，IDE）是一组软件工具，它是集应用程序的设计、编辑、运行、调试等多种功能于一体的环境，为程序设计提供了极大的便利。

2.1 认识 VB 6.0 的集成开发环境

启动 VB 6.0 后，如图 2-1 所示的主窗口就是 VB 6.0 的集成开发环境，有标题栏、菜单栏、工具栏、工具箱和工程资源管理窗口等。

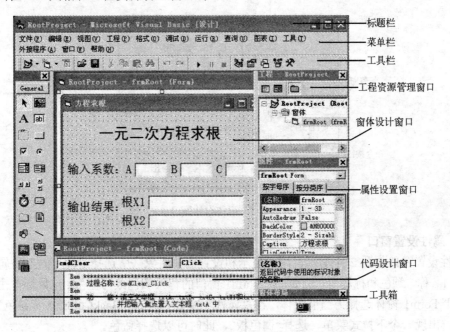

图 2-1　VB 6.0 的集成开发环境

2.1.1 VB 6.0 中的窗口

1. 工程资源管理窗口

工程资源管理窗口如图 2-2 所示，用于浏览与管理工程中包含的所有模块（窗体模块和标准模块等）。在工程资源管理窗口中，用鼠标可以选择想查看或修改的模块。工程资源管理窗口上方有以下 3 个按钮。

1）查看代码：打开当前选择的模块所对应的代码窗口，可编辑代码。

2）查看对象：打开当前选择的模块所对应的窗体窗口，可编辑对象。

3）切换文件夹：切换工程资源管理窗口中文件夹的显示方式。

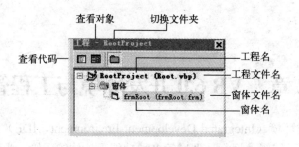

图 2-2 工程资源管理窗口

2. 窗体设计窗口

窗体设计窗口如图 2-3 所示，是用来设计人机界面的窗口。在窗体设计窗口上，根据需要放置若干个控件对象来构成你所要的程序运行时的界面窗口。一个 VB 程序可以拥有多个窗体（.frm）文件，但它们必须有不同的名字，默认情况下窗体名分别为 Form1、Form2、Form3 等等。

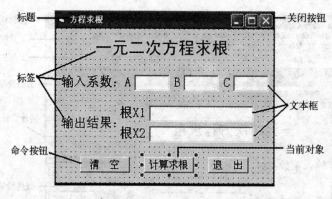

图 2-3 窗体设计窗口

3. 属性设置窗口

属性设置窗口如图 2-4 所示，用于显示和设置当前对象（所选择对象）的各种属性及其取值，如名称、颜色和标题等。例如，把 Form1 窗口的背景颜色改为蓝色，用鼠标单击 Form1 窗体，把 Form1 窗体选择为当前窗体，在"属性"窗口中找到"BackColor"（背景色），单击其右边，出现一个下拉式菜单，选择"调色板"，此时可以选择蓝色。

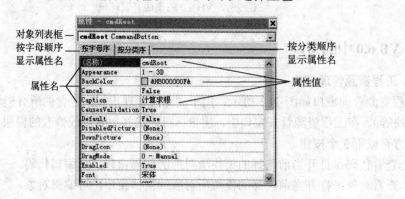

图 2-4 属性设置窗口

4. 代码设计窗口

代码设计窗口如图 2-5 所示，是用来输入与修改程序代码的地方，所有的源程序代码（包括过程定义与全局变量定义等）都在此窗口中进行设计。

打开代码设计窗口最简单的方法有：双击某个窗体或控件对象、单击工程资源管理窗口的"查看代码"按钮，也可以通过选择"视图"菜单中的"代码窗口"选项激活，还可以通过右击工程窗口相应窗体，选择"查看代码"来激活。

窗口的最上面一行为标题栏。下面有两个列表框：左面的列表框包含所有与 Form 相关联的对象，可以通过单击右边的箭头把它们列出来；右边的列表框包含与当前选中对象相连接的所有事件，也可以通过单击右边的箭头列出来。当选定了一个对象及对应的事件后，VB 会自动把过程头及过程尾列在窗口内，用户只需键入程序代码即可。

鼠标双击 Form1 窗体，打开代码设计窗口，然后选择"Click"事件（Click 事件是指当单击鼠标时即触发 Click 事件），代码如下：

```
Private Sub Form_Click()
    …
End Sub
```

5. 工具箱窗口

工具箱窗口（见图 2-6）提供了一组在 VB 程序设计时使用的常用控件，这些控件以图标的形式排列在工具箱中。双击工具箱中的某个控件图标，或单击工具图标后按住鼠标左键在窗体上拖动，即可在窗体上制作出一个相应的控件对象。设计人员在程序设计阶段利用这些工具在窗体上完成界面设计。

图 2-5　代码设计窗口

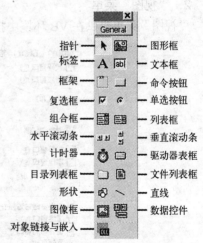

图 2-6　工具箱窗口

6. 其他窗口

VB 6.0 中除了上述几种常用的窗口外，还有其他一些窗口，如窗体布局窗口、调试窗口（包括立即窗口、本地窗口和监视窗口）、调色板窗口和对象浏览器窗口等。这些窗口都可通过"视图"菜单中的相关菜单项来打开。

2.1.2 VB 6.0中的菜单

下面介绍 VB 6.0 中一些常用的菜单。

1. "文件"菜单

"文件"菜单提供用 VB 环境设计程序时涉及的有关文件操作方面的功能，如图 2-7 所示。

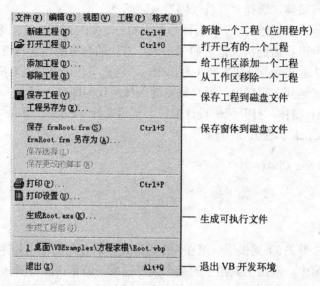

图 2-7 "文件"菜单

2. "视图"菜单

"视图"菜单提供在 VB 环境中打开相关窗口方面的功能，如图 2-8 所示。

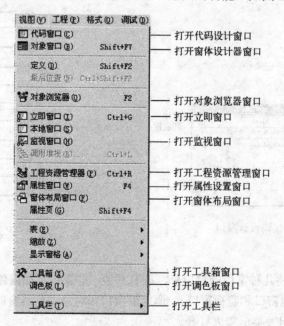

图 2-8 "视图"菜单

3. "工程"菜单

"工程"菜单提供在 VB 环境中有关工程管理方面的功能，如图 2-9 所示。

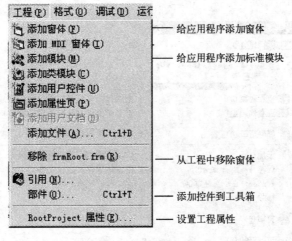

图 2-9 "工程"菜单

4. "调试"菜单

"调试"菜单提供在 VB 环境中跟调试程序有关的功能，如图 2-10 所示。

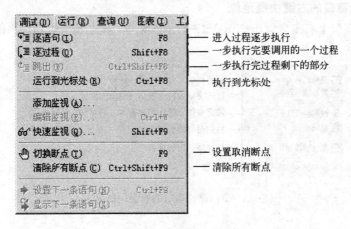

图 2-10 "调试"菜单

5. "运行"菜单

"运行"菜单提供在 VB 环境中跟运行程序有关的功能，如图 2-11 所示。

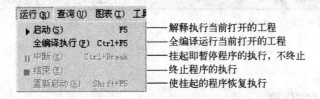

图 2-11 "运行"菜单

6. 工程资源管理窗口的右键快捷菜单

在工程资源管理窗口上右击会弹出如图 2-12 所示的菜单。其上各菜单项提供的功能与前述菜单上的菜单项相同。

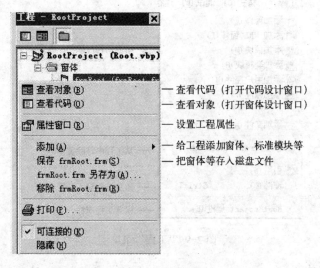

图 2-12　工程资源管理窗口的右键快捷菜单

7. 窗体设计窗口的右键快捷菜单

在窗体设计窗口上右击会弹出如图 2-13 所示的菜单。其上各菜单项提供的功能与前述菜单上的菜单项相同。

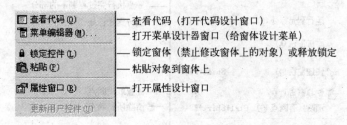

图 2-13　窗体设计窗口的右键快捷菜单

8. 工具栏

VB 的工具栏提供了常用命令的快捷访问按钮，如图 2-14 所示。

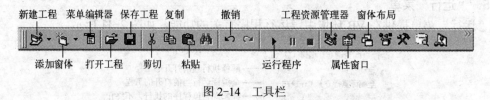

图 2-14　工具栏

2.2　工作环境的设置

针对程序开发者的不同习惯，VB 提供了设置工作环境的功能。对工作环境进行设置，选择"工具"菜单的"选项"命令，打开"选项"对话框，在该对话框中有 6 个选项卡，用户可以根据需要进行设置，以适合自己的爱好。下面对各个选项卡逐一介绍。

2.2.1 "编辑器"选项卡

打开"选项"对话框后，默认的选项卡就是"编辑器"，如图 2-15 所示。该选项卡中部分重要项目的说明如下。

1. "代码设置"区

（1）"自动语法检测"复选框

选择该复选框后，用户如果完成一行程序代码的输入，转到其他行时，VB 会自动对此行程序代码进行语法检查。一旦出现语法错误，就会弹出一个消息框，提示用户出错信息。如果没有选中该复选框，出现语法错误时，将不显示消息框，但也会将该行代码以红色字体显示，以提示用户。

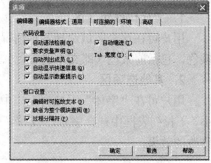

图 2-15 "编辑器"选项卡

（2）"要求变量声明"复选框

选择该复选框后，用户初始进入代码编辑窗口时，VB 会自动在模块声明段添加语句 Option Explicit。此时，如果用户在程序中使用了未经声明的变量，程序一旦运行 VB 就弹出消息框并将该变量反白显示以提示用户。

（3）"自动列出成员"复选框

选择该复选框后，用户如果在代码输入中输入控件的名称加小数点后，VB 会自动弹出该控件在运行模式下可用的属性和方法。此时可以选择某个属性或方法后，再按回车键，即可将该项目插入到当前位置，也可双击该项目将其插入。

（4）"自动显示快速信息"复选框

选择该复选框后，用户在进行代码编辑过程中，输入数组或函数名称时（如输入 InputBox 函数），VB 会即时提示相关说明信息，并将正要输入的项目以粗体字显示。

（5）"自动显示效据提示"复选框

选择该复选框后，用户在调试程序过程中，只要把鼠标指针放在某个变量上，VB 会自动显示该变量的值。

（6）"自动缩进"复选框

选择该复选框后，用户在进行代码编辑过程中，VB 会对程序代码进行自动缩进。

（7）"Tab 宽度"文本框

该文本框用于设置按〈Tab〉键时，光标所跳过的字符间隔。

2. "窗口设置"区

（1）"编辑时可拖放文本"复选框

选择该复选框后，如果选中一段文本，就可以用鼠标拖动这段文本到其他的位置。

（2）"缺省为整个模块查阅"复选框

选择该复选框后，可在代码编辑窗口中看到所有模块的程序代码。

（3）"过程分隔符"复选框

选择该复选框后，VB 会将各个过程的程序代码以分隔线分开。

注意：必须在选中"缺省为整个模块查阅"复选框的前提下，"过程分隔线"复选框才起作用，否则程序窗口不会显示所有过程的代码，也就不存在过程分隔线之说。

2.2.2 "编辑器格式"选项卡

"编辑器格式"选项卡主要用来设置程序代码文本的颜色、字体和大小等，如图 2-16 所示。

1．"代码颜色"区

用户可在这个区域选择各种情况下代码文本的显示颜色，包括前景色（即文本的颜色）、背景色和标识色。

2．其他选项区

用户可在"字体"下拉列表框中选择字体，在"大小"下拉列表框中选择字号，"示例"框会即时显示用户修改的效果。

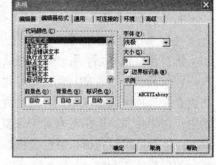

图 2-16 "编辑器格式"选项卡

2.2.3 "通用"选项卡

"通用"选项卡的各个选项主要用来设置一些通用的系统选项，如图 2-17 所示。

1．"窗体网格设置"区

用户如果选择"显示网格"复选框，在进行窗体设计时，窗体上将显示网格；在"宽度"和"高度"文本框中可设置网格大小。

2．"错误捕获"区

该区域有 3 个单选按钮，供用户选择程序运行错误时中断的位置。一般选"在类模块内中断"单选按钮。

3．"编译"区

该区域内的两个复选框一般都应该选中，允许系统在后台或请求时编译。

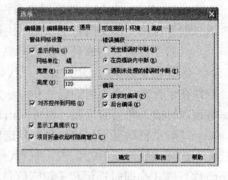

图 2-17 "通用"选项卡

2.2.4 "可连接的"选项卡

该选项卡含有各个工作窗口的选项，如图 2-18 所示。选中某个复选框，则相应的窗口将以可连接的方式显示。

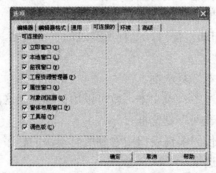

图 2-18 "可连接的"选项卡

2.2.5 "环境"选项卡

"环境"选项卡,如图 2-19 所示,它包含以下 3 个区域。

1. "启动 Visual Basic 时"区

该区域中有两个单选按钮:选择"提示创建工程"单选按钮,则在启动 VB 时,系统打开"新建工程"对话框,提示用户选择要创建的工程类型;选择"创建缺省工程"单选按钮,则在启动 VB 时,系统不打开"新建工程"对话框,直接创建"标准 EXE"工程。

2. "启动程序时"区

该区域中有 3 个单选按钮,用户可选择启动(或运行)程序时,系统是否保存已经对程序所做过的修改。

3. "显示模板"区

该区域中含有各个模块的选项,一般选中所有复选框,这样用户可以方便地向工程中添加各种模块。

图 2-19 "环境"选项卡

2.2.6 "高级"选项卡

该选项卡有 3 个复选框和一个文本框,如图 2-20 所示,其中的 3 个复选框可以保留默认设置。"扩展 HTML 编辑器"文本框显示 HTML 编辑器所采用的应用程序,默认情况时为 Windows 的记事本程序(Notepad.exe)。

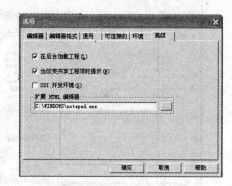

2.3 工程管理

在 VB 中,一个应用程序的设计是从创建一个工程开始的。当一个新的工程刚创建好时,它内部除了工程的框架外,不包括任何东西,还须然后经过算法设计、界面设计和程序代码设计等步骤,给工程中添

图 2-20 "高级"选项卡

加各种各样的模块,完成应用程序的设计。所以,了解与掌握工程的管理方法是用 VB 环境设计应用程序的基础。

2.3.1 工程的概念与构成

在 VB 中,要设计一个程序,表面上看,首先要创建一个工程,然后可通过设计界面与代码,给其添加各种各样的模块,以完成应用程序的设计。然而在背后,VB 集成环境还做了很多的工作,如设计的程序界面和代码如何保存,各个模块和过程之间的关系如何协调等,VB 是通过文件的形式来组织和保存这些信息的。所以,设计一个 VB 程序,会生成各种形式的文件,只是因程序的大小与复杂程度不同而最终生成的文件类型与数目也不相同。

VB 将一个应用程序的所有文件的集合称为工程。简单地讲,在 VB 中,一个应用程序就是一个工程,一个工程就是一个应用程序。一个 VB 工程通常由若干功能模块组成,而一个模块通常又包含若干过程，组成过程的单位是程序语句，如图 2-21 所示。

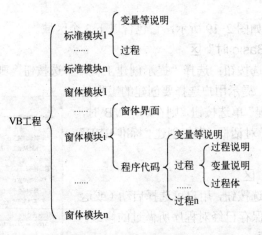

图 2-21　VB 工程的内容

在 VB 中应用程序是通过工程来组织管理的。图 2-22 给出了 VB 6.0 的整个系统界面，一个 VB 工程文件通常包括下列 4 类文件。

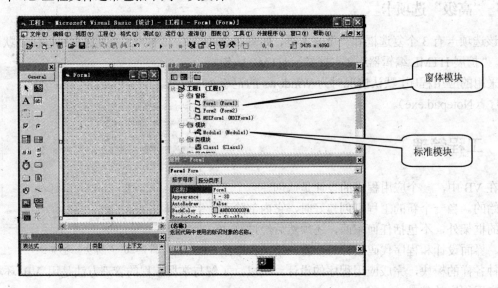

图 2-22　VB 工程的内容

1）工程文件，其扩展名为.vbp。工程文件用于组织与管理应用程序中的所有文件，不仅包括与该工程有关的全部文件的清单，也包括所设置的环境选项方面的信息。一个应用程序对应一个工程文件。

2）窗体文件，其扩展名为.frm。它是用于管理窗体和窗体中的对象，包括窗体及其所有对象的属性设置以及对应该窗体上对象所设计的所有程序代码，如图 2-23 所示。一个窗体对应一个窗体文件。一个工程中至少有一个窗体文件。窗体是 VB 语言学习的基础和核心内容。

3）窗体的二进制数据文件，其扩展名为.frx。当窗体上控件对象的数据属性含有二进制值（如图片或图标），将窗体保存到文件时，系统会自动生成同名的.frx 文件。

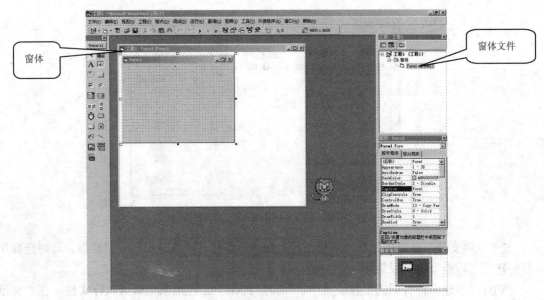

图 2-23　VB 窗体

4）标准模块文件，其扩展名为.bas。该文件是可选的，它一般包含模块级与全局级的变量和外部过程的声明以及用户自定义的、可供本工程内其他模块调用的过程等，如图 2-24 所示。标准模块类似于一个联系库，它将应用程序中多个窗体文件联系在一起，主要是存放多个窗体共享的代码（通用过程）。

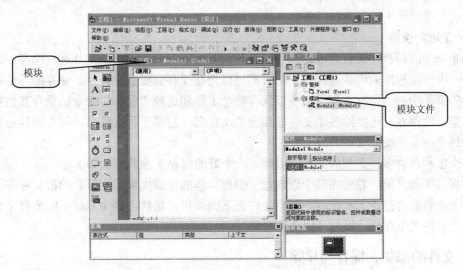

图 2-24　VB 标准模块

2.3.2　工程的创建、打开与保存

1．工程的创建

在创建一个应用程序时，首先要创建一个工程，工程的创建有以下两种方法。

1）启动 VB 时，会打开"新建工程"对话框，在此对话框中选择所要创建的工程类型即可，如图 2-25 所示。

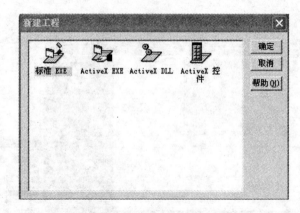

图 2-25 "新建工程"对话框

2）从"文件"菜单中选择"新建工程"命令，将打开"新建工程"对话框，此时选择所要创建的工程类型也可以创建一个工程。

VB 可创建多种类型的工程。其中，"标准 EXE"工程用来生成可执行文件。在"标准 EXE"工程中，至少包含一个窗体，所以，在创建一个新的"标准 EXE"工程时，VB 系统会自动给该工程生成一个窗体。

2．工程的打开

对原有的应用程序进行修改或者扩充功能，就要先打开它。

从"文件"菜单中选择"打开工程"命令，将打开"打开工程"对话框，此时在"现存"或"最近"选项卡中可以选择所要打开的工程。

3．工程的保存

当把一个应用程序设计完成后，或只设计了其中一部分，都可以对其进行保存。也就是说，在一个应用程序的设计过程中，随时都可以把其保存到磁盘文件中。保存的方法是选择"文件"菜单中的"保存工程"命令以保存整个工程和选择"保存"命令以保存其他模块。如果是第一次保存，还要给各个文件取相应的文件名（包括工程文件名、每个窗体的窗体文件名和每个标准模块的文件名等）。

一个工程包含多种类型的文件，因此，一个好的保存工程的方法如下：

在保存工程之前，首先在某个逻辑盘（根据具体的计算机硬盘配置）的根文件夹下建一个文件夹，然后再把该工程保存在这个文件夹下面即可。这样，这个工程下的所有文件就都会在这个文件夹里存放，以与其他文件分开。

2.3.3 文件的添加、保存与移除

当一个新的工程创建后、或要修改的工程打开后，就可以给其添加文件和从其中移除文件了。对工程中文件的操作有添加、保存和移除。

1．文件的添加

一般来说，一个工程中会有多个窗体、标准模块等，它们都对应一个个磁盘文件。要给该工程添加一个窗体或者标准模块，有以下两种方法。

1）从"工程"菜单中，选择"添加"命令（见图 2-9），系统会弹出"添加文件"对话框，选择要添加的文件即可。

2）在工程资源管理窗口（见图 2-2）的右键快捷菜单中，选择"添加"子菜单下的"添加文件"命令（见图 2-12）。

2．文件的保存

在一个窗体或标准模块等的设计过程中，随时可以将其保存到一个磁盘文件中，第一次保存时要给其取文件名。保存一个文件到磁盘有以下两种方法。

1）在"文件"菜单中，选择"保存工程"命令（见图 2-7）。

2）在工程资源管理窗口（见图 2-2）的右键快捷菜单中，选择"保存工程"命令（见图 2-12）。

3．文件的移除

在一个工程中，当不需要某个文件时，可将其从这个工程中移除（移除只是从工程中移去，若已将其保存到磁盘，则磁盘上的文件仍然保留，不会删除。以后需要时还可将其再添加进来）。从工程中移除一个文件有以下两种方法。

1）在工程资源管理窗口（如图 2-2）中右键单击要移除的文件，在弹出的快捷菜单中，选择移除命令，即可移除该文件。

2）在"工程"菜单中，选择移除命令（如图 2-9），也可移除当前选择的这个文件。

2.4　创建一个应用程序的过程

下面仍以例 1-1 为例，来说明在 VB 开发环境中设计一个程序的过程。

2.4.1　创建新的工程

首先启动 VB，在"新建工程"对话框中选择工程类型"标准 EXE"，系统会自动生成一个具有一个空白窗体的工程，如图 2-26 所示。

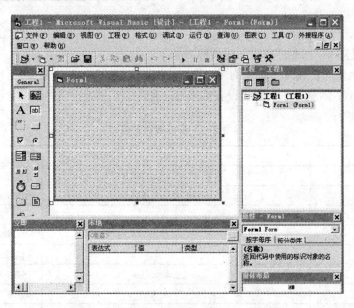

图 2-26　初始生成"标准 EXE"工程界面

2.4.2 设计程序运行的界面

在窗体 Form1 上设计例 1-1 中程序运行的界面，分为如下两步。

（1）在窗体上创建一个控件对象

1）选择控件。用鼠标单击"工具箱"上的标签控件"A"。

2）创建对象。把鼠标移动到窗体 Form1 上适当的位置，按住鼠标左键拖动，这时可以看到标签大小随鼠标的移动而变化，在适当大小时放开鼠标，就在窗体上创建了一个标签对象，其默认名称为 Label1（第二个标签对象的默认名称为 Label2，依此类推）。

3）选定对象。用鼠标单击标签 Label1，标签 Label1 周围会出现 8 个蓝色的方框，即当前对象。

4）设置属性。在属性窗口找到并设置"Caption"属性的值为"一元二次方程求根"；AutoSize 属性的值为"True"；Font 属性的值为"黑体/常规/20"。

此时一个标签对象就已创建设置完毕，如图 2-27 所示。

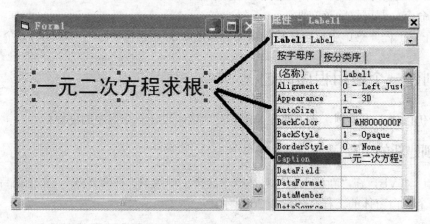

图 2-27　标签对象的创建

（2）在窗体上用上述的方法创建其他对象

1）在窗体上依次创建 8 个标签对象，其属性 Name（名称）、AutoSize（自动大小）、Caption（标题）、Font（字体及大小）的值设置如表 2-1 所示。

表 2-1　标签属性的值

Name	AutoSize	Caption	Font
Label1	True	一元二次方程求根	黑体/常规/20
Label2	True	输入系数：	宋体/常规/三号
Label3	True	A	宋体/常规/三号
Label4	True	B	宋体/常规/三号
Label5	True	C	宋体/常规/三号
Label6	True	输出结果：	宋体/常规/三号
Label7	True	根 X1	宋体/常规/三号
Label8	True	根 X2	宋体/常规/三号

2）在窗体上依次创建 5 个文本框对象，其属性 Name（名称）、Text（文本内容）的值设置如表 2-2 所示。

3）在窗体上依次创建 3 个命令按钮对象，其属性 Name（名称）、Caption（标题）、Font（字体及大小）的值设置如表 2-3 所示。

4）最后再设置窗体的属性 Caption（标题）的值为"方程求根"。

经过以上几步，设计出的窗体界面如图 2-28 所示。

表 2-2　文本框属性的值

Name	Text
txtA	
txtB	
txtC	
txtX1	
txtX2	

表 2-3　命令按钮属性的值

Name	Caption	Font
cmdClear	清　空	宋体/常规/小四
cmdRoot	计算求根	宋体/常规/小四
cmdExit	退　出	宋体/常规/小四

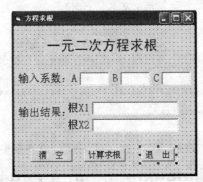

图 2-28　"一元二次方程求根"程序界面

2.4.3　设计程序运行的代码

例 1-1 中有 3 个命令按钮要设计事件过程代码。以命令按钮"cmdClear"（清空）为例说明设计代码的过程。首先，鼠标双击命令按钮"cmdClear"，将打开如图 2-29 所示的代码设计窗口。

图 2-29　代码设计窗口

窗口上自动出现代码如下：

```
Private Sub cmdClear_Click()
    …
End Sub
```

将该过程中的代码录入到 Sub…End Sub 中间即可，然后关闭代码窗口。

用同样的方法录入另外两个命令按钮"cmdRoot"和"cmdExit"的事件过程代码。最终设计代码如下：

```
Rem ***********************************************************
Rem  过程名称：cmdClear_Click                            **
Rem                                                      **
Rem  功    能：清空文本框 txtA、txtB、txtC、txtX1 和 txtX2    **
Rem            并把输入焦点置入文本框 txtA 中              **
Rem ***********************************************************
Private Sub cmdClear_Click()       '过程 cmdClear_Click 定义开始

    txtA.Text = ""                 '清空文本框 txtA
    txtB.Text = ""                 '清空文本框 txtB
    txtC.Text = ""                 '清空文本框 txtC
    txtX1.Text = ""                '清空文本框 txtX1
    txtX2.Text = ""                '清空文本框 txtX2

    txtA.SetFocus                  '让文本框 txtA 获得输入焦点
End Sub                            '过程 cmdClear_Click 定义结束


Rem ***************************************************************
Rem  过程名称：cmdRoot_Click                                  **
Rem                                                          **
Rem  功    能：以输入的 3 个数为一元二次方程的 3 个系数 a、b 与 c，分   **
Rem            别求出两个根并在文本框 txtX1 与 txtX2 中显示出来      **
Rem ***************************************************************
Private Sub cmdRoot_Click()             '过程 cmdRoot_Click 定义开始
    Dim a!, b!, c!, d!, x1!, x2!        '定义变量 a,b,c,d,x1,x2 为单精度类型

    a = Val(txtA.Text)                  '把 txtA 中的值取出来转换为数值赋给变量 a
    b = Val(txtB.Text)                  '把 txtB 中的值取出来转换为数值赋给变量 b
    c = Val(txtC.Text)                  '把 txtC 中的值取出来转换为数值赋给变量 c

    If (Abs(a) < 0.000001) Then         '判别 a 的绝对值是否小于 0.000001，若小于则
        MsgBox ("不是一元二次方程！")      '可认为 a 的值为 0，提示"不是一元二次方程！"
        Exit Sub                        '退出该求根过程 cmdRoot_Click
    End If                              '与 If...Then 配对构成分支结构

    d = b * b - 4 * a * c               '计算 b*b-4ac 的值并赋给 d
    If (d >= 0) Then                    '判别 d 的值是否大于或等于 0，若大于或等于 0，
        x1 = (-b + Sqr(d)) / (a + a)    '则分别计算两个实根 x1 和 x2
        x2 = (-b - Sqr(d)) / (a + a)
        txtX1.Text = x1                 '在文本框 txtX1 中显示根 x1
        txtX2.Text = x2                 '在文本框 txtX2 中显示根 x2
    Else                               '否则若小于 0，则
```

```
        x1 = (–b) / (a + a)              '分别计算两个复根的实部 x1 与虚部 x2
        x2 = Sqr(–d) / (a + a)
        txtX1.Text = x1 & "+" & x2 & "i"  '在文本框 txtX1 中显示第一个复根
        txtX2.Text = x1 & "–" & x2 & "i"  '在文本框 txtX2 中显示第二个复根
      End If                             '与 If...Then...Else 构成分支结构
    End Sub                              '过程 cmdRoot_Click 定义结束


    Rem ***************************************************************
    Rem   过程名称：cmdExit_Click                                  **
    Rem                                                            **
    Rem   功     能：终止程序的运行                                 **
    Rem ***************************************************************
    Private Sub cmdExit_Click()         '过程 cmdExit_Click 定义开始
      End                               '终止该程序的执行
    End Sub                             '过程 cmdExit_Click 定义结束


    Rem ************************* The End *************************
```

2.4.4 保存工程

当代码设计完以后，就可以把该工程（应用程序）保存到磁盘上。首先在某个盘的根文件夹下建立一个文件夹，如建立文件夹"E: \Root"；然后选择保存菜单项把该工程保存到文件夹"Root"下，此时要取两个文件名（工程文件名"Root"和窗体文件名"frmRoot"）。保存结果如图 2-30 所示。

图 2-30 保存工程

2.4.5 调试运行程序

程序设计完成后，就可以运行程序了。运行程序有两种方式：

1）在 VB 集成开发环境下运行程序。可根据需要选择"运行"菜单下的运行菜单项以运行该程序，如图 2-11 所示。

2）脱离开 VB 开发环境运行程序。此时先要选择"文件"菜单下的"生成 Root.exe"菜单项生成该源程序的可执行文件，如图 2-7 所示。然后退出 VB 开发环境，在 Windows 下运行所生成的可执行文件即可。

2.5 习题

1．熟悉 Visual Basic 的集成开发环境，上机实践。

2．如何理解 Visual Basic 的工程概念？

3．上机实现 2.4 节"创建一个应用程序的过程"。

第 3 章 窗体与基本控件

在 VB 开发环境中设计应用程序，首先要根据程序的功能设计程序的运行界面，然后再根据程序的运行界面及其功能设计出相应的程序代码。要设计程序运行界面，就必须掌握 VB 中的控件，尤其是基本控件。

3.1 控件及其通用属性

3.1.1 控件的概念

由第 1 章可知，面向对象程序设计把客观存在的一切东西都看成对象，如标签、文本框和命令按钮等都是对象。对同一类对象的抽象就形成类。在 VB 开发环境中，工具箱里的所有控件实际上就是一个个类，也就是说，在 VB 开发环境中，类是通过控件实现的。要掌握一个控件的用法，就是在了解各个控件对象的属性、方法和事件的基础上，逐步熟悉与掌握其在程序设计中的作用与用法。

用 VB 工具箱中各控件在窗体上创建的对象如图 3-1 所示。

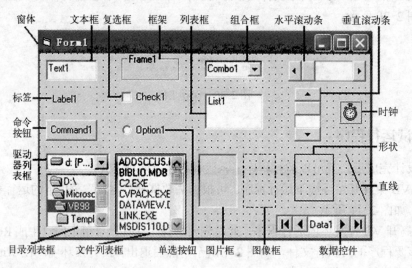

图 3-1 控件对象图示

3.1.2 控件的通用属性

通用属性是大部分控件都有的属性。为了简化后面的讲解，在这里首先列出常用的通用属性。

1）Name 属性：其值为字符串类型，代表所创建对象的名称。所有的对象都具有该属性。VB 在创建一个对象时会给其赋一个默认名称（如创建第一个文本框时默认名称为 Text1）。

在代码设计中要访问对象必须使用它的名称。

2）Caption 属性：其值为字符串类型，表示对象上显示的标题内容。

3）Left 和 Top 属性：其值为整形，单位为 Twip，决定了对象的位置，如图 3-2 所示。对于非窗体对象，Left 表示对象到窗体左边框的距离，Top 表示对象到窗体上边框的距离；对于窗体对象，Left 表示窗体到屏幕左边界的距离，Top 表示窗体到屏幕上边界的距离。

4）Width 和 Height 属性：其值为整形，单位为 Twip，决定了对象的宽度和高度，如图 3-2 所示。

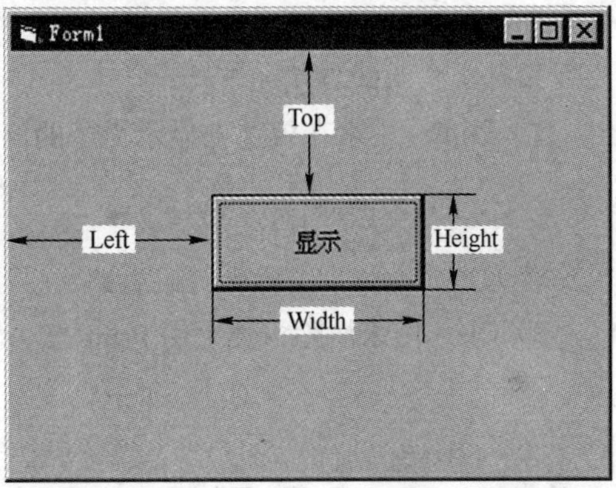

5）Font 属性：决定对象上所显示文本的字体、大小等外观，在属性窗口设置。如果要在代码中设置，则要使用以下属性。

FontName 属性：其值为字符串类型，表示字体名称。

FontSize 属性：其值为整形，表示字号大小。

FontBold、FontItalic 等属性：其值为逻辑型，取值为 True 时表示粗体、斜体等。

图 3-2　Left、Top、Width 和 Height 属性

6）Enabled 属性：其值为逻辑型，决定对象是否可用。其值如下。

True：允许用户进行操作，并对操作作出响应。

False：禁止用户进行操作，呈灰色。

7）Visible 属性：其值为逻辑型，决定对象是否可见。其值如下。

True：程序运行时对象可见。

False：程序运行时对象不可见。

8）ForeColor、BackColor 属性：其值为十六进制颜色值，表示前景（正文）颜色、背景（正文以外显示区域的）颜色。

3.2　窗体

在 VB 中，窗体（Form）虽然不在工具箱中显示，但它也是一种控件，而且是一种最基本的控件，叫容器控件。容器控件是指窗体对象可以像一个容器一样去容纳其他的控件对象，而构成程序运行的界面。

3.2.1　窗体的属性、方法与事件

1．窗体的属性

窗体的主要属性除了上面所讲的通用属性外，还有下列一些属性。

1）MaxButton、MinButton：最大、最小化按钮属性，其取值如下。

True：窗体右上角有最大化（或最小化）按钮。

False：窗体右上角无最大化（或最小化）按钮。

2）Picture：设置在窗体中要显示的图片。图片格式可以是位图文件（.bmp）、图标文件

（.ico）、JEPG 文件（.jpg）和 GIF 文件（.gif）等。

3）BorderStyle：设置窗体的边框样式。其取值为整形（0～5），只能在属性窗口设置。

4）StartUpPosition：设置窗体初始显示时显示在什么位置。其取值为整形（0～3），分别表示手动、所有者中心、屏幕中心和默认位置。

5）WindowsState：表示程序执行时窗体以什么状态显示。其取值为整形（0～2），分别表示正常、最小化与最大化状态。

2．窗体的方法

窗体上常用的方法如下。

1）Print：用来在窗体上显示文本的内容。其格式为：

[窗体名.]Print [表达式列表]

若为当前窗体，窗体名可以省略。

2）Cls：用来清除窗体上用 Print 方法显示的文本内容或用绘图方法所画的图形。其格式为：

[窗体名.]Cls

3）Move：用来移动窗体对象的位置。其格式为：

[窗体名.]Move 左边距离[, 上边距离[, 宽度[, 高度]]]

4）Show：显示一个窗体（用在多窗体工程中）。其格式为：

窗体名.Show（[Modal], [OwnerForm]）

5）Hide：隐藏一个窗体（用在多窗体工程中）。其格式为：

窗体名.Hide

3．窗体的事件

窗体常用的事件如下。

1）Load：在窗体被装入工作区时触发的事件。

2）Activate：当窗体成为活动窗体（当前窗体）时触发的事件。

3）Click：当用鼠标单击窗体时触发的事件。

4）Resize：当窗体大小改变时触发的事件。

5）Unload：当关闭或卸载窗体时会触发的事件。

【例 3-1】 窗体常用的事件举例。

```
Private Sub Form_Click()
    Caption = "鼠标单击"
    Print "欢迎使用 VB"
End Sub
Private Sub Form_Load()
    Caption = "装入窗体"
    Picture = LoadPicture(App.Path + "\window.jpg")
```

```
            FontSize = 48
            FontName = "隶书"
            Print "装入窗体"
      End Sub
```

3.2.2　窗体的设计

1．窗体的创建

启动 VB 6.0 后，在"新建工程"对话框中选择"标准 EXE"选项，单击"打开"按钮，便在创建工程的同时创建了第一个窗体。

一个工程至少包含一个窗体。创建新窗体的步骤如下。

1）选择"工程"菜单中的"添加窗体"命令，打开"添加窗体"对话框。

2）在"添加窗体"对话框中切换到 "新建"选项卡，此时列表框中列出了各种窗体类型。选择"窗体"选项将建立一个空白窗体，选择其他选项则建立一个包含某些功能的窗体。

3）单击"打开"按钮，一个新窗体就被加入到当前工程中。

要改变窗体的大小，可以在属性窗口直接设置 Width 和 Height 的值来实现；也可以用鼠标拖放来实现。

2．向窗体上添加控件对象

向窗体上添加控件对象的操作很简单，用鼠标左键双击工具箱中的控件图标，该控件即出现在窗体中央。例如，用鼠标左键双击工具箱中的命令按钮，则命令按钮 Command1 将加入到窗体上。将鼠标光标移到 Command1 上方，按下鼠标左键并拖动可将 Command1 放置在窗体的合适位置。用同样方法，可以将其他控件放置在窗体上。

3．设置窗体的初始显示位置

当程序运行过程中打开一个窗体时，如果不指定窗体所显示的位置，它将显示在默认位置上，这可能不是想要的。如果想让其显示在指定位置，则可以通过如下方法实现。

1）在属性窗口设置属性 StartUpPosition 的值。

2）在 Form_Load 事件过程中通过代码设置属性 Left 和 Top 的值。

4．设置启动窗体

一个工程中可能包括多个窗体，或者还有一个主过程（名称为 Main）。那么程序从哪个窗体或主过程开始运行呢？这就要进行设置。设置的方法步骤如下。

1）选择"工程"菜单中的"工程属性"命令。

2）在打开的"工程属性"对话框中默认的是"通用"选项卡。

3）在"启动对象"下拉列表框中选择启动对象。

这样，就设置好了程序开始运行的位置。

3.2.3　窗体的生命周期

表面上看，程序运行过程中对窗体的操作有显示和关闭两种情况，实际上，程序运行过程中对窗体的处理要复杂得多。下面分两种情况来讨论。

1．窗体的处理过程

程序运行过程中对一个窗体的处理一般要经过以下过程。

1）创建过程。程序代码中包含创建窗体的代码，当程序运行该代码创建窗体时，就会触发 Initialize 事件。此时，内存中并不包含该窗体。

2）加载过程。当窗体及窗体上的所有控件被创建完成并被加载入内存某一区域时，此时会触发 Load 事件，但此时窗体并没有显示出来。

3）显示过程。当使用窗体的 Show 方法显示窗体时，窗体就被显示出来。在此状态下，可以使用 Hide 方法将窗体隐藏，此时，虽然窗体不可见，但它确实存在于内存中。

4）卸载过程。当对窗体的操作完成后，可以关闭窗体，此时会触发 Unload 事件。关闭窗体后内存中不再存在该窗体。

当然，一个操作或语句都可能引发上述多个过程的发生。例如，程序开始运行时对启动窗体的处理过程就包括"1）、2）和 3）" 3 个过程；语句 "Load 窗体名" 的处理过程包括 "1）和 2）" 两个过程；语句 "UnLoad Me" 的处理过程只包括 "4）" 一个过程。

2. 窗体各处理过程中所引发的事件

1）窗体的创建过程会引发 Initialize 事件，它是窗体处理过程中引发的第一个事件。因而，放在 Form_ Initialize 事件过程中的代码，就是窗体处理过程中最先执行的用户自定义代码。通常是在此事件过程中编写初始化窗体的代码。

2）窗体的加载过程会触发 Load 事件，一旦窗体进入加载状态，Form_Load 事件过程中的代码就开始执行。

3）当窗体显示或改变大小时会触发 Resize 事件；当窗体显示变成当前窗体时，会触发 Activate 事件；当窗体变成非当前窗体时，会触发 DeActivate 事件；当窗体获得焦点时，会触发 GotFocus 事件；当窗体失去焦点时，会触发 LostFocus 事件等。如果一个操作会触发多个事件，那么 Activate 事件在 Resize 事件之后发生，在 GotFocus 事件之前发生，LostFocus 事件在 Deactivate 事件之前发生。

4）关闭窗口或执行语句 "UnLoad Me" 时会触发 Unload 事件。

3.3 标签、文本框与命令按钮

3.3.1 标签

标签（Label）的功能比较简单，通常用来显示提示性信息或输出运行结果，不允许用户在程序运行时输入数据。

1. 主要属性

标签的主要属性有 Caption、Font、Left、Top、BorderStyle、BackStyle、Alignment、AutoSize等。各属性的功能如下。

1）Alignment 属性：用来决定标签上显示文本的对齐方式，其值可为 0、1 或 2，分别表示左对齐、右对齐和居中显示。

2）AutoSize 属性：决定标签是否会自动调整大小以显示完整的文本内容。

3）BackStyle 属性：设置标签控件的背景是否为透明，即显示标签时，背景是否为标签后面的图像。默认值为 1，表示不透明，此时可通过 BackColor 属性为标签设置背景色；若设置为 0，则表示标签背景透明，这时 BackColor 属性值无效。

4）BorderStyle 属性：设置标签控件是否有边框，其值可为 0 或 1。默认值 0 表示无边框，1 表示有单线边框。

2．方法

标签的方法有 Move，用来移动标签的位置。

3．事件

标签的事件有 Click、Change 等，但标签经常用来在窗体上显示文本，很少使用其事件过程。

3.3.2 文本框

文本框（TextBox）是一个文本编辑区域，它主要用来录入与修改数据，也可以用来显示数据。

1．主要属性

文本框的常用属性如下。

1）Text 属性：表示文本框中录入的内容。其值为字符串。

2）MaxLength 属性：文本框中可录入字符的最大个数。其值为整型，0 表示任意个数。

3）PasswordChar 属性：设置显示文本框中的替代字符。其值为字符型，一般为"*"，当 MultiLine 属性为 True 时，该属性无效。

4）MultiLine 属性：决定文本框能否多行显示。其值为逻辑型，默认值 False，表示仅一行。

5）ScrollBars 属性：设置文本框是否包含滚动条。其值为整型（0～3）。当 MultiLine 属性为 True 时，该属性才有效。

6）Locked 属性：默认值为 False，表示文本框中的内容可编辑。

2．方法

文本框经常使用的方法是 SetFocus，该方法的作用是将光标置于某个文本框中。其语法格式如下：

　　[对象名.]SetFocus

SetFocus 还可用于 CheckBox、ListBox 等。

3．事件

文本框所响应的事件中，经常会使用到下列一些事件。

（1）Change 事件

当用户在文本框中输入新内容或程序代码中给 Text 属性赋新的值时，会触发该事件。

（2）KeyPress 事件

当用户按下并且释放键盘上一个 ANSI 键时，就会触发焦点所在的文本框的 KeyPress 事件，该事件会返回所按键的 ASCII 码值。所以该事件可以用来判别用户给文本框所输入的是字母、数字或其他符号。

（3）LostFocus 事件

当一个对象失去焦点时触发该事件。当按〈Tab〉键或用鼠标单击另一个对象（非焦点所在对象）时，都会使焦点所在对象失去焦点。

（4）GotFocus 事件

当一个对象获得焦点时触发该事件。GotFocus 事件与 LostFocus 事件正好相反。

【例 3-2】 文本框举例。

代码如下：

```
Private Sub Text1_LostFocus()
    If IsNumeric(Text1) Then
        Text2.Text = "正确!!"
    Else
        Text1.Text = ""           '清除输入文本框中的内容
        Text1.SetFocus            '控制权重新回到输入文本框
        Text2.Text = "错误,再输入!!"
    End If
End Sub
```

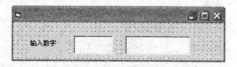

设计的界面如图 3-3 所示。

图 3-3　例 3-2 界面

3.3.3　命令按钮

在 VB 程序设计中，命令按钮（CommandButton）的应用十分广泛。在程序运行过程中，当选择某个命令按钮时，就会引起相应的事件过程的执行。

1．主要属性

命令按钮常用的属性如下。

1）Caption 属性：用来决定显示在命令按钮上的文本，即标题。

另外，同菜单设计相似，利用 Caption 属性还可以为命令按钮设置访问键，方法是当设置 Caption 属性时在欲作为访问键的字母前面加上一个"&"符号。例如，将 Caption 属性设置为"退出（&X）"，则运行时将出现"退出（X）"。此时只要用户同时按下〈Alt〉键和〈X〉键，就能执行"退出"命令按钮。

2）Enabled 属性：决定命令按钮是否可用，默认值为 True。当设置 Enabled 属性为 False 时，运行时命令按钮将以不可用的浅灰色显示。

3）Style 属性：设置命令按钮是否以图形方式显示。默认值为 0，表示以标准的 Windows 按钮显示；其值为 1，表示以图形按钮显示，此时可用 Picture、DownPicture 和 DisabledPicture 属性指定命令按钮在不同状态下所显示的图片。

4）Picture 属性、DownPicture 属性和 DisabledPicture 属性：当 Style 属性值为 1 时，Picture 属性用于指定命令按钮在正常状态下显示的图片；DownPicture 属性用于设置命令按钮被按下时显示的图片；DisabledPicture 属性用来决定按钮不可用时显示的图片。

5）Value 属性：用于以程序方式激活并自动按下命令按钮。例如，执行语句 Command1. Value=True 将自动触发该命令按钮的 Click 事件，并执行事件处理过程。

2．常用事件

命令按钮的常用事件如下。

1）Click 事件：当用鼠标单击一个命令按钮时触发该事件。

2）MouseDown 事件：当鼠标位于按钮上并按下鼠标按钮时触发该事件。

3）MouseUp 事件：释放鼠标按钮时所触发的事件。

【例 3-3】 命令按钮举例。

```
Private Sub command1_Click()
    Print   "Hello!Everyone!"
End Sub
```

【例 3-4】 设计一移动字符（如移动汉字）的程序。其功能为：当程序运行时，在窗体上有一行字符，此时若单击某个命令按钮，字符将向左移动；若单击另外的命令按钮，字符将向右运动……。

根据题目要求可做如下分析：

1）要移动的字符显示在什么地方？字符可以显示在窗体上，如使用窗体的 Print 方法；也可以显示在标签上，如可以把字符作为值赋给标签的 Caption 属性即可。

2）字符显示出来后如何移动？窗体上是有坐标系的，其默认的坐标原点在窗体的左上角，X 轴正向向右，Y 轴正向向下。窗体的 Print 方法显示字符时并不指定其坐标位置，所以用 Print 方法显示的字符要移动比较困难；标签的 Left 和 Top 属性决定标签在窗体上的位置，实际上就是标签在窗体坐标系的坐标，只要改变它们的值就能改变标签的位置，从而使其上的字符位置发生变动。

根据以上分析设计的程序运行窗体界面如图 3-4 所示。各控件对象属性设置如表 3-1 所示。

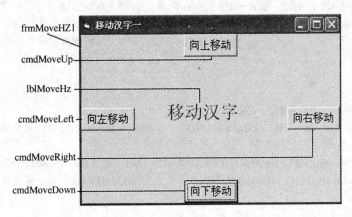

图 3-4　例 3-4 程序运行界面

表 3-1　图 3-4 上各控件属性值设置

控 件 类 型	Name	AutoSize	Caption	Font
窗体	frmMoveHZ1		移动汉字一	
标签	lblMoveHz	True	移动汉字	宋体/常规/20
命令按钮	cmdMoveLeft		向左移动	宋体/常规/小四
命令按钮	cmdMoveRight		向右移动	宋体/常规/小四
命令按钮	cmdMoveUp		向上移动	宋体/常规/小四
命令按钮	cmdMoveDown		向下移动	宋体/常规/小四

根据题目要求设计代码如下：

```
Rem *******************************************************************

Private Sub Form_Load()                    '定义窗体的 Load 事件过程
    cmdMoveLeft.Left = 0
    cmdMoveLeft.Top = (frmMoveHZ1.ScaleHeight - cmdMoveLeft.Height) / 2
                                           '设置命令按钮 cmdMoveLeft 的 X、Y 坐标
    cmdMoveRight.Left=frmMoveHZ1.ScaleWidth-cmdMoveRight.Width
    cmdMoveRight.Top = (frmMoveHZ1.ScaleHeight - cmdMoveRight.Height) / 2
                                           '设置命令按钮 cmdMoveRight 的 X、Y 坐标
    cmdMoveUp.Left = (frmMoveHZ1.ScaleWidth - cmdMoveUp.Width) / 2
    cmdMoveUp.Top = 0
                                           '设置命令按钮 cmdMoveUp 的 X、Y 坐标
    cmdMoveDown.Left = (frmMoveHZ1.ScaleWidth - cmdMoveDown.Width) / 2
    cmdMoveDown.Top = frmMoveHZ1.ScaleHeight - cmdMoveDown.Height
                                           '设置命令按钮 cmdMoveDown 的 X、Y 坐标
End Sub                                     '与 Sub 配对定义 Form_Load 事件过程

Private Sub cmdMoveLeft_Click()            '定义 cmdMoveLeft 的 Click 事件过程
    lblMoveHz.Left = lblMoveHz.Left - 100  '标签 lblMoveHz 每次向左移动 100 个单位

    If (lblMoveHz.Left < -lblMoveHz.Width) Then  '如果 lblMoveHz 完全移出窗体左边界
        lblMoveHz.Left = frmMoveHZ1.ScaleWidth   '则把 lblMoveHz 重新移到窗体右边界
    End If                                       '与 If...Then 配对构成单分支结构
End Sub                                          '与 Sub 配对定义 cmdMoveLeft_Click 过程


Private Sub cmdMoveRight_Click()
    lblMoveHz.Left = lblMoveHz.Left + 100        '标签 lblMoveHz 每次向右移动 100 个单位

    If (lblMoveHz.Left > frmMoveHZ1.ScaleWidth) Then  '如果标签 lblMoveHz 完全移出窗体右边界
        lblMoveHz.Left = -lblMoveHz.Width             '则把 lblMoveHz 重新移到窗体左边界外
    End If
End Sub

Private Sub cmdMoveUp_Click()
    lblMoveHz.Top = lblMoveHz.Top - 100          '标签 lblMoveHz 每次向上移动 100 个单位

    If (lblMoveHz.Top < -lblMoveHz.Height) Then
        lblMoveHz.Top = frmMoveHZ1.ScaleHeight
    End If
End Sub

Private Sub cmdMoveDown_Click()
    lblMoveHz.Top = lblMoveHz.Top + 100          '标签 lblMoveHz 每次向下移动 100 个单位
```

```
    If (lblMoveHz.Top > frmMoveHZ1.ScaleHeight) Then
        lblMoveHz.Top = -lblMoveHz.Height
    End If
End Sub

Rem *************************** The End ****************************
```

对上面代码的几点说明：

1）程序运行时可以让"移动汉字"标签向不同的方向移动，这通过用鼠标单击对应的命令按钮来实现，所以在上面代码中设计了对应 4 个命令按钮的 Click 事件过程；另外要让程序运行时 4 个命令按钮正好处在对应方向的位置，所以又设计了窗体的 Load 事件过程。

2）程序的执行过程。当在 VB 开发环境中将程序设计好并编译连接完成后，就可以运行程序了。程序运行时首先将窗体加载到内存，触发窗体的 Load 事件，此时会自动调用执行 Form_Load 事件过程，以设置 4 个命令按钮对应的 Left 和 Top 属性的值，即将 4 个命令按钮放在窗体对应的位置，然后暂停，等待用户的下一步操作。此时，若用鼠标单击命令按钮 cmdMoveLeft（向左移动），那么对 cmdMoveLeft 来说就触发了 Click 事件，程序就会调用执行 cmdMoveLeft_Click 事件过程，标签 lblMoveHz（移动汉字）将向左移动 100 个单位，然后暂停，再等待用户的下一步操作，即每单击一次命令按钮，标签就会向相应方向移动 100 个单位的距离。

3）在标签向各个方向移动时，有可能移出窗体，这时就要进行判断，并作出相应的处理。这可通过上面的程序代码去仔细体会。

3.4　单选按钮、复选框与框架

3.4.1　单选按钮

单选按钮（OptionButton）通常以组的形式出现。也就是说，单选按钮的使用通常都是由多个构成一个组，只允许用户在其中选择一项，比如选择某个人的性别等。

1．主要属性

单选按钮的主要属性如下。

（1）Caption 属性

Caption 属性是单选按钮的标题，其值为单选按钮上显示的文本。

（2）Value 属性

Value 属性是默认属性，其值为逻辑类型，表示单选按钮的状态。在一组单选按钮中，当某个单选按钮被选中时，其 Value 属性的值将变为 True，其他单选按钮 Value 属性的值将变为 False。

2．常用事件

单选按钮常用的事件是 Click 事件。

3.4.2　复选框

复选框（CheckBox）与单选按钮有很多相似的地方。不过它可以单个或一个组的形式出现。此时用户可以在其中选择一个，也可以选择多个。一般用来设置程序运行的某种环境状态。

1. 常用属性

复选框的主要属性如下。

（1）Caption 属性

Caption 属性是复选框的标题，其值为复选框上显示的文本。

（2）Value 属性

Value 属性是默认属性，其值为整型，表示复选框的状态。Value 属性可取下列值：

0——默认值，未被选中。

1——被选中。

2——被灰化，也就是不能再改变它的状态。

另外，复选框上也可显示图形，其涉及的属性有 Style、Picture、DownPicture 和 DisabledPicture 属性。它们跟命令按钮的情况类似。

2. 常用事件

复选框常用的事件为 Click 事件。

【例 3-5】 用单选钮和检查框设置文本框的字体。

代码如下：

```
Private Sub Option1_Click()
Text1.Font.Name = "宋体"
End Sub
Sub Option2_Click()
Text1.Font.Name = "黑体"
End Sub
Sub Check1_Click()
Text1.Font.Bold = Not Text1.Font.Bold
End Sub
Sub Check2_Click()
Text1.Font.Italic = Not Text1.Font.Italic
End Sub
Sub Check3_Click()
Text1.Font.Strikethrough = Not Text1.Font.Strikethrough
End Sub
Sub Check4_Click()
Text1.Font.Underline = Not Text1.Font.Underline
End Sub
```

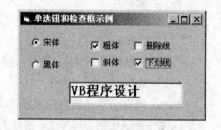

设计的界面如图 3-5 所示。

图 3-5 例 3-5 界面

3.4.3 框架

框架（Frame）的作用是可对一个窗体上所有的控件对象从形式（视觉）上或实质上进行分组。比如，在一个单选按钮组中，只允许用户选择其中的一项。此时若不使用框架，窗体上的所有单选按钮都属于一个组。

1. 常用属性

框架的主要属性是 Caption 属性，表示框架上的标题。

2. 常用事件

框架也能响应 Click、DblClick 等事件。但一般不需要设计事件过程。

分组控件对象的创建过程：首先在窗体上创建一个框架对象，然后把该分组的其他控件对象直接创建到该框架对象上或粘贴到该框架对象上即可。不能把窗体上创建好的对象移动到该框架对象上去。

3.5 列表框和组合框

列表框（ListBox）和组合框控件对象实质上就是一维字符串数组，并以可视化形式显示其列表项（各字符串）以供用户进行选择。

3.5.1 列表框

列表框控件是一个用来显示多个项目的列表，用户可以在其中选择一个或多个列表项，但不能录入列表项或修改某项的内容。

1. 常用属性

列表框的常用属性如下。

1）Text 属性：其值为字符串型，表示被选定项目的文本内容。

2）List 属性：其值为字符串数组，用来存放列表中所有项目的文本内容。

3）ListIndex 属性：其值为整形，表示程序运行时被选定的项目序号，起始序号为 0。未选时其值为–1。

4）ListCount 属性：其值为整形，表示列表中项目的总数。项目序号为 0～ListCount–1。

5）Selected 属性：其值为逻辑型数组，表示列表框中各项选中状态。选中为 True，否则为 False。

6）MultiSelect 属性：其值为整形，表示在列表框中是否允许多选。取值为 0～2。

7）Sorted 属性：其值为逻辑，决定在程序运行期间对列表框中的项目是否进行排序。

2. 常用方法

1）AddItem 方法：其作用把一个项目加入列表框。形式如下：

　　　列表框对象名. AddItem 字符串[, 索引值]

其中，字符串是要加入列表框中的新项目；索引值决定加入项目在列表框中的位置，原位置的项目依次后移。如果省略，则新增项目添加在最后。对于第一个项目，其索引值为 0。

2）RemoveItem 方法：从列表框中删除指定的项目。形式如下：

　　　列表框对象名. RemoveItem 索引值

3）Clear 方法：作用是清除列表框中所有的项目。形式如下：

　　　列表框对象名. Clear

3．常用事件

列表框常用的事件有 Click 和 DblClick。

【例 3-6】 列表框举例。

列表框各主要属性值如下。

List1.ListIndex = 3，下标从 0 开始的。

List1. ListCount = 5。

List1. Selected(3) = True，其余为 False。

List1. Sorted = False，没有排序。

List1. Text 为"cox"与 List1. List(List1. ListIndex)相等。

列举框界面如图 3-6 所示。

图 3-6 例 3-6 界面

3.5.2 组合框

组合框（ComboBox）就是组合列表框与文本框而成的控件，它兼有文本框和列表框两者的功能，除了可向列表框那样进行列表选项选择外，还可以直接在文本框中输入列表选项中没有的内容。但是组合框不能被设定为多重选择模式，用户一次只能选取一项。

1．常用属性

组合框的属性与列表框基本相同。这里仅列出不同的属性。

1）Style 属性：其值为整型，用于设置组合框的样式。具体取值如下。

当 Style=0（默认）时，允许用户从下拉列表中选择项目，还可以从文本框中输入文本。

当 Style=1 时，由一个文本编辑框和一个标准列表框组成。列表框不是下拉式的，列表项目始终显示在列表框中，所以在设计时应适当调整组合框的大小。

当 Style=2 时，下拉式列表框。没有文本框，只能选择和显示，不能输入。

2）Text 属性：用于显示所选择项目的文本或直接从文本编辑区输入文本。

2．常用方法

组合框同样也有 AddItem、RemoveItem 和 Clear 方法，其用法与列表框相同。

3．常用事件

组合框响应的事件与 Style 属性密切相关。具体说明如下。

当 Style=0 时，响应 Click、Change 和 Dropdown 事件。

当 Style=1 时，响应 Click、DblClick 和 Change（在编辑区输入文本）事件。

当 Style=2 时，响应 Click 和 Dropdown（单击组合框中的下拉按钮）事件。

【例 3-7】 组合框举例。

代码如下：

```
Private Sub Check1_Click()
    Combo1.Enabled = Not Combo1.Enabled
    Text1.Enabled = Not Text1.Enabled
End Sub

Private Sub Check2_Click()
    Option1.Enabled = Not Option1.Enabled
    Option2.Enabled = Not Option2.Enabled
```

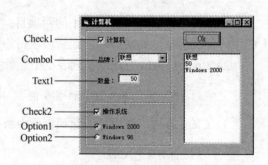

图 3-7 例 3-7 界面

```
        End Sub

    Private Sub Combo1_LostFocus()
    ' 当焦点离开组合框时，组合框的 LostFocus 事件被触发，利用该事件过程将用户输入的计算机品
    ' 牌添加到组合框中。
    ' 添加到组合框的新项目不能永久保存，下次运行该程序时看不到上次保存的项目。
        flag = False
        For i = 0 To Combo1.ListCount - 1
        If Combo1.List(i) = Combo1.Text Then
        flag = True
        Exit For
        End If
        Next
        If Not flag Then
        Combo1.AddItem Combo1.Text
        End If
    End Sub

    Private Sub Command1_Click()
        If Check1.Value = 1 Then
        List1.AddItem Combo1
        List1.AddItem Text1
        End If
        If Check2.Value = 1 Then
        If Option1 Then
            List1.AddItem "Windows 2000"
        Else
            List1.AddItem "Windows 98"
        End If
        End If
    End Sub

    Private Sub Form_Load()
        ' Combo1 中的选项已在设计状态通过 List 属性设计
        Combo1.Enabled = False
        Text1.Enabled = False
        Option1.Enabled = False
        Option2.Enabled = False
    End Sub
```

组合框界面如图 3-7 所示。

【例 3-8】 设计一信息管理程序。其功能为：当程序运行时，在窗体界面上能录入学生的姓名、性别与考试成绩；窗体上有一个"保存"信息的命令按钮，当每次录入完毕即可单击该命令按钮，把所录入的信息保存入列表框中，然后再录入下一个学生信息；窗体上还有一个"删除"信息的命令按钮，它平时是不可用的，当用鼠标在列表框中选择某个学生信息时，"删除"命令按钮变成可用，此时若单击"删除"命令按钮，该学生信息将从列表框中

删除；窗体上还有一个"退出"命令按钮，当单击该命令按钮时将终止程序的执行。

根据题目要求可做如下分析：

1）要录入学生姓名、成绩，可使用文本框；要录入性别可使用两个单选按钮（男和女）；要把信息保存在列表框中，必须使用一个列表框对象；另外根据题目要求必须使用三个命令按钮和若干标签对象。

2）"保存"命令按钮对应的事件过程的功能是：先把录入的姓名、性别与成绩信息从对应的控件对象中取出来；判别姓名是否为空，若为空不能保存，否则把它们组合构成一个字符串，再保存入列表框中；最后再把两个文本框清空即可。

3）"删除"命令按钮只有在列表框中选择某个学生的信息时才可使用，那么必须对列表框的单击事件过程设计代码，以使"删除"命令按钮在列表框中选择某个学生的信息时变为可用；在"删除"命令按钮的单击事件过程中删除所选择的学生信息；最后再把"删除"命令按钮变为不可用。

4）"退出"命令按钮的单击事件过程的功能是退出整个程序的执行。

根据以上分析设计的程序运行窗体界面如图 3-8 所示，各控件对象属性设置如表 3-2 所示。

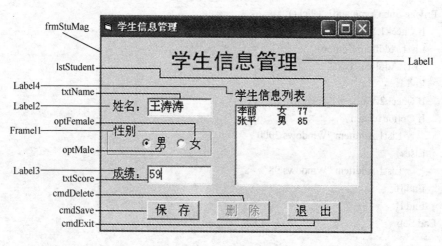

图3-8　例3-8 程序运行界面

表3-2　图3-8 上各控件属性值设置

控 件 类 型	Name	AutoSize	Caption	Font
窗体	frmStuMag		学生信息管理	
标签	Label1	True	学生信息管理	黑体/常规/二号
标签	Label2	True	姓名	宋体/常规/小四
标签	Label3	True	成绩	宋体/常规/小四
标签	Label4	True	学生信息列表	宋体/常规/小四
文本框	txtName			宋体/常规/小四
文本框	txtScore			宋体/常规/小四
框架	Frame1		性别	宋体/常规/小四

控 件 类 型	Name	AutoSize	Caption	Font
单选按钮	optMale		男	宋体/常规/小四
单选按钮	optFemale		女	宋体/常规/小四
列表框	lstStudent			宋体/常规/10
命令按钮	cmdSave		保存	宋体/常规/小四
命令按钮	cmdDelete		删除	宋体/常规/小四
命令按钮	cmdExit		退出	宋体/常规/小四

根据题目要求设计代码如下：

```
Rem ******************************************************

Private Sub Form_Load()
    cmdDelete.Enabled = False          '给命令按钮 cmdDelete 的属性 Enabled 赋值 False
End Sub

Private Sub cmdSave_Click()
    Dim mname As String, msex As String          '定义过程级变量 mname、msex 为字符串类型
    Dim mscore As String                          '定义过程级变量 mscore 为 String 类型
    mname = Left(LTrim(txtName.Text) + Space(5), 5) '将文本框 txtName 的属性 Text 的值赋给 mname
    If (Len(RTrim(mname)) = 0) Then               '若姓名为空
        MsgBox ("姓名不能为空！请重新输入.")        '则提示用户重新输入姓名
        txtName.SetFocus                          '将焦点置于文本框 txtName 中
        Exit Sub                                  '退出该事件过程
    End If
    msex = IIf(optMale.Value, "男", "女")          '按照单选按钮 optMale 的属性 Value 的值赋给
                                                   'msex 相应的值
    mscore = Left(Str(Val(txtScore.Text)) + Space(6), 6) '将文本框 txtScore 的属性 Text 的值赋给 mscore
    lstStudent.AddItem mname & " " & msex & " " & mscore
                    '将变量 mname、msex 和 mscore 的值连接成字符串添加到列表框 lstStudent 中
    txtName.Text = ""                             '给 txtName 的属性 Text 赋值""
    optMale.Value = True                          '给 optMale 的属性 Value 赋值 True
    txtScore.Text = ""                            '给 txtScore 的属性 Text 赋值""

    txtName.SetFocus                              '文本框 txtName 调用执行方法 SetFocus
End Sub

Private Sub lstStudent_Click()                    '定义列表框 lstStudent 的 Click 事件过程
    cmdDelete.Enabled = True                      '让命令按钮 cmdDelete 变为可用
End Sub                                            '与前面的 Sub 配对定义 lstStudent_Click 事件过程

Private Sub cmdDelete_Click()
    Dim mname As String                           '定义过程级变量 mname 为 String 类型

    If (lstStudent.ListIndex < 0) Then            '如果 lstStudent 的属性 ListIndex 的值小于 0
```

43

```
        MsgBox ("还没有选择要删除的对象！")          '则调用执行函数 MsgBox（显示提示框）
    Else
        mname = RTrim(Left(lstStudent.List(lstStudent.ListIndex), 4))
                                '取出 lstStudent 中选择项的左边 4 个字符即姓名赋给变量 mname
        lstStudent.RemoveItem lstStudent.ListIndex          '从 lstStudent 中删除所选择项
        MsgBox ("“" & mname & "”已被删除！")    '提示所选择项已被删除
    End If

    cmdDelete.Enabled = False                    '让命令按钮 cmdDelete 变为不可用
End Sub

Private Sub cmdExit_Click()
    End                                          '终止程序的运行
End Sub

Rem *******************************************************
```

对上面代码的几点说明。

1）要使一个命令按钮变为不可用，可将其 Enabled 属性值设置为 False，若要使其可用，则将其 Enabled 属性值设置为 True。

2）当用鼠标单击（选择）列表框中某一项时，此时列表框的 ListIndex 属性就表示该项在列表中的序号，"列表框名.List（列表框名.ListIndex）"就表示所选择的列表项；程序中可以用列表框的 AddItem 方法给其添加一项，也可以用 RemoveItem 方法从其中删除一项。

3）程序的执行过程：当在 VB 开发环境中将程序设计好后，就可以运行程序了。程序运行时首先将窗体加载到内存，此时会自动调用执行 Form_Load 事件过程，将命令按钮 cmdDelete 变为不可用；录入相应的学生信息并单击"cmdSave"命令按钮，则会调用执行 cmdSave_Click 事件过程并把录入的学生信息添加入列表框中；在列表框中用鼠标选择某项则会触发列表框的 Click 事件并调用执行 lstStudent_Click 事件过程把"cmdDelete"命令按钮变为可用，再单击"cmdDelete"命令按钮，则会调用执行 cmdDelete_Click 事件过程把所选择项从列表框中删除。

4）单击"cmdExit"命令按钮，则会调用执行 cmdExit_Click 过程终止整个程序的执行。

3.6 定时器和滚动条

3.6.1 定时器

定时器（Timer）能以一定的时间间隔产生 Timer 事件从而执行相应的事件过程。在程序运行过程中，定时器控件对象并不显示在窗体上。

1．常用属性

1）Enabled 属性：其值为逻辑型，控制定时器控件对象是否产生 Timer 事件。

2）Interval 属性：其值为整型，决定产生两个 Timer 事件之间的时间间隔。具体取值单位为 ms，默认值为 0。如果 Interval 取值为 0，定时器控件对象不产生 Timer 事件；如果要使定时器对象每隔 1 秒产生一次 Timer 事件，则其值应设置为 1000。

2．常用事件

定时器控件只有一个 Timer 事件。

只有当 Enabled 属性取值为 True、Interval 属性取值为非 0 时，定时器控件对象才能产生 Timer 事件。

【例 3-9】 定时器举例。

代码如下：

```
Dim hour, minute
Sub Command1_Click()
    hour = Format(Text1.Text, "00")
    minute = Format(Text2.Text, "00")
End Sub

Private Sub Form_Load()
    Timer1.Interval = 10
End Sub
Sub Timer1_Timer()
    Label1.Caption = Time$()
    If Mid$(Time$, 1, 5) = hour & ":" & minute Then    '如果时间到了定时器所指定的时间，闹钟响
100 下
        For i = 1 To 100
            Beep
        Next i
    End If
End Sub
Sub Command2_Click()
    End
End Sub
```

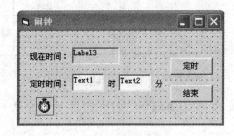

图 3-9　例 3-9 界面

设计界面如图 3-9 所示。

【例 3-10】 设计一移动字符（如移动汉字）的程序。其功能与例 3-4 相同的地方就是都是移动字符；不同的地方是例 3-4 中单击一次命令按钮，字符会向相应方向移动一段距离，然后停止，而在本例中要求当单击某个命令按钮后，字符将向相应方向一直移动，直到单击其他命令按钮改变移动方向为止。

根据题目要求可做如下分析：

1）因为在本例中，字符要不停地移动，所以在程序执行过程中，程序代码要不停地改变标签的位置。那么如何才能让程序不停地改变标签的位置呢？可采用循环程序结构来实现（参照后面章节）；也可使用前面所讲的定时器控件来实现。

2）定时器控件对象会每隔一定时间（由 Interval 属性确定）触发一次 Timer 事件，这样只要对定时器控件对象的 Timer 事件设计事件过程，并在其中改变标签的位置，就可以达到不停的移动标签（字符）的结果。

设计出程序窗体界面如图 3-4 所示。各控件对象属性设置如表 3-3 所示。

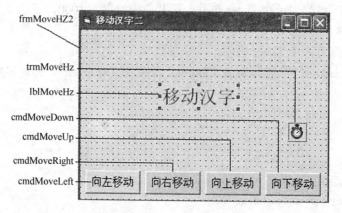

图 3-10   例 3-10 程序设计界面

表 3-3   图 3-10 上各控件属性值设置

控 件 类 型	Name	AutoSize	Caption	Font
窗体	frmMoveHZ2		移动汉字二	
标签	lblMoveHz	True	移动汉字	宋体/常规/20
定时器	tmrMoveHz			
命令按钮	cmdMoveLeft		向左移动	宋体/常规/小四
命令按钮	cmdMoveRight		向右移动	宋体/常规/小四
命令按钮	cmdMoveUp		向上移动	宋体/常规/小四
命令按钮	cmdMoveDown		向下移动	宋体/常规/小四

根据题目要求设计代码如下：

```
Rem **********************************************************************

Const LPM As Integer = 50        '定义 LPM 为模块级整型常量，值为 50
Dim m_direction As String        '定义 m_direction 为模块级字符串变量

Private Sub Form_Load()          '定义窗体的 Load 事件过程
  cmdMoveLeft.Left = 0
  cmdMoveLeft.Top = (frmMoveHZ2.ScaleHeight − cmdMoveLeft.Height) / 2

  cmdMoveRight.Left = frmMoveHZ2.ScaleWidth − cmdMoveRight.Width
  cmdMoveRight.Top = (frmMoveHZ2.ScaleHeight − cmdMoveRight.Height) / 2

  cmdMoveUp.Left = (frmMoveHZ2.ScaleWidth − cmdMoveUp.Width) / 2
  cmdMoveUp.Top = 0

  cmdMoveDown.Left = (frmMoveHZ2.ScaleWidth − cmdMoveDown.Width) / 2
  cmdMoveDown.Top = frmMoveHZ2.ScaleHeight − cmdMoveDown.Height

  m_direction = "L"              '给变量 m_direction 赋值"L"，即让字符向左移动
```

```vb
'给 tmrMoveHz 的属性 Interval 赋值 50（发生 Timer 事件时间间隔为 50 毫秒）
    tmrMoveHz.Interval = 50
    tmrMoveHz.Enabled = True          '给 tmrMoveHz 的属性 Enabled 赋值 True，让定时器计时
End Sub


Private Sub cmdMoveLeft_Click()
    m_direction = "L"                         '给变量 m_direction 赋值"L"
    lblMoveHz.ForeColor = RGB(0, 0, 15)       '设置标签 lblMoveHz 的前景色
End Sub


Private Sub cmdMoveRight_Click()
    m_direction = "R"                         '给变量 m_direction 赋值"R"
    lblMoveHz.ForeColor = RGB(255, 0, 0)
End Sub


Private Sub cmdMoveUp_Click()
    m_direction = "U"                         '给变量 m_direction 赋值"U"
    lblMoveHz.ForeColor = RGB(0, 255, 0)
End Sub


Private Sub cmdMoveDown_Click()
    m_direction = "D"                         '给变量 m_direction 赋值"D"
    lblMoveHz.ForeColor = RGB(255, 255, 0)
End Sub
Private Sub MoveHzLeft()                      '定义一般子过程 MoveHzLeft
    lblMoveHz.Left = lblMoveHz.Left - LPM     '标签 lblMoveHz 每次左移 LPM 个单位

    If (lblMoveHz.Left < -lblMoveHz.Width) Then   '如果标签 lblMoveHz 完全移出窗体左边界
        lblMoveHz.Left = frmMoveHZ2.ScaleWidth    '则把 lblMoveHz 再重新移到窗体的右边界
    End If                                         '与前面 If...Then 构成单分支结构
End Sub                                            '与前面 Sub 配对定义一般子过程 MoveHzLeft


Private Sub MoveHzRight()
    lblMoveHz.Left = lblMoveHz.Left + LPM     '标签 lblMoveHz 每次右移 LPM 个单位

    If (lblMoveHz.Left > frmMoveHZ2.ScaleWidth) Then
        lblMoveHz.Left = -lblMoveHz.Width
    End If
End Sub


Private Sub MoveHzUp()
    lblMoveHz.Top = lblMoveHz.Top - LPM       '标签 lblMoveHz 每次上移 LPM 个单位

    If (lblMoveHz.Top < -lblMoveHz.Height) Then
        lblMoveHz.Top = frmMoveHZ2.ScaleHeight
    End If
```

```
        End Sub

        Private Sub MoveHzDown()
            lblMoveHz.Top = lblMoveHz.Top + LPM          '标签 lblMoveHz 每次下移 LPM 个单位

            If (lblMoveHz.Top > frmMoveHZ2.ScaleHeight) Then
                lblMoveHz.Top = -lblMoveHz.Height
            End If
        End Sub

        Private Sub tmrMoveHz_Timer()          '定义定时器 tmrMoveHz 的 Timer 事件过程
            If (m_direction = "L") Then        '如果变量 m_direction 的值为"L"
                Call MoveHzLeft                '则调用执行过程 MoveHzLeft
            ElseIf (m_direction = "R") Then    '否则如果变量 m_direction 的值为"R"
                Call MoveHzRight               '则调用执行过程 MoveHzRight
            ElseIf (m_direction = "U") Then    '否则如果变量 m_direction 的值为"U"
                Call MoveHzUp                  '则调用执行过程 MoveHzUp
            ElseIf (m_direction = "D") Then    '否则如果变量 m_direction 的值为"D"
                Call MoveHzDown                '则调用执行过程 MoveHzDown
            End If                             '与前面的多个 If...Then 等构成多分支结构
        End Sub                                '与前面的 Sub 配对定义事件过程 tmrMoveHz_Timer
        Rem ************************* The End *****************************
```

对上面代码的几点说明如下。

1）在程序代码的最前面定义了一个模块级常量和一个模块级变量。模块级常量和模块级变量的意思是该常量或变量都可以被后边的各个过程所访问。

2）在上面代码中定义了 cmdMoveLeft_Click 等对应 4 个方向的 4 个命令按钮的 Click 事件过程，它们只改变模块级变量 m_direction 的值以及字符显示的颜色，在程序中就是用变量 m_direction 来控制标签移动方向的。

3）在上面代码中还定义了 MoveHzLeft 等分别向对应 4 个方向移动标签的 4 个一般子过程。只所以把它们称为一般子过程，就是相对于事件过程而言，它们必须由别的过程调用才能得到执行。

4）在上面代码中定义了一个定时器事件过程 tmrMoveHz_Timer。当定时器触发 Timer 事件时，将会调用执行该过程。该过程的功能是根据变量 m_direction 的值确定调用执行向相应方向移动标签（字符）的子过程。

5）程序的执行过程：①程序运行时首先将窗体加载到内存，此时会自动调用执行 Form_Load 事件过程，将 4 个命令按钮放在窗体对应的位置，接着设置标签初始移动方向、定时器触发 Timer 事件的时间间隔、让定时器开始计时；②当定时器计时到 50 毫秒时，会触发 Timer 事件，此时会自动调用执行 tmrMoveHz_Timer 事件过程，在该过程中，将根据变量 m_direction 的值调用执行向相应方向移动标签（字符）的子过程以移动字符；③字符移动完成后，定时器又开始计时，并重复第②步的过程，以达到连续移动字符的效果；④当在程序执行过程中，用鼠标单击了某个命令按钮，将会改变变量 m_direction 的值，从而达到改变移动方向的效果。

3.6.2 滚动条

滚动条通常用于附在窗体上协助观察数据或确定位置，也可用来做数据的输入工具。滚动条有水平滚动条（HScrollBar）和垂直滚动条（VScrollBar）。

1．常用属性

1）Min 和 Max 属性：其值为整型，范围为-32768～32767。Min 属性表示滑块处于最小位置时所代表的值；Max 属性表示滑块处于最大位置时所代表的值。

2）Value 属性：其值为整型，表示滑块所处当前位置所代表的值。

3）SmallChange 和 LargeChange 属性：其值为整型。SmallChange 属性表示用户单击滚动条两端的箭头时 Value 属性所增加或减少的值；LargeChange 属性表示用户单击滑块与两端箭头之间的区域时 Value 属性所增加或减少的值。

2．常用事件

1）Scroll 事件：当用户拖动滑块时会触发该事件。

2）Change 事件：当改变 Value 属性值时，或滚动条内滑块位置改变时会触发该事件。

3.7 图片框和图像框

在 VB 程序中处理图形或图片，可以使用图片框和图像框控件对象。

3.7.1 图片框

图片框（PictureBox）用来显示图片（包括 BMP、JPG、GIF、WMF 和 ICO 等图片文件格式），还可以作为容器控件放置其他控件，以及通过 Print、Pset、Line 和 Circle 等方法在其中输出文本和画图。图片框的常用属性如下。

（1）Picture 属性

Picture 属性决定控件对象中所显示的图形文件，其值可以通过下列方法获得。

1）在设计状态下直接在磁盘上选择图形文件以设置 Picture 属性。

2）在程序运行状态使用语句：对象名．Picture=LoadPicture（"图形文件名"）来装载图形文件；使用语句：对象名．Picture=LoadPicture(" ")来卸载图形文件。

3）装入另一对象中的图形使用语句：对象名1．Picture=对象名2．Picture 。

（2）AutoSize 属性

AutoSize 属性的值为逻辑型，决定图片框是否可自动调整大小以适应图片的显示。

3.7.2 图像框

图像框（Image）可以用来显示图片，但它不能像图片框那样作为容器控件来放置其他控件。图像框的常用属性如下。

1）Picture 属性：与图片框的 Picture 属性使用方法相同。

2）Stretch 属性：其值为逻辑型，用于伸缩图像，即可调整图像框或图像的大小，分设计和运行两种状态。

3.8 驱动器、目录和文件列表框

在程序运行中，有时需要查看或者选择磁盘上的文件，这时就需要使用驱动器、目录以及文件列表框控件。

3.8.1 驱动器列表框

驱动器列表框（DriveListBox）用于显示计算机系统中包含的所有驱动器名称（如 C、D、E 等）以供用户选择。

1. 常用属性

Drive 属性：其值为字符串类型，用于返回或设置程序运行时的当前驱动器。该属性只能在代码中设置，不能在属性窗口设置。

2. 常用方法

1）SetFocus 方法：其作用为让驱动器列表框对象获得焦点。语法格式如下：

　　　　对象名．SetFocus

2）Refresh 方法：其作用为强制重绘该驱动器列表框对象。语法格式如下：

　　　　对象名．Refresh

3. 常用事件

Change 事件：当重新选择驱动器或通过代码改变 Drive 属性的值时会触发该事件。

3.8.2 目录列表框

目录（文件夹）列表框（DirListBox）用于显示计算机系统中当前驱动器的所有目录和当前目录下的子目录以供用户选择。

1. 常用属性

Path 属性：其值为字符串类型，用于返回或设置当前路径（包括驱动器名和目录名）。该属性只能在代码中设置，不能在属性窗口设置。

2. 常用方法

1）SetFocus 方法：其作用为让目录列表框对象获得焦点。语法格式如下：

　　　　对象名．SetFocus

2）Refresh 方法：其作用为强制重绘该目录列表框对象。语法格式如下：

　　　　对象名．Refresh

3. 常用事件

1）Click 事件：用鼠标左键单击被选择的目录时会触发该事件。

2）Change 事件：当重新选择目录或通过代码改变 Path 属性的值时会触发该事件。

3.8.3　文件列表框

文件列表框（FileListBox）用于显示当前目录（文件夹）中指定类型的所有文件名以供用户选择。

1．常用属性

1）Path 属性：其值为字符串类型，用于返回或设置当前路径（包括驱动器名和目录名）。该属性只能在代码中设置，不能在属性窗口设置。

2）FileName 属性：其值为字符串类型，表示选定的文件名。

3）Pattern 属性：其值为字符串类型，用于设置文件列表框中显示的文件类型。

2．常用方法

1）SetFocus 方法：其作用为让文件列表框对象获得焦点。语法格式如下：

　　对象名．SetFocus

2）Refresh 方法：其作用为强制重绘该文件列表框对象。语法格式如下：

　　对象名．Refresh

3．常用事件

1）Click 事件：用鼠标左键单击被选择的文件时会触发该事件。

2）DblClick 事件：用鼠标左键双击被选择的文件时会触发该事件。

【例 3-11】　设计一图片浏览器程序。其功能要求能选择磁盘上某个文件夹下的图片文件，并把该文件的图片显示出来。

根据题目要求可做如下分析：

1）要在磁盘上选择相应的磁盘文件，必须使用驱动器列表框、目录列表框和文件列表框。进一步要指定所选择文件的类型，则可使用组合框。

2）要把图片显示出来，则要使用图片框或图像框。

根据以上分析设计出程序运行界面如图 3-11 所示。各控件对象属性设置如表 3-4 所示。

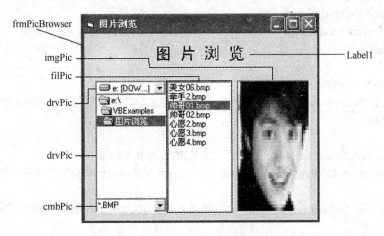

图 3-11　例 3-11 程序运行界面

表 3-4　图 3-11 上各控件属性值设置

控 件 类 型	Name	AutoSize	Caption	Font
窗体	frmPicBrowser		图片浏览	
标签	Label1	True	图片浏览	黑体/常规/小二
驱动器列表框	drvPic			
目录列表框	dirPic			
文件列表框	filPic			
组合框	cmbPic			
图像框	imgPic			

根据题目要求设计代码如下：

```
Rem *******************************************************

Private Sub Form_Load()
    cmbPic.AddItem "*.BMP"          '给组合框 cmbPic 添加列表项"*.BMP"
    cmbPic.AddItem "*.JPG"          '给组合框 cmbPic 添加列表项"*.JPG"
    cmbPic.AddItem "*.*"            '给组合框 cmbPic 添加列表项"*.*"

    cmbPic.Text = "*.*"             '给组合框 cmbPic 的属性 Text 赋值"*.*"
    imgPic.Stretch = True           '让图片伸缩以适应图像框 imgPic 的大小
End Sub

Private Sub drvPic_Change()         '定义 drvPic 的事件 Change 的事件过程
    dirPic.Path = drvPic.Drive      '让 dirPic 中显示的内容随 drvPic 而变化
End Sub                             '与前面的 Sub 配对定义 drvPic_Change 事件过程

Private Sub dirPic_Change()
    filPic.Path = dirPic.Path       '让 filPic 中显示的内容随 dirPic 而变化
End Sub

Private Sub cmbPic_Click()
    filPic.Pattern = cmbPic.Text    '让 filPic 中显示的文件类型随 cmbPic 而变化
End Sub

Private Sub filPic_Click()          '定义 filPic 的事件 Click 的事件过程
    Dim mpath As String, mfile As String '定义过程级变量 mpath 和 mfile 为字符串类型

    On Error GoTo ErrorEnd          '如果下面语句执行出错则转到标号 ErrorEnd:处执行

    mpath = filPic.Path             '取出所选择文件的路径
    mfile = filPic.FileName         '取出所选择文件的文件名
```

```
        If (Right(mpath, 1) = "\") Then        '判别 mpath 最右边的一个字符是否是'\'
            mfile = mpath + mfile               '若是则把 mpath 和 mfile 连接成一个字符串赋给 mfile
        Else
            mfile = mpath + "\" + mfile
        End If                                  '与 If...Then...Else 构成双分支结构
        imgPic.Picture = LoadPicture(mfile)     '调用 LoadPicture 函数把 mfile 对应的图片文件装载到
                                                'imgPic 的属性 Picture 中
        Exit Sub                                '退出该过程, 即该过程执行结束
ErrorEnd:                                       '定义语句标号 ErrorEnd
        imgPic.Picture = LoadPicture("")        '调用 LoadPicture 函数把 imgPic 的属性 Picture 中图片清空
        MsgBox ("图片文件类型错误! ")             '调用 MsgBox 函数显示提示框
End Sub                                         '与前面的 Sub 配对定义 filPic_Click 事件过程

    Rem ******************** The End **************************
```

对上面代码的几点说明如下。

1）程序运行时，当在驱动器列表框中选择不同的驱动器（逻辑磁盘）时，其属性 Drive 的值就表示当前所选择的那个驱动器；当在目录列表框中选择不同的目录（文件夹）时，其属性 Path 的值就表示当前所选择的那个目录路径；当在文件列表框中选择不同的文件时，其属性 Path 的值就表示当前所选择的那个文件的路径，属性 FileName 的值就表示所选择的那个文件的文件名。

2）程序的执行过程：①程序运行时首先将窗体加载到内存，此时会自动调用 Form_Load 事件过程，给组合框 cmbPic 添加 3 个列表项，并让图像框中将来显示的图像能够自动伸缩以适应图像框的大小；②当在驱动器列表框中选择不同驱动器时，对于驱动器列表框就会触发 Change 事件，此时程序会调用 drvPic_Change 事件过程，从而改变目录列表框中显示的内容；③当在目录列表框中选择不同的目录或在程序代码中改变了目录列表框的属性 Path 的值时，对目录列表框就会触发 Change 事件，此时程序会调用 dirPic_Change 事件过程，从而改变了文件列表框中显示的内容；④当在组合框中选择不同的列表项时，对组合框就会触发 Click 事件，此时程序会调用 cmbPic_Click 事件过程，从而改变文件列表框中显示的文件类型；⑤当在文件列表框中选择不同的文件时，程序会调用 filPic_Click 事件过程，从而把对应的图片在图像框中显示出来。

3）关于文件列表框中文件路径的说明：当文件存放在根目录下时，属性 Path 的字符串值最后有个 "\"，因此在构成文件绝对路径时只能用 "文件路径+文件名"；当文件存放在非根目录下时，属性 Path 的字符串值最后没有 "\"，因此在构成文件绝对路径时只能用 "文件路径+\+文件名"。

3.9 习题

一、选择题

1. 提供控件的窗口是_____。

A. 对象窗口　　　　B. 立即窗口　　　　C. 工具箱　　　　D. 工具栏

2. 要设置窗体上各控件的属性，可在_____中进行。

A. 窗体布局窗口　　　　　　　　B. 工程资源管理器窗口

C. 属性窗口　　　　　　　　　　D. 对象窗口

3. 双击窗体中的对象后，VB 将显示的窗口是_____。

A. 工具箱窗口　　　　　　　　　B. 工程窗口

C. 代码窗口　　　　　　　　　　D. 属性窗口

4. 以下哪一个窗口可用来在设计时修改窗体的默认运行位置？

A. 属性窗口　　　　　　　　　　B. 工程资源管理器窗口

C. 立即窗口　　　　　　　　　　D. 窗体布局窗口

5. VB 窗体设计器的主要功能是_____。

A. 建立用户界面　　　　　　　　B. 编写源程序代码

C. 画图　　　　　　　　　　　　D. 显示文字

二、问答题

1. 窗体有哪些属性和事件？

2. 如何理解窗体的生命周期？

3. 文本框和标签的区别是什么？

4. 熟悉文本框的基本属性。

5. 单选按钮和复选框的区别是什么？

6. 图片框与图像框的区别是什么？

7. 驱动器、目录和文件列表框各自的作用是什么？

第4章 VB语言的语法基础

程序处理的对象是数据，编写程序也就是对数据的处理过程。VB作为一门程序设计语言有一些强制性的规则要遵守，这些规则称为VB的语法。在学习VB语言编程之前，必须掌握一些关于数据、运算符和表达式的基础知识。

4.1 基本数据类型

4.1.1 数据类型概述

计算机能够处理数值、文字、声音、图形和图像等各种数据。根据数据描述信息的含义，可以将数据分为不同的种类，简称数据类型。例如，人的年龄为25，用整数来表示。成绩是78.5，用单精度来表示。人的姓名"孟伟军"，用字符串来表示等。

数据类型的不同，表示它在计算机的内存中占用空间大小不同，存储结构也不同。VB的基本数据类型如表4-1所示。整形（Integer）所占字节为2，它的取值变化范围为−32768~32767，所以，如果超出这个范围的数值，就不是整型了，必须用占用字节数更大的数据类型来表示。

表 4-1 VB 的基本数据类型

数据类型	关键字	类型符	占用字节数	范围	举例
字节型	Byte	无	1	$0 \sim 2^8-1(0 \sim 255)$	125
逻辑型	Boolean	无	2	True 与 False	True，False
整型	Integer	%	2	$-2^{25} \sim 2^{15}-1(-32768 \sim 32767)$	23
长整型	Long	&	4	$-2^{31} \sim 2^{31}-1$	−230
单精度型	Single	!	4	$-3.4 \times 1038 \sim 3.4 \times 1038$ 精度达 7 位	3.4×1037
双精度型	Double	#	8	$-1.7 \times 10308 \sim 1.7 \times 10308$ 精度达 15 位	1.6×10308
货币型	Currency	@	8	$-2^{96}-1 \sim 2^{96}-1$，精度达 38 位	295
日期型	Date	无	8	01，01，100～12，31，9999	12，05，2008
字符型	String	$	字符串	0~65535 个字符	AB
对象型	Object	无	4	任何引用对象	
变体型	Variant	无	按需要分配		

VB规定，如果在声明中没有说明数据类型，则数据类型为 Variant。Variant 数据类型类似于"变色龙"，可以随着不同场合而代表不同数据类型。

4.1.2 基本数据类型介绍

下面详细的介绍 VB 的数据类型。

1. 数值数据类型

数值类型分为整数型和实数型两大类。

（1）整数型

整数型是指不带小数点和指数符号的数。按表示范围整数型分为：整型、长整型。

1）整型（Integer，类型符%），整型数在内存中占 2 个字节（16 位），十进制整型数的取值范围：−32768～+32767。例如，15，−345，654 都是整数型。而 45678 则会发生溢出错误。

2）长整型（Long，类型符&），长整型在内存中占 4 个字节（32 位）。例如：123456，45678 都是长整型。

（2）实数型（浮点数或实型数）

实数型数据是指带有小数部分的数。注意：数 12 和数 12.0 对计算机来说是不同的，前者是整数（占 2 个字节），后者是浮点数（占 4 个字节）。

实数型数据分为浮点数和定点数。浮点数由 3 部分组成：符号、指数和尾数。在 VB 中浮点数分为两种：单精度浮点数（Single）和双精度浮点数（Double）。

1）单精度数（Single，类型符!），在内存中占 4 个字节（32 位），其有效数字为 7 位十进制数。

在计算机程序里面不能有上标下标的写法，所以乘幂采用的是一种称为科学计数法的表达方法。例如，21e5（正号省略）表示 21 乘以 10 的 5 次方的一个单精度数。

2）双精度数（Double，类型符#），Double 类型数据在内存中占用 8 个字节（64 位）。Double 型可以精确到 15 或 16 位十进制数，即 15 或 16 位有效数字。

2. 货币型（Currency，类型符@）

货币型主要用来表示货币值，在内存中占 8 个字节（64 位），跟浮点数的区别是小数点后的位数是固定的 4 位。例如，3.56@、65.123456@都是货币型。

3. 字节型（Byte，无类型符）

一般用于存储二进制数。字节型数据在内存中占 1 个字节（8 位）。字节型数据的取值范围是 0～255。

4. 日期型（Date，无类型符）

在内存中占用 8 个字节，以浮点数形式存储。日期型数据的日期表示范围为 100 年 1 月 1 日～9999 年 12 月 31 日，时间表示范围为 00:00:00～23:59:59。表示方法是用#括起来放置日期和时间，允许用各种表示日期和时间的格式。日期可以用"/"、","、"−"分隔开，可以是年、月、日，也可以是月、日、年的顺序。时间必须用 ":" 分隔，顺序是时、分、秒。例如，#09/10/2000#或#2000−09−12#、#08:30:00 AM#、#09/10/2000 08:30:00 AM#。在 VB 中会自动转换成 mm/dd/yy（月/日/年）的形式。

5. 逻辑型（Boolean，无类型符）

逻辑型数据在内存中占 2 个字节。逻辑型数据只有两个可能的值：True（真）或 False（假）。需要注意的是，若将逻辑型数据转换成数值型，则：True（真）为 −1，False（假）为 0。而当数值型数据转换为 Boolean 型数据时，非 0 的数据转换为 true,0 为 fasle。

6. 字符串（String ，类型符$）

字符串是一个字符序列，必须用双引号括起来。双引号为分界符，输入和输出时并不显示。字符串中包含字符的个数称为字符串长度。长度为零的字符串称为空字符串，比如""，引号里面没有任何内容，字符串中包含的字符区分大小写。

字符串可分为变长字符串和定长字符串两种。

1）变长字符串，变长字符串的长度为字符串长度。例如：

dim a As String
a="456789"

2）定长字符串，定长字符串的长度为规定长度，当字符长度低于规定长度，即用空格填满，当字符长度多于规定长度，则截去多余的字符。例如：

dim a As String * 5
a="1234567 "　　　　　　'a 的长度是多少？

7．对象数据类型（Object，无类型符）

对象型数据在内存中占用 4 个字节，用以引用应用程序中的对象。这个我们初学者不用掌握。

8．变体数据类型（Variant，无类型符）

变体数据类型是一种特殊数据类型，具有很大的灵活性，可以表示多种数据类型，其最终的类型由赋予它的值来确定。

4.2　常量和变量

4.2.1　常量

常量，顾名思义，就是在程序执行过程中，其值恒定不变的量。常量可以直接用一个数来表示，称为常数（或称为直接常量），也可以用一个符号来表示，称为符号常量。

1．直接常量（常数）

各种数据类型都有其常量表示，如表 4-2 所示。

表 4-2　常量的表示

常量类型	示　例	备　注
整型常量	整型：100，-123	
	长整型：17558624	
	八进制无符号数：&O144	
	十六进制无符号数：&H64	
实型常量	单精度小数形式：123.4	
	双精度小数形式：3.1415926535	
	单精度指数形式：1.234E2	
	双精度指数形式：3.14159265D8	
字符常量	"Visual Bsiac"	字符常量两端用西文双引号括起
逻辑常量	True，False	只能取两个值：True（真）或 False（假）
日期常量	#6/15/1998#	一般形式为 mm/dd/yyyy，必须用 "#" 括起

2．用户声明常量

用户声明的常量是用于一些很难记住，而且在程序中多次出现、不会改变的常量值，具

有便于程序的阅读或修改的作用。为了与变量名区分,一般用户声明常量名使用大写字母。形式如下:

    Const 常量名 [As 类型] = 表达式

例如:

    Const   PI=3.1415926   '声明常量 PI, 代表圆周率

3. 系统提供的常量

系统定义常量位于对象库中,可通过"对象浏览器"(F2)查看。例如,vbNormal、vbMinimized、vbOK 等。

4.2.2 变量

变量,相对于常量而言。即,其值在程序执行过程中,随时可以发生变化的量。声明变量时,VB 在内存中开辟了一个空间,这个空间就是变量的存放地址,用于保存使用变量的值。而这个空间开辟的大小取决于变量的数据类型,例如变量是整型,则在内存中开辟 2 个字节的空间。

至此,变量具有 4 要素:变量的名称、变量的数据类型、变量的值和变量的地址,如图 4-1 所示。

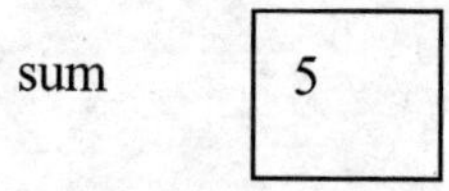

sum   5

图 4-1   变量说明

变量 sum,它的变量名称为 sum,意思为"求和";变量的值为 5;变量的数据类型为 Integer;变量的地址是用 16 进制表示的内存地址。关于变量的地址现在不用考虑它,由 VB 来分配,在 7.4 节中,将涉及到变量的地址。

那么,如何去定义一个符合 VB 语法要求的变量名呢?下面,我们给出 VB 的变量的命名规则。

1. 变量的命名规则

变量必须有一个名称,VB 规定变量的命名必须遵循以下规则。

1)变量名可以由字母、数字和下画线组成。

2)变量名必须以字母打头。

3)变量名的长度不得超过 255 个字符。

4)变量名不能和关键字同名。

例如,a123、XYZ、sinx 等符合变量的命名规则,是正确的。

下面的变量命名不符合变量命名规则,因此都是错误的。

3xy	'变量名必须以字母开头,不能以数字开头
y-z	'变量名可以由字母、数字和下画线组成,不能包含减号
Wang ping	'变量名不能包含空格
Integer	'变量名不能是 VB 的关键字 Integer

2．变量的声明

语法规则如下：

> Dim 变量名 As 数据类型

例如：

> Dim sum As Integer　'变量的声明
> sum=100　　　　　　'变量的使用

解释：变量的名称为 sum，用于保存"和"。变量的起名，要求"见名思义"。如同每个人的名字一样，都有特定的含义一样。数据类型为 Integer，其取值可以在-32768～+32767 范围。变量的值为 100。

变量的声明在同一个范围内的命名必须是唯一的。如果在同一范围相同，VB 就无法分清楚，会提示语法错误，图 4-2 中 x 变量的声明就存在这样的错误。这就如同一个班有重名的学生一样。在 7.5 节"变量的作用域"中将详细地介绍如何处理这些问题。

图 4-2　相同作用范围中的同名变量

4.3　运算符

运算符是表示实现某种运算的符号。VB 具有丰富的运算符，可分为算术运算符、字符串运算符、关系运算符和逻辑运算符等。

4.3.1　算术运算符

算术运算符如表 4-3 所示，其中"-"运算符在单目运算（单个操作数）中作取负号运算，在双目运算（两个操作数）中作减法运算，其余都是双目运算符。

表 4-3　算术运算符

运　算　符	含　　义	优　先　级	实　　例	结　　果
^	乘方	1	3^2	9
-	负号	2	-3	-3
*	乘	3	3*3*3	27
/	除	3	10/3	3.33333333333333
\	整除	4	10\3	3
Mod	取模	5	10 Mod 3	1
+	加	6	10+3	13
-	减	6	3-10	-7

表 4-3 中的"优先级"列是指表达式运算时，表达式中多个运算符先执行哪个运算符，后执行哪个运算符的一个先后次序。例如，6-5*3，乘除的优先级为"3"，加减的优先级为"6"。因此先乘除，后加减（注意："优先级"中数值越小的表示其优先级越高）。

【例4-1】 计算表达式 5+10Mod10\9/3+2^2 的值。

运算步骤如下。

1）找出所有的运算符：+、Mod、\、/、+、^。

2）根据表 4-3 将运算符的优先级进行排序：^、/、\、Mod、+。

3）加入必要的小括号、中括号、大括号，改变表达式的书写格式，如下所示：

$$5+\{10 \ Mod[10\backslash(9/3)]\}+(2^2)$$

4）依次进行运算 2^2=4、9/3=3……

结果为 10。

注意，为了验证 VB 表达式的结果，可以使用 Print 方法查看运行结果。如下所示：

```
Private Sub Form_Click()
    Print   5 + 10 Mod 10 \ 9 / 3 + 2 ^ 2
End Sub
```

4.3.2 字符串运算符

字符串运算符有两个，"&" 和 "+"，功能是将两个字符串拼接起来。

注意：连接符 "&" 与 "+" 之间的区别如下。

"+"：连接符两边的操作数均为字符型。若均为数值型，则进行加法运算；若一个为字符型数字，另一个为数值型，则自动将字符数值型转化为数字，然后进行加法运算；若一个为非数字字符型，另一个为数值型，则会出错。

"&"：连接符两边不一定是字符串，在字符串变量后使用运算符 "&" 时应注意，变量与运算符 "&" 之间应加一个空格。因为符号 "&" 可以用做长整型的类型定义符。当变量与符号 "&" 连在一起时，系统先把它作为类型定义符处理，造成错误。

"&" 连接符两边的操作数无论是字符型还是数值型，进行连接操作前，系统先把数值型转化成字符型，然后再连接。

【例4-2】 "&" 与 "+" 的应用。

```
"abcdef" & 12345        '结果为  "abcdef12345 "
"abcdef " + 12345       '出错
"123" &   456           '结果为" 123456 "
"12000"+12345           '结果为 24345，数字字符串"12000"先转化成数值，再进行加法运算
"12000"+"12345"         '结果为"1200012345", 字符串连接
"abcdef"+12345          '出错，字符串与数值分属，不能运算
"abcdef"&12345          '结果为"abcdef12345", &连接符两旁的操作数先转化成字符串，再连接
"12000"&"12345"         '结果为"1200012345", 同上
12000&12345            '结果为"1200012345", 同上
12000+"123"&100        '结果为"1212300", 先进行算术运算后进行字符串运算
```

注意：

```
"123 " +   True                 '结果为"122"
True 转换为数值-1, False 转换为数值 0
```

4.3.3 关系运算符

关系运算符是双目运算符，作用是将两个操作数的大小进行比较，返回"True"或者"False"判断。VB 规定，True 用-1 表示，False 用 0 表示。操作数可以是数值型和字符型。表 4-4 列出了 VB 中的关系运算符。

表 4-4 关系运算符

运 算 符	含 义	实 例	结 果
=	等于	"ABCDE"="ABR"	False
>	大于	"ABCDE">"ABR"	False
>=	大于或等于	"bc">= "大小"	False
<	小于	23<3	False
<=	小于或等于	"23"<="3"	True
<>	不等于	"abc"<>"ABC"	True
Like	字符串匹配	"ABCDEFG"Like"*DE*"	True

关系运算符在进行比较时，需注意以下规则。

1）两个操作数是数值型，则按大小进行比较。

2）两个操作数是字符型，则按字符的 ASCII 码值从左到右逐一进行比较，即首先比较两个字符串中的第 1 个字符，其 ASCII 码值大的字符串为大，如果第一个字符相同，则进行第 2 个字符，以此类推，直到出现不同的字符时为止。

3）关系运算符的优先级相同。

4.3.4 逻辑运算符

逻辑运算符除 Not 是单目运算符外，其余都是双目运算符，作用是将操作数进行逻辑运算，结果是 True 或 False。表 4-5 列出 VB 中常用的逻辑运算符（T 表示 True，F 表示 False）。

表 4-5 逻辑运算符

运 算 符	含 义	优 先 级	说 明	实 例	结 果
Not	取反	1	当操作数为假时，结果为真，当操作数为真时，结果为假	Not F Not T	T F
And	与	2	当两个操作数均为真时，结果才为真；否则为假	T And T F And F T And F F And T	T F F F
Or	或	3	但两个操作数之一为真时，结果为真；否则为假	T Or T F Or F T Or F F Or T	T F T T
Xor	异或	4	当两个操作数不相同时，即一真一假时，结果才为真；否则为假	T Xor F T Xor T	T F

说明：

And、Or 的使用需要注意。若存在多个条件，And 运算的结果必须在所有条件全部为真时才为真，而 Or 运算符，只要其中有一个条件为真时其结果就为真。

【例 4-3】 And 和 Or 的使用。

某单位要选拔年轻干部，必须同时满足下列 3 个条件才能成为选拔对象。

1）年龄不超过 35 岁。

2）职称为高级工程师。

3）政治面貌为中共党员。

表达式必须用 And 连接 3 个条件，如下所示：

年龄<=35 And 职称="高级工程师" And 政治面貌="中共党员"

如果用 Or 连接 3 个条件，如下所示：

年龄<=35 Or 职称="高级工程师" Or 政治面貌="中共党员"

则选拔年轻干部的条件就变成了只要满足 3 个条件其中之一即可。

4.4 表达式

4.4.1 表达式的组成

表达式由运算符和操作数组合而成，可以实现程序设计所需的大量运算。表达式由变量、常量、运算符、函数和圆括号按一定的规则组成。表达式经过运算后产生一个结果，其运算结果类型由数据和运算符共同决定。

4.4.2 表达式的书写规则

VB 的表达式如何书写？如何将数学表达式改写成正确的 VB 表达式？主要需要注意如下的 VB 表达式和数学表达式的区别。

1）乘号不能省略。例如，x 乘以 y 写成 VB 表达式为 x*y。

2）括号必须成对出现，均使用圆括号，出现多个圆括号时，从内向外逐层配对。

3）运算符不能相邻。例 a+ −b 是错误的。

简单地说，将数学表示式转换为 VB 的表示式具有以下两种方法。

1）添加必要的运算符号，例如乘号、除号等。

2）添加必要的函数，用于转换数学符号，例如，数学表达式 $\sqrt{25}$ 转换 VB 表达式为 sqr(25)等。

【例 4-4】 数学表示式转换为 VB 的表示式。

数学表达式	VB 表达式
$\dfrac{abcd}{efg}$	a*b*c*d/e/f/g 或 a*b *c*d/（e*f*g）
$\sin 45° + \dfrac{e^{10} + \ln 10}{\sqrt{x+y+1}}$	Sin(45*3.14/180)+(Exp(10)+Log(10))/Sqr(x+y+1)
$[(3x+y)\text{-}z]^{1/2}/(xy)^4$	Sqr((3*x+y)−z)/(x*y)^4

4.4.3 不同数据类型的转化

在算术运算中，当操作数具有不同的数据精度，VB 规定运算结果的数据类型采用精度相对高的数据类型，也就是说，运算结果的数据类型向精度高的数据类型靠。即：

Interger<Long<Single<Double<Currency

当 Long 型数据与 Single 型数据进行计算时，结果为 Double 型数据。

例如：5+7.6。

分析：7.6 是 Double 型，故将 Interger 5 转化为 Double 5.0，然后加法运算，结果是 13.6。

❢注意：算术运算符两端的操作数应是数值型，若是字符型数字或逻辑型值，则自动转化成数值类型后再进行计算。

【例 4-5】 不同数据类型的运算。

```
30-Ture              '结果是 31，逻辑型常量 True 转化为数值-1，False 转化为数值 0
False+10+"4"         '结果是 14
```

4.4.4 优先级

VB 规定，当一个表达式中出现多种不同类型的运算符时，其优先级如下：

算术运算符>字符运算符>关系运算符>逻辑运算符

❢注意：对于多种运算符并存的表达式，可通过增加圆括号来改变优先级或是表达式的含义更清晰。

例如，选拔优秀学生的条件为：年龄（Age）小于 19，三门课程的总分（Total）高于 285 分，或者其中有一门课程的成绩是 100 分。

如果其表达式写为：

Age<19 And Total>285 And Mark1=100 Or Mark2=100 Or Mark3=100

是否正确？若有问题，应如何更正？

4.4.5 表达式的运算

表达式的运算可仿照 4.3.1 节"算术运算符"的例 4-1，遵循以下步骤。

1）找出表达式中的所有的运算符。

2）根据 4.4.4 节"优先级"的内容判断运算符的优先级别，将运算符的优先级进行排序。

3）加入必要的小括号、中括号、大括号，改变表达式的书写格式。

4）根据 4.3 节"运算符"的内容，对每个运算符、操作数进行计算。

4.5 注意事项

（1）逻辑表达式书写错，在 VB 中没有造成语法错误而造成逻辑错误例如，数学表达式为 3≤x＜10，而 VB 表达式为 3<=x<10。问题在于 VB 中的逻辑量与数值量可互相转换。

（2）同时给多个变量赋值，在 VB 中没有造成语法错误而造成逻辑错误

例如：

```
Dim   x%,y%,z%
x=y=z=1
```

（3）标准函数名写错

例如，求 | a | 用函数 Sqr(a)。

（4）语句书写位置错

例如，Dim 3a=6。在通用声明段只能有 Dim 语句，不能有赋值等其他语句。

4.6 习题

一、填空题

1. Visual Basic 在同一行中可以书写多条语句，语句间用＿＿＿＿＿分隔。单行语句可分若干行书写，在每行后加入续行符号＿＿＿＿＿。

2. 在 Visual Basic 中，当没有声明变量时，系统会默认它的数据类型是 ＿＿＿＿＿。

3. 在 Visual Basic 中，字符型变量应使用符号＿＿＿＿＿将其括起来，日期/时间型常量应使用符号＿＿＿＿＿将其括起来。

4. 在 Visual Basic 中，定义全局变量的关键字为＿＿＿＿＿，且变量应在＿＿＿＿＿的变量声明区中定义，定义局部变量通常使用关键字＿＿＿＿＿、＿＿＿＿＿或＿＿＿＿＿，其中，定义静态变量的关键字＿＿＿＿＿。

5. Visual Basic 的字符串连接运算符通常有＿＿＿＿＿和＿＿＿＿＿两种，其中，运算符两边的表达式类型必须为字符型的运算符是＿＿＿＿＿。

二、选择题

1. 在窗体通用区中用 Dim 或 Private 语句声明的变量为（ ）。
   A. 窗体级变量　　　　　　　　　B. 全局变量
   C. 局部变量　　　　　　　　　　D. 局部过程

2. 下列关于常量和变量说法不正确的是（ ）。
   A. 常量是变量的一种特殊情况
   B. 变量名可以以数字开头
   C. 变量名区分大小写
   D. 命名的内存单元就是变量或常量

3. "x 是小于 105 的非负数"，用 Visual Basic 表达式表示正确的是（ ）。
   A. 0<=x<105　　　　　　　　　　B. 0<x<105
   C. 0<=x And x<105　　　　　　　D. 0<=x Or x<105

4. 函数 Int（Rnd（0）*100）是在（ ）范围内的整数。
   A.（0，1）　　　　　　　　　　B.（0，100）

C. （1，100） D. （1，90）

5. Int 函数用于取整，它返回不大于自变量的最大整数，但也可用作四舍五入运算。要将 123.456 保留两位小数并将第三位四舍五入，应使用（   ）表达式。

  A. Int（x*10^2+0.5）

  B. Int（x*10^2）/10^2

  C. Int（x*10^2+0.5）/10^2

  D. Int（x*10^2）

6. 数学式子 tg45° 用 Visual Basic 表达式是（   ）。

  A. Tan(45°)   B. Tan(45)

  C. Tan(45*3.1415926/180)   D. Tan 45

7. 用于从字符串左端截取字符的函数是（   ）。

  A. Ltrim()   B. Trim()

  C. Left ()   D. Instr()

8. 用于去掉字符串左边空格的函数是（   ）。

  A. Ltrim()   B. Rtrim()

  C. Right()   D. Mid()

9. 可实现从字符串任意位置截取字符的函数是（   ）。

  A. Instr()

  B. Mid()

  C. Left ()

  D. Right()

10. 用于 Dim rr As String*30 说法正确的是（   ）。

  A. rr 是一个长整型变量

  B. rr 为一个定长字符型变量，只可赋予长度为 30 的字符串

  C. rr 为一个定长字符型变量，赋值多于 30 个字符时自动截取，少于 30 个字符填充为空格

  D. rr 为一个日期型变量

三、写出下列各表达式的值

1. 2*3＞＝8

2. "BCD" ＜ "BCE"

3. "12345"＜＞"12345"&"ABC"

4. Not 2*5＜＞10

四、用布尔表达式表示下列命题

1. n 是 m 的倍数

2. n 是小于正整数 k 的偶数

3. x≥y 或 x＜y

4. x，y 其中有一个小于 z

5. x，y 都小于 z

6. x，y 两者都大于 z，且为 z 的倍数

五、把下列代数表达式写成 Visual Basic 表达式

1. S(S-A)(S-B)(S-C)

2. A1(1-QN)/(1-Q)

3. 2cos60° sin1.5

4. X2 ln x+Esin2x

第 5 章 算法及 3 种基本结构

VB 编程采用面向对象的程序设计思想和事件驱动的编程机制。但是，事件过程代码的编写则完全沿用结构化程序设计的方法，即程序的基本结构分为顺序结构、分支（选择）结构和循环结构 3 种，任何复杂的程序都是这 3 种基本结构的有机组合。

5.1 算法

通过 1.3 节"Visual Basic 的第一个例程"的学习，设计程序一般都要经过算法设计、界面设计、程序代码设计等步骤，并最终编译连接与运行程序。算法作为解决某个问题或实现某项功能的方法和步骤，具备以下 5 个特性。

1）确定性。算法的每个步骤都应确切无误，没有歧义性。

2）可行性。算法的每个步骤都必须是计算机语言能够有效执行、可以实现的，并可得到确定的结果。

3）有穷性。一个算法包含的步骤必须是有限的，并在一个合理的时间限度内可以执行完毕。

4）输入性。执行算法时可以有多个输入，但也可以没有输入（0 个输入）。

5）输出性。一个算法必须有 1 个或多个输出。

【例 5-1】 已知 3 边，求三角形面积。

其算法步骤如下所示。

1）从键盘上任意输入 3 个整数，用 a、b、c 存储。

2）判断 a、b、c 是否符合三角形的定义，两边之和大于第三边。

3）如果符合，则先求出周长的一半 s=(a+b+c)/2。

4）调用海伦公式 $area=\sqrt{s(s-a)(s-b)(s-c)}$，求出三角形面积 area。

5）输出 area。

下面，用算法的 5 个特性来分析例 5-1。

1）确定性。例 5-1 共有 5 个步骤，每一个步骤都有确定的含义，没有歧义。

2）可行性。例 5-1 的每个步骤都可以用 VB 去实现，得到确定的结果。

3）有穷性。例 5-1 只有短短的 5 个步骤，是有限的。

4）输入性。例 5-1 算法有 3 个输入，a、b、c 分别代表三角形的 3 边。

5）输出性。例 5-1 算法有 1 个输出，area 代表三角形的面积。

至此，用 VB 编程去解决一个问题，如例 5-1。首先要做的是找出解决问题的算法，也就是确定算法步骤，这必须符合算法的

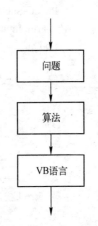

图 5-1　编程的基本流程

5 个特性。然后,将算法转换为 VB 语言,此时就必须符合 VB 编程语言所规定的特定的语法规则,如图 5-1 所示。

5.2 输入和输出

Visual Basic 得到用户(或系统)的输入数据,经过处理,然后将处理结果输出,如图 5-2 所示。下面介绍一些输入和输出语句。

图 5-2 VB 程序处理的流程

1. 数据输入

从键盘输入数据有如下两种方法实现:通过 VB 提供的控件,如文本框等;通过一些 VB 提供的系统函数,实现输入的功能。

(1)文本框

文本框(Text)用于得到从键盘上输入的值,请注意,此值是字符串。

(2)InputBox 函数

Inputbox 函数显示一个输入框,并提示用户在文本框中输入文本、数字,当按下确定按钮后返回文本框内容中的字符串。

语法:

InputBox(提示[, 标题][, 默认值])

参数说明:

1)提示,必需的参数,作为输入框中提示信息出现的字符串。

2)标题,可选的参数,作为输入框标题栏中的字符串。若省略该参数,则在标题栏中显示应用程序名称。

3)默认值,可选的参数,作为输入框中默认的字符串,在没有其他输入时作为缺省值。若省略该参数,则文本框为空。

【例 5-2】 InputBox 函数。

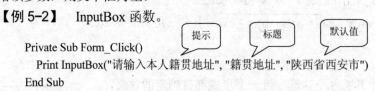

```
Private Sub Form_Click()
    Print InputBox("请输入本人籍贯地址", "籍贯地址", "陕西省西安市")
End Sub
```

运行程序,在 Form 窗体上单击,运行效果如图 5-3 所示。

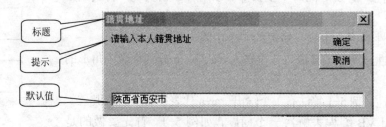

图 5-3 InputBox 函数运行效果

2．数据输出

（1）Print 方法

Print 方法用得最多，用于在窗体、图形框上打印输出。

语法：

> [对象.] Print

若省略对象，则表示在窗体上打印输出。例如：

> Print "变量必须先声明后使用，这是为什么？" '在窗体上输出一句话

（2）MsgBox 函数

1）概述。MsgBox 函数与 InputBox 函数很类似，但其功能大于 InputBox 函数。MsgBox 函数的作用是弹出一个对话框，在其中显示的是指定的数据和提示信息。此外，该函数还可以将返回用户在此对话框做的选择，并将返回值赋给指定变量。具有以下功能。

● MsgBox 函数用于在用户与应用程序之间进行交互。

● MsgBox 函数显示一个带有消息的对话框并等待用户单击某个按钮来关闭它。

● 用户单击按钮后，会返回一个值指示用户单击的按钮。

2）语法：

> MsgBox ([提示信息], [标志和按钮], [对话框的标题信息])

【例 5-3】 MsgBox 函数。

```
Private Sub Form_Click()
    Dim strResult As String
    strResult = MsgBox("请确认您输入的数据是否正确！", vbAbort + vbExclamation + vbOKOnly,
"数据检查")
    End Sub
```

程序运行效果如图 5-4 所示。

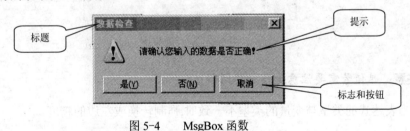

图 5-4　MsgBox 函数

3．赋值语句

语法：

> [LET]变量名＝表达式

当 VB 执行一个赋值语句时，先求出赋值操作符"="右边表达式的值，然后把该值写入到"="左边的变量中。这是从右到左的单向过程，也就是说，赋值操作符右边的表达式的值会改变左边变量的值，而左边变量对于右边的表达式没有任何影响。

赋值语言一般用于给变量赋值或对控件设定属性值。赋值操作符如表 5-1 所示。

表 5-1　赋值操作符

变 量 类 型	表达式类型	系 统 处 理
数值	数值	系统先求出表达式的值，在将其转换为变量类型后再赋值
字符	数值	系统将把表达式的值转换为字符型赋给变量
逻辑	数值	所有的非 0 值，系统都转换为 True 赋给变量，0 则转换为 False 赋给变量

【例 5-4】　　在窗体上显示一个对象为文本框，为其设定属性值。并给变量赋值。

```
Private Sub Form_Click()
    Dim number    As Integer
    Dim strName   As String
    number = 600+1000                        '把表达式的值 600+1000 赋给整型变量 number
    strName = "我一定要把 VB 学会"            '把字符串赋给 strName
    Let Text1.Text = "赋值号的特点是什么？"    '对控件赋值。格式为"对象. 属性=属性值"
    Text1.Font.name = "黑体"
    Text1. Font.size = 15
    Print number; strName
End Sub
```

运行效果如图 5-5 所示。

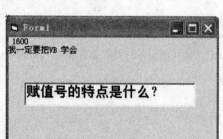

图 5-5　运行效果图

❗注意：赋值号需要注意如下一些问题。

1）当表达式的类型与变量的类型不一致时,强制转换成左边的精度。
例如：

```
number% = 10/3          'number 为整型变量，转换时四舍五入，结果为 3
```

2）赋值号与关系运算符的等于号都用"="表示，VB 系统会根据所处的位置自动判断
是何种意义的符号。下面我们来看一段程序代码。
例如：

```
Dim a   As   Integer
a=3                 '赋值操作符
If(a=5)             '关系运算符中的"等于"号，将在 5.3.2 节"分支结构"中学习
```

3）赋值号左边只能是变量，不能是常量或者表达式。

4）当赋值号右侧的表达式为数字字符串，左边的变量为数值型时，VB 自动将其转换为数值型再赋值。例如

   number%="123" 等价于 number%=val("123")

5）赋值号右侧的任何非字符型的值，赋值给左侧的字符型变量时，会自动转换为字符型。

5.3 VB 的 3 种基本结构

算法实现有 3 种基本结构：顺序结构、分支结构和循环结构。简单地说，VB 的学习，就是将解决问题的算法转换为符合 VB 语法要求的 3 种基本结构的有机组合。因此，VB 的学习包含如下两个方面。

1）算法。这是一个难点。如何将一个问题的算法一步一步地找出来。

2）如何将算法用 VB 的 3 种基本结构来表示，需要对 VB 的语法规则的掌握。

下面，介绍 VB 的 3 种基本结构：顺序结构、分支结构和循环结构。

5.3.1 顺序结构

程序执行是按照语句的先后次序从上到下地执行，如图 5-6 所示。只有先执行完语句 1，才会去执行语句 2。根据算法的特性，语句 1 将输入数值进行处理后，输出结果，语句 2 将语句 1 的输出作为自己的输入，然后去处理执行。也就是说，没有执行语句 1，语句 2 是不会执行的。

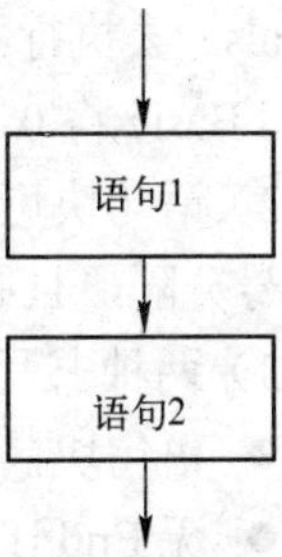

图 5-6 顺序结构图

【例 5-5】 从键盘上输入一整数为半径，求圆的面积和周长。

```
Private Sub Form_Click()
    Dim number As Integer              '定义半径为整型
    Dim zhouchang   As Single          '定义圆的周长为单精度，为什么不是整型？
    Dim mianji   As Single             '定义圆的面积为单精度，为什么不是整型？
    Const PI As Single =3.1415926      '定义常量 Π
    number=Val(InputBox("请输入一个整数"))   '从键盘上输入一字符，用系统函数 Val()将字符
                                            转化为数字
        mianji   =PI*number*number     '计算圆面积
        zhouchang=2*PI*number          '计算圆周长
    Print zhouchang；mianji            '输出面积和周长
    End Sub
```

分支结构和循环结构两种基本结构共同点是引入了条件表达式，即分支结构是在某种特定的条件下去选择的执行相应的语句。循环结构是在某种特定的条件下去反复重复的执行某种操作。

5.3.2 分支结构

分支结构又名选择结构、条件判定结构，是根据条件表达式判断的结果，去执行相应的语句。分支结构分为两路分支（IF 语句）和多路分支（Select Case 语句）。

1. 两路分支

VB 是通过 IF 语句来实现两路分支的。IF 语句具有多种形式：单分支、双分支和多分支等。

（1）If…Then…End If 语句（单分支结构）

单分支结构如图 5-7 所示，其两种书写格式如下：

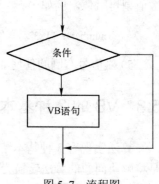

> If <条件表达式> Then
>   语句块
> End If

或

> If <表达式> Then <语句>

图 5-7　流程图

解释如下。

1）在条件分支结构中要用到条件表达式作为测试条件，一般地，条件表达式是用关系运算符构成的关系表达式或由逻辑运算符构成的逻辑表达式，结果为 True 或 False，根据 True 或 False 去执行不同语句；条件表达式是由算术运算符构成的算术表达式，其结果为数值，Visual Basic 将 0 看作 False，而将任何非 0 数看作 True。

2）语句块可以是一条或多条语句。若用第二种格式来表示，则只能有一条语句或语句间用冒号分隔，且必须写在一行上。

3）两种书写格式。

● 语句块，必须另起一行，If 与 End If 配对出现。

● 无 End If 语句与 If 配对出现。

建议使用第 1 种书写格式。

【例 5-6】　从键盘上输入两个整数 x 和 y，比较它们的大小，使得 x 小于 y，并输出。

思路：如果从键盘依次输入 3、5 两个数，只需要顺序输出。但如果输入的次序是 5、3，则必须进行两个数的交换后才能输出。

一瓶可口可乐和一瓶矿泉水交换，则需要一个空瓶子作为中介进行交换。具体步骤：首先将可口可乐倒入空瓶子，然后将矿泉水倒入刚才可口可乐的瓶子中，最后，将空瓶子中的可口可乐倒入刚才矿泉水的瓶子中。通过以上 3 步，完成可口可乐和矿泉水的交换。同样的道理，两个整数 x 和 y 的交换，引入临时变量 t 作为中介进行交换，通过 3 步来实现 x 和 y 的交换，如图 5-8 所示。

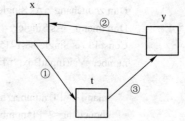

图 5-8　x, y 交换，引入临时变量 t

代码如下：

```
Private Sub Form_Click()
Dim x, y, t As Integer
x = Val(InputBox("请输入一个 x 值"))        '从键盘上输入一字符，用 val()函数将其转化为数字
y = Val(InputBox("请输入一个 y 值"))        '将输入的值赋值给变量 y

    Print "交换前：", x, y                  '输出我们从键盘上输入的 x,y 的值
```

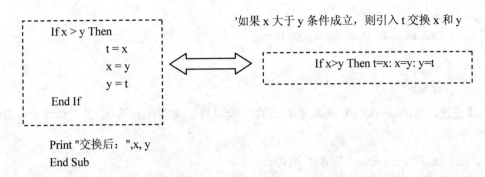

'如果 x 大于 y 条件成立，则引入 t 交换 x 和 y

```
If x > y Then
    t = x
    x = y
    y = t
End If
```

<——>

```
If x>y Then t=x: x=y: y=t
```

```
Print "交换后：",x, y
End Sub
```

此题实现了任意两个数的降序输出。如果要实现任意两个数的升序输出，如何去做？

【例5-7】 从键盘上输入 3 个整数，按照从大到小的顺序排序。

思路：假设 3 个变量 x、y、z 依次保存这 3 个整数。通过排列组合分析，x，y，z 3 个变量的取值共有 6 种情况。例 5-6 实现任意两个数的降序输出，现需任意 3 个数降序，若 x 为 x、y、z 3 个数的最大值，则有 x>y 同时 x>z；其次，y>z 即可。因此，只需 3 次 If 语句，3 次交换即可实现。建议使用 5.8 节 "调试程序" 中的单步运行和监视框监视 x，y，z 3 个变量的 6 种赋值情况。

另外，若题意为任意输入 4 个整数，按照从大到小的顺序输出。需要几次比较和交换呢？

【例5-8】 已知百分制成绩 mark，显示对应的五级制成绩，如下所示。

五级制(grade)	百分制成绩(mark)
优秀	mark>=90
良好	80=<mark<90
中等	70=<mark<80
及格	60=<mark<70
不及格	mark<60

思路：题意为从键盘上输入 98，则输出 "优秀"。如果输入 45，则输出 "不及格"。依此类推。

方法一：If…Then…End If 语句实现，代码如下。

```
Private Sub Form_Click()
    Dim mark As Single                          '类型为单精度型
    Mark=Val(InputBox("请输入一个百分数"))      'Mark 需要的是数字，而不是字符
    If mark >= 90  And   mark <= 100 Then       '判断输入的整数的范围
        Print "优秀"
    End If

    If mark >= 80  And   mark < 90 Then         '注意使用 VB 的表达式
        Print "良好"
    End If
    If mark >= 70  And   mark < 80 Then
        Print "中等"
    End If
    If mark >= 60  And   mark < 70 Then
        Print "及格"
```

```
            End If
        If mark >= 0   And   mark < 60 Then
            Print "不及格"
        End If
    End Sub
```

📍**注意**：70=<mark<80 是数学表达式，必须转换为 VB 表达式，即 mark >= 70   and mark <= 80

（2）If…Then…Else…End If 语句

语句形式如下：

```
    If <表达式> Then
            <语句块 1>
        Else
            <语句块 2>
    End If
```

其流程如图 5-9 所示。

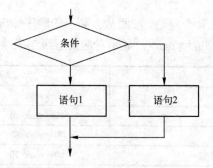

图 5-9   If…Then…Else…End If 语句

【例 5-9】   显示输入两个数的大小关系。

请读者画出例 5-9 的流程图。代码如下：

```
    Private Sub Form_Click()
        Dim x, y   As Integer              '声明两个整型
        x = Val(InputBox("请输入一个 x 值"))
        y = Val(InputBox("请输入一个 y 值"))
            If x > y Then                  '如果条件成立，为真，执行语句 1
            Print   "x>y",x,y          '语句 1，条件为真执行
            Else
            Print   "x<y",x,y          '语句 2，Else 之后，表示条件为假时执行
            End If
    End Sub
```

【例 5-10】   实现例 5-1 算法，已知 3 边，求三角形面积。

```
    Private Sub Form_Click()
        Dim x, y, t As Integer
        Dim s, area As single                          '注意类型为单精度，为什么？
```

74

```
        x = Val(InputBox("请输入一个 x 值"))              '步骤一
        y = Val(InputBox("请输入一个 y 值"))
        z = Val(InputBox("请输入一个 z 值"))
            If x < y+z   and y<x+z and z<x+y   Then       '步骤二
                S= (x+y+z)/2                               '步骤三
                area=sqr(s*(s-x)*(s-y)*(s-z))             '步骤四
                Print   area                              '步骤五
            Else
                    Print   "输入的 3 边不符合三角形定义的要求"
            End If
        End Sub
```

请结合 5.1 节 "算法" 进行学习。

（3）If...Then...ElseIf...End If 语句

语句形式如下：

```
        If <表达式 1> Then
                <语句块 1>
        ElseIf  <表达式 2> Then
                <语句块 2>
                …
        End If
```

其流程如图 5-10 所示。

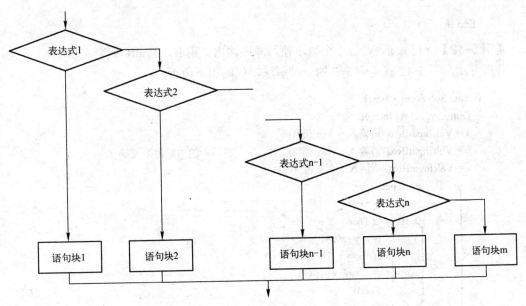

图 5-10   If...Then...ElseIf...End If 语句

【例 5-11】   用 If...Then...ElseIf...End If 语句实现百分制成绩 mark，显示对应的五级制成绩。

75

方法二：	方法三：

``
Private Sub Form_Click()
    Dim mark As Single
    Mark=Val(InputBox("请输入一个百分制成绩"))
    If mark >= 90 Then
        Print "优"
    ElseIf mark >= 80 Then
        Print "良"
    ElseIf mark >= 70 Then
        Print "中"
    ElseIf mark >= 60 Then
        Print "及格"
    Else
        Print "不及格"
    End If
End Sub
``
	``
	Private Sub Form_Click()
	    Dim mark As Single
	    Mark=Val(InputBox("请输入一个百分制成绩"))
	    If mark < 60 Then
	        Print "不及格"
	    ElseIf mark < 70 Then
	        Print "及格"
	    ElseIf mark < 80 Then
	        Print "中"
	    ElseIf mark < 90 Then
	        Print "良"
	    Else
	        Print "优"
	    End If
	End Sub
	``

（4）If 语句的嵌套

If 语句的嵌套是指 If 或 Else 后面的语句块中又包含 If 语句。

形式如下：

```
If<表达式 1> Then
    If  <表达式 2> Then
    …
    End If
    …
End If
```

【例5-12】 已知 x，y，z 3 个数，使得降序输出。用 If….EndIf 嵌套实现。

分析可知，例 5-12 就是例 5-7 的一种解法，代码如下所示。

```
Private Sub Form_Click()
    Dim x, y, z ,t As Integer
    x = Val(InputBox("请输入一个 x 值"))
    y = Val(InputBox("请输入一个 y 值"))        '将输入的值赋值给变量 y
    z = Val(InputBox("请输入一个 z 值"))
    If   x<y Then
        t=x: x=y: y=t
        If   y<z Then
            t=y: y=z: z=t
            If   x<y   Then
                t=x: x=y: y=t
            End If
        End If
    End If
    Print "降序为：", x, y,z
End Sub
```

If 语句的嵌套注意事项：

1）书写锯齿型，即需要注意缩进。

2）If 与 End If 配对。请注意例 5-12 中的大括号①、②和③。

2. 多路分支

VB 里的 Select 语句的格式如下：

```
Select Case 变量或表达式
Case   表达式 1
    <语句块 1>
Case 表达式 2
    <语句块 2>
…
Case Else
    语句块 m
End Select
```

【例 5-13】 用 Select… Case 语句完成例 5-8。

方法四：	方法五：

```Private Sub Form_Click()```
``` Dim mark As Single```
``` Mark=Val(InputBox("请输入一个百分制成绩"))```
``` Select Case   mark```
``` Case 90 to 100```
```   Print "优"```
```   Case 80 to 90```
```   Print "良"```
``` Case 70 to 80```
```   Print "中"```
``` Case 60 to 70```
```   Print "及格"```
``` Case Else```
```   Print "不及格"```
``` End Select```
```End Sub```
	```Private Sub Form_Click()```
	``` Dim mark As Single```
	``` Dim grade As Integer```
	``` mark = Val(InputBox("请输入一个百分制成绩"))```
	``` grade = mark \10 '用于保存十位数```
	``` Select Case grade```
	``` Case 9```
	``` Print "优"```
	``` Case 8```
	``` Print "良"```
	``` Case 7```
	``` Print "中"```
	``` Case 6```
	``` Print "及格"```
	``` Case Else```
	``` Print "不及格"```
	``` End Select```
	```End Sub```

❢注意：分支语句的一些常见错误如下。

1）在选择结构中缺少配对的结束语句。

对多行式的 If 块语句中，应有配对的 End If 语句结束。

2）多边选择 ElseIf 关键字的书写和条件表达式的表示。

ElseIf 不要写成 Else If（没有空格）。

3）If…Then…Else…End If 语句应用较为广泛，Select Case 语句的使用较少，并且 Select Case 语句可以用 If 语言来代替实现。在使用 Select Case 语句时，需要注意：Select Case 后不能出现多个变量；Case 子句后不能出现变量或者表达式，只能是常量。

例如：

```
Case 1 to 10        '表示式的值在 1~10 的范围内
Case Is>10          '表示式的值大于 10
```

5.3.3 循环结构

当根据条件表达式的结果去选择的执行，VB 称为分支结构。当满足条件反复的执行某一操作，就采用循环结构，循环结构是程序中一种很重要的结构。其特点是，当条件成立时，反复执行某程序段，直到条件不成立为止。

循环结构是 VB 程序设计中最能发挥计算机特长的程序结构，可以减少程序代码重复书写的工作量。VB 中提供了两种语句实现循环结构：For…Next 语句和 Do…Loop 语句。

1．循环语句 For…Next

循环语句是由循环体及循环的条件两部分组成的。反复执行的程序段称为循环体，循环体能否继续执行，取决于循环的条件，由循环控制变量的值确定。语法如下：

```
For 循环控制变量 = 初值 To 终值 [Step 步长值]
    循环体
Next 循环控制变量
```

说明：

1）循环控制变量必须是整数类型。

2）循环变量的初值、终值和步长值决定了循环的次数为：（终值-初值）/步长值。

3）如果省略 Step 步长值，则 VB 默认为 Step 1。

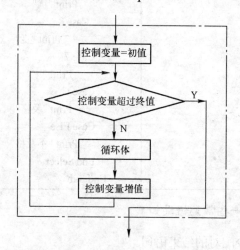

图 5-11 For…Next 语句流程图

如图 5-11 所示，For…Next 语句的执行过程如下所示。

循环开始时，首先将初值赋给循环变量，同时记录下终值和步长值，判断循环变量的当前值是否超过终值，如果没有超过终值，就执行循环体，然后，循环变量增加一个步长值，返回进行条件判断；如果循环变量的当前值仍没有超过终值，则继续执行循环体，循环变量再增加一个步长值，返回再进行条件判断，如此反复，直到循环变量的当前值超过终值，也就是条件表达式的结果为假，则结束循环，不再执行循环体，而去执行 Next 的下一条语句。

Visual Basic 按以下步骤执行 For…Next 循环。

1）首先将<循环变量>设置为<初值>。

2）若<步长>为正数，则测试<循环变量>是否大于<终值>，若是，则退出循环，执行 Next 语句之后的语句，否则继续下一步。若<步长>为负数，则测试<循环变量>是否小于<终值>，若是，则退出循环 Next 语句后的语句，否则继续下一步。

3）执行循环体部分，即执行 For 语句和 Next 语句之间的语句组。

4）<循环变量>的值增加<步长>值。

5）返回步骤2）。

【例 5-14】 读下面程序段，指明循环变量、循环体，给出程序运行结果。

```
For x = 1 To 5 Step 2
    Print x                    '循环体
Next x
```

分析：程序段的循环变量是 x，循环体为 Print x。循环变量是 X 的初值为 1，终值是 5，步长值是 2。则循环的条件表达式为 1<=x And x<=5，因此，循环变量 x 取值为 1 时，条件表达式成立，因此执行循环体；然后循环变量 x 增加步长值 2，变成了 3，也符合条件表达式成立，因此，又执行一次循环体，依此类推，当循环变量 x 增加步长值 2，变成了 7 时，循环的条件表达式为 1<=x And x<=5 不成立，因此，循环体不再执行。因此，循环体重复执行 3 次，在窗体上输出了 1、3、5 这 3 个值。建议使用调试工具的监视框监视循环变量 x。

【例 5-15】 计算 1~100 之间的自然数的和

思路：题意为 1+2+3+4+…+100。求取一批数据的"和"是一种典型的操作，通常称为"累加"。引入一个存放"和"值的单元，如变量 sum。首先设置"和"值为 0，然后通过循环重复执行：和=和+累加项。

代码如下：

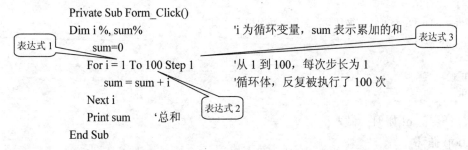

```
Private Sub Form_Click()
Dim i %, sum%                  'i 为循环变量，sum 表示累加的和
    sum=0
    For i = 1 To 100 Step 1     '从 1 到 100，每次步长为 1
        sum = sum + i           '循环体，反复被执行了 100 次
    Next i
    Print sum        '总和
End Sub
```
（表达式1、表达式2、表达式3）

分析：如何将循环结构用 For…Next 语句构造出来？主要是确定例 5-15 中的表达式 1、表达式 2 和表达式 3。

表达式 1（i=1），循环开始的初始条件。其作用是给出循环控制变量的初值，只有满足表达式 1 时，循环才能开始去执行；

表达式 2（i<=1 And i<=100），循环执行的成立条件。用于判断是否去执行循环体。当满足表达式 2 时，循环体反复被执行，反之，当条件表达式 2 的结果为假，则退出循环体，不再去反复执行。

设想，如果只有表达式 1 和表达式 2，那么条件表达式 2 的结果始终为真，循环体将会反复一直地被执行，不会停止，会产生"死循环"。那么如何让循环终止呢？也就是说，如何让表达式 2 条件判断的结果为假，从而终止循环呢？产生了表达式 3。

表达式 3（Step1，即 i=i+1），其最终的作用是终止循环，也就是让表达式 2 的条件判断的结果为假。在每次循环中，循环体执行一次，表达式 3 也执行一次，则 i 的值将增加一个步长值 1，这样，经过 100 次循环，i 的值最终会变成 101，从而使得表达式 2（i<=1 And i<=10）结果为假，从而循环终止。

因此，当一个问题中某些类似的操作反复执行时，即需要循环时，如何构造关于循环变量的表达式 1、表达式 2 和表达式 3 是构造循环语句的关键，而 For…Next 语句或者 Do…Loop 语句只是表达形式的不同而已。

若例 5-15 题意为计算 1~100 之间的奇数和，程序段如下。

方法一：改变步长	方法二：对循环变量进行控制，找出奇数
Dim i %, sum% 　　sum=0 　　For i = 1 To 100 Step 2 '步长为 2 　　　sum=sum+i Next i	Dim i %, s% sum=0 　For i = 1 To 100 Step 1 　If i mod 2<>0　Then　'判断与 2 求余是否为 0，i 　　　　　　　　　　　　　是否为奇数 　　　sum=sum+i 　End If Next i

【例 5-16】　求 5!。

思路：题意为 5！=5×4×3×2×1。与累加相似，"乘"这种操作是反复的被执行，用循环去做。

```
Private Sub Form_Click()
Dim i %, s%                'i 为循环变量，s 为积
    s=1
    For i = 1 To 5 Step 1    '循环体，s 表示每次相乘之积
    s = s * i
    Next i
    Print s                '总积
End Sub
```

若改为计算任意值 n!,如何去做？

2．Do…Loop 循环

For…Next 循环结构，循环变量的终值是确定的，也就是说，开始执行循环体时，就知道了表达式 2，也就是循环变量的取值范围，循环体将被执行具体的次数（循环变量的终值减去初值除以步长），因此，这种循环称为确定次数循环。但是，有些循环只知道循环结束的条件，

而重复执行的次数事先并不知道，称之为不确定次数循环，VB 提供了 Do…Loop 循环语句来解决此类问题。Do…Loop 循环结构语句的 4 种格式如下。

1）Do While e
    ...
            [Exit Do]
    ...
        Loop
	2）Do
	    ...
	            [Exit Do]
	    ...
	        Loop While e

3）Do Until e
    ...
        [Exit Do]
    ...
        Loop
	4）Do
	    ...
	        [Exit Do]
	    ...
	        Loop Until e

　　格式 1）和格式 2）被称为"当型循环"，即当 VB 执行循环时，先判断指定的条件是否为真，若条件为真，执行循环体，条件为假时退出循环。

　　格式 3）和格式 4）被称为"直到型循环"，即当 VB 执行循环时，进入循环体后，先执行一次循环体 A，然后再检查条件 P 是否成立。如果不成立，就重复执行循环体 A，直到条件 P 成立退出循环。

　　【例 5-17】　用 4 种不同的 Do…Loop 实现 1~100 之间的自然数的和。

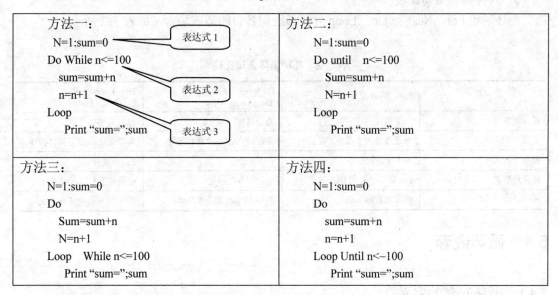

方法一：
```
    N=1:sum=0                    表达式 1
Do While n<=100
    sum=sum+n                    表达式 2
    n=n+1
Loop
    Print "sum=";sum             表达式 3
```

方法二：
```
    N=1:sum=0
    Do until   n<=100
        Sum=sum+n
        N=n+1
    Loop
        Print "sum=";sum
```

方法三：
```
    N=1:sum=0
    Do
        Sum=sum+n
        N=n+1
    Loop    While n<=100
        Print "sum=";sum
```

方法四：
```
    N=1:sum=0
    Do
        sum=sum+n
        n=n+1
    Loop Until n<-100
        Print "sum=";sum
```

　　读者可以给出另外 3 种 Do…Loop 语句中的表达式 1、表达式 2 和表达式 3。

　　【例 5-18】　从键盘上输入一个正整数，将其逆序输出。

　　思路：假设输入 2345，则输出为 5432。显然，循环体的执行次数与所输入的整数的位数有关，因此是一个不确定次数的循环，采用 Do…Loop 循环。

　　算法如下：

　　1）得到 2345 的最末一位 5，采用 2345 Mod 10 实现。

　　2）将其输出。

3）输出后，将 2345 变成 234。采用 2345 \ 10 实现。

4）得到 234 的最末一位 4，采用 234 Mod 10 实现。

5）将其输出。

6）输出后，将 234 变成 23······

可以发现，步骤 1）至步骤 3）和步骤 4）至步骤 6）基本相似。总结如下：

将某个数的最末一位得到，将其输出，然后将此数截去最末一位，剩余前面的其余位数，如此反复，当 2345 最终变为 0 时则不再反复。因此，步骤 1）到步骤 3）被反复地执行。

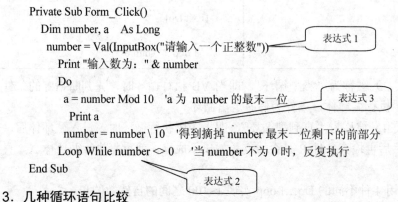

```
Private Sub Form_Click()
    Dim number, a    As Long
    number = Val(InputBox("请输入一个正整数"))          表达式 1
    Print "输入数为： " & number
    Do
        a = number Mod 10    'a 为 number 的最末一位      表达式 3
        Print a
        number = number \ 10   '得到摘掉 number 最末一位剩下的前部分
    Loop While number <> 0    '当 number 不为 0 时，反复执行
End Sub
                                 表达式 2
```

3．几种循环语句比较

循环语句 For…Next 与 Do…Loop 等循环语句各自的适应场合，如表 5-2 所示。

表 5-2　几种循环语句比较

	For…Next	Do While…Loop/ /Do…Loop While	Do…Loop Until/ Do Until…Loop
循环类型	当型循环	当型循环	直到循环
循环控制条件	循环变量大于或小于终值	条件成立/不成立执行循环	条件成立/不成立执行循环
循环变量初值	在 For 语句行中	在 Do 之前	在 Do 之前
使循环结束	For 语句中无须专门语句	必须用专门语句	必须使用专门语句
使用场合	循环次数容易确定	循环/结束控制条件易给出	循环/结束控制条件易给出

5.4　循环嵌套

5.4.1　循环嵌套的定义

通常，把循环体内不再包含其他循环的循环结构称为单层循环。在处理某些问题时，常常要在循环体内再进行循环操作，而在内嵌的循环中还可以再包含循环，这种情况叫多重循环，又称为循环的嵌套。

下面是几种常见的二重嵌套形式。

1) For I=… 　　　… 　　　For J=… 　　　　… 　　　Next J 　　… 　　Next I	2) For I=… 　　　… 　　　Do While/Until … 　　　　… 　　　Loop 　　… 　　Next I
3) Do While… 　　… 　　For J=… 　　　… 　　Next J 　… 　Loop	4) Do While/Until… 　　… 　　Do While/Until … 　　　… 　　Loop 　… 　Loop

【例5-19】 打印九九乘法表。

思路：九九乘法表涉及乘数 i 和被乘数 j 两个变量，它们的变化范围都是从 1~9。先假设被乘数 j 的值不变，则，用单重循环实现。代码如下所示。

```
For i = 1 To 9          'i 为乘数，其变化范围为 1 到 9
    j = 1               'j 为被乘数，取定值为 1
        Print CStr(i) + "x" + CStr(j) + "=" + CStr(i * j) + Space(3);
            'CStr()函数用于将数字转化为字符, Space(3)为添加 3 个空格
    Next i
```

下面，只需让被乘数 j 的定量从 1~9 变化，引入内层循环。从而，完整的代码如下所示。

```
Private Sub Form_Click()
    Dim i, j As Integer
    For i = 1 To 9
        For j = 1 To 9              '改变 j 的变化范围
          Print CStr(i) + "x" + CStr(j) + "=" + CStr(i * j) + Space(3);
        Next j
                Print              '换行
        Next i
    End Sub
```

注意：多层循环的执行过程是，外层循环每执行一次，内层循环就要从头开始执行一轮。在例 5-19 中的双重循环中，外层循环变量 i 取 1 时，内层循环就要执行 9 次（j 依次取 1、2、3、…、9），接着，外层循环变量 i=2，内层循环同样要重新执行 9 次（j 再依次取 1、2、3、…、9）……，所以循环共执行 81 次。

【例5-20】 计算 1! +2! +3! +…+10!。

思路：利用例 5-15 的思路可以实现 1+2+3+…+10 的累加，此题思路和例 5-15 的思路极为相似，只是将 1 转变为 1!，2 转变为 2!，3 转变为 3!……10 转变为 10!。而每个阶乘是一个累积，例 5-16 可以实现。因此，外层循环由 10 个元素相加而构成。每一个元素是一个阶乘，构成了内层循环。代码如下：

```
Private Sub Form_Click()
    Dim i, j As Integer
    Dim sum As Long                 'i 为循环变量，sum 为和
    Dim s As Long                   's 为阶乘
        sum = 0                     '和的初始值
        For i = 1 To 10 Step 1      '外层循环变量 I 循环 10 次
            s = 1                   '积的初始值
            For j = 1 To i Step 1   '内层循环变量 j 循环的次数与每个元素有关
                s = j * s           's 表示求得每个元素的阶乘
            Next j
            sum = sum + s           'sum 表示累加每个阶乘的和
        Next i
        Print sum                   '总和
    End Sub
```

❗注意：对于多重循环，需要将其简化处理。首先，从单重循环去思考，确定其中一个循环变量为定值，让它不变，实现单重循环；然后改变此循环变量，将其从定值改变为变量，即，给出此循环变量的变化范围，从而将单重循环转变为双重循环。

建议使用 5.8.4 节中介绍的 3 种调试工具来监视内外层的循环变量。在多重循环中，外层循环执行一次，内层循环将执行多次。多重循环的总的循环次数等于每一重循环次数的相乘之积。

【例 5-21】　在窗体上输出下图。
```
*
**
***
****
```

思路：题意是第 1 行打印 1 个星号，第 2 行打印 2 个星号……第 n 行打印 n 个星号。对于每一个星号都有行和列两个位置属性决定其输出位置，因此，用变量 i 控制行数，变量 j 控制列数。对于外层循环 i，其变化范围为 1～4；对于每一个确定的 i 值，即每一行，j 的变化范围为 1～i。观察可知，此图刚好是方阵的下三角形。代码如下：

```
Private Sub Form_Click()
    For i = 1 To 4          'i 控制行数
        For j = 1 To I      'j 控制列数，其变化分为 1 到方阵的对角线，对角线为 i=j
            Print "*";
        Next j
        Print               '输出空行，注意换行
    Next i
End Sub
```

【例 5-22】　输出下图。
```
  *
 ***
*****
*******
```

84

思路一：观察此题和例 5-21 的异同点。此题是输出一个金字塔形状。采用例 5-21 的方法，用变量 i 作为外层循环变量，控制输出行数；变量 j 作为内层循环变量，控制输出的列数。对于每一行，其星号数目为奇数增长，1、3、5、7……，在每一行的星号前都出现了若干个空格，空格数目随着行数的增加是递减的。代码如下：

```
Private Sub Form_Click()
    For i = 1 To 4
        For j = 1 To 4 - i + 1
                        Print " "   '输出空格
        Next j
        For j = 1 To 2 * i - 1
                        Print "*"   '输出星号
        Next j
    Print       '输出空行,'注意换行
    Next i
End Sub
```

思路二：利用函数 String()来完成空格和星号的输出。请学习第 7 章"过程和函数"。

代码如下：

```
Private Sub Form_Click()
    For i = 1 To 4
        Print String(4 + 1 - i, " ")
        '输出空格，需要分号
        Print   String(i * 2 - 1, "*")
        '输出星号
    Next i
End Sub
```

5.4.2 注意事项

下面给出一些常见错误。

1）不循环或死循环的问题。

主要是循环条件、循环初值、循环终值、循环步长的设置有问题。请仔细学习例 5-15。

2）循环结构中缺少配对的结束语句。

For 缺少配对的 Next。

3）循环嵌套时，各个控制结构必须完整，内层结构必须完全包含在外层结构中，不能内外循环交叉，内外循环变量也不能同名。

4）累加、连乘时，存放累加、连乘结果的变量赋初值问题。

● 一重循环。在一重循环中，存放累加、连乘结果的变量初值设置应在循环语句前。

● 多重循环。这要视具体问题分别对待。

5.5 循环结构的典型算法

5.5.1 累加、累乘算法

典型题目：求指定正整数 N 的阶乘。如例 5-15 和例 5-16。

5.5.2 递推算法

算法思想："递推法"又称"迭代法"，采用"分而治之"的基本思想，即把一个复杂的

问题转换为简单的子问题重复进行求解，每次重复都是利用前面已知的数据推算后边未知的数据。典型题目：Fibonacci 数列。

【例 5-23】 输出 Fibonacci 数列的前 20 项。

思路：1202 年，意大利数学家斐波那契在《算盘全书》中提到 Fibonacci 数列，定义如下： f(1)=1，f(2)=1，f(n)=f(n-1)+f(n-2)，n>2。因此，Fibonacci 数列为 1、1、2、3、5、8、13、21、34……。推理为 f(3)=f(2)+f(1)、f(4)=f(3)+f(2)、f(5)=f(4)+f(3)……。如图 5-12 所示。

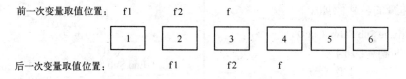

图 5-12　Fibonacci 数列公式示意图

观察图 5-12，前一次公式中的变量的取值位置和后一次公式中的变量的取值位置之间的转换关系，存在着一个恒定的表达式 f = f2 + f1，其中：

1）将前一次的 f2 赋值给后一次的 f1，得到 f1 = f2。

2）将前一次的 f 赋值给后一次的 f2，得到 f2 = f。

代码如下：

```
Private Sub Form_Click()
    Dim i As Integer
    Dim f1, f2, f As Long              'f 为从第 3 项开始到第 20 项的具体每项的值
    f1 = 1: f2 = 1                      '给 Fibonacci 数列前两项赋初值
        For i = 3 To 20 Step 1          '循环变量 i 从第 3 项开始到第 20 项变化
            f = f2 + f1                 'Fibonacci 数列
            Print f&; Space(2);         '输出第 n 项
            f1 = f2                     '将原先 f2 的旧值赋值给新的变量 f1
            f2 = f                      '将原先 f 的旧值赋值给新的变量 f2
        Next i
End Sub
```

5.5.3　枚举算法

算法思想："枚举法"也称为"穷举法"或"试凑法"，列出事件所有可能出现的各种情况，逐一检查每个状态是否满足指定的条件。

【例 5-24】 鸡兔问题：鸡兔共有 30 只，脚共有 90 个，问鸡、兔各有多少只。

思路：设鸡为 x 只,兔为 y 只，根据题目要求，列出数学方程组为：

$$\begin{cases} x + y = 30 \\ 2x + 4y = 90 \end{cases}$$

采用"试凑法"解决方程组的求解问题，将变量 x、y 的每一个值（0～30）都进行尝试，看是否正确。代码如下所示。

方法一：利用二重循环来实现。代码如下：	方法二：利用一重循环来实现。代码如下：	方法三：假设鸡兔共有 a 只，脚共有 b 个，a 为 30，b 为 90。那么方程组为：

``
Private Sub
  Form_Click()
Dim x,y As Integer
For x = 0 To 30
    For y=0 To 30
If(x+y=30 And
  2*x+4*y=90)Then
      Print x,y
    End If
Next y
Next x
End Sub
``
	``
	Private Sub Form_Click()
	  Dim x,y As Integer
	  For x = 0 To 30
	    y=30-x
	    If(2*x+4*y=90)
	Then
	        Print x,y
	    End If
	  Next x
	End Sub
	``
		$$\begin{cases} x+y=a \\ 2x+4y=b \end{cases} \Rightarrow \begin{cases} x=(4a-b)/2 \\ y=(b-2a)/2 \end{cases}$$
		
		代码如下：
		``
		Private Sub Form_Click()
		  Dim a,b as integer
		  a=30:b=90
		  x=(4*a-b)/2
		  y=(b-2*a)/2
		  Print x,y
		End Sub
		``

5.5.4　迭代算法

算法思想："迭代法"又称为"递推法"，其基本思想是把一个复杂的计算过程转化为简单过程的多次重复。每次重复都从旧值的基础上递推出新值，并由新值代替旧值。

【例 5-25】　计算级数 $S=1+1/2+1/4+1/7+1/11+1/16+\cdots$，当第 i 项的值 $<10^{-4}$ 时结束。

思路：分析递推公式。任意一项和其前一项的分子与分母的变化关系。第 i 项的分母是前一项的分母加 i。代码如下：

```
Private Sub Form_Click()
    Dim i, s As Integer
    Dim sum As Double
    i = 0: sum = 0: s = 1          's 为分母
    Do While 1 / s > 0.0001        '1/s 为每一个项
        sum = sum + 1 / s          '从第 1 项开始到第 i 项的累加之和
        i = i + 1
        s = s + i                  '第 i 项的分母是前一项的分母加 i
    Loop
    Print sum
End Sub
```

5.5.5　几个有意思的数

【例 5-26】　输入一整数，判断其是否为素数。

素数的定义：素数是一个大于 2，且不能被 1 和本身以外的整数整除的整数。若 m 是素数，只能被 1 和 m 自身整除，也就是说，不能被 2，3，…，m-1 整除，根据一个命题的逆否命题等于其本身的定律。如果 2，3，…，m-1 之中只要有一个数能被 m 整除，则 m 就不是素数，反之，如果 2，3，…，m-1 之中没有一个数能被 m 整除，则 m 就是素数。因此，"整除"操作反复地被执行，构造循环的 3 个表达式，代码如下：

```
Private Sub Form_Click()
    Dim flag As Boolean                              'flag 作为标志,true 表示素数, false 表示不是素数
    Dim   number As Integer                          'number 为输入的整数
    Dim I As Integer                                 'I 为循环变量，为 2 到 number −1 的任意数
    number = Val(InputBox("请输入一个整数"))
        flag = True                                  '作为标志用,true 表示素数, false 表示不是素数
            For I = 2 To number − 1 Step 1           '从 2 到小于本数之间取值
                If number Mod I = 0 Then             '是否能整除
                    flag = False                     '标志为假
                    Exit For                         '退出循环
                End If
            Next I
            If flag = True Then
                Print number & "是素数"
            Else
                Print number & "不是素数"
            End If
    End Sub
```

题意若为显示 1～100 之间的素数，如何去做？

【例 5-27】　输出所有水仙花数。

思路：水仙花数是一个 3 位整数，其各位数字的立方和等于其本身。例如，　153=1*1*1 + 5*5*5 + 3*3*3，所以 153 是水仙花数。分析可知，水仙花数算法的关键是如何将一个数转化为它的每一位的数。采用算术运算符"Mod"和"\"来实现。

方法一：代码如下所示。	方法二：代码如下所示。

``
Private Sub Form_Click()
  Dim i, a, b, c As Integer
 	
  For i = 100 To 1000
    a = i Mod 10   '个位
    b = (i \ 10) Mod 10 '十位,先求前两位,
                         '然后求十位
    c = i \ 100   '百位
    If i = a * a * a + b * b * b + c * c * c Then
    Print i
    End If
  Next i
End Sub
``
	``
	Private Sub Form_Click()
	  Dim i, a, b, c As Integer
	
	  For i = 100 To 1000
	    a = i Mod 10 '个位
	    b = (i Mod 100) \ 10 '十位, 先求后两
	                           '位, 然后求十位
	    c = i \ 100 '百位
	    If i = a * a * a + b * b * b + c * c * c Then
	    Print i
	    End If
	  Next i
	End Sub
	``

【例 5-28】　显示 1～100 之间的完数。

思路：完数是一个整数，其所有的因子（除去其本身外）相加之和等于其本身。例如，整数 6，其因子为 1、2、3、6，除去 6 本身，其余的因子 1+2+3 之和与 6 相等，因此，6 就是一个完数。

根据完数的定义，借鉴例 5-26 素数和例 5-27 水仙花数中的思路，代码如下所示。

```
Private Sub Form_Click()
    Dim i ,j As Integer              'i 表示因子，j 表示所要判断的数是否为完数
    For j = 0 To 100
        s = 0                        '和的初始值
        For i = 1 To (j - 1)         '对于整数 j，其因子的范围不包括完数本身，所以为 1 到 j-1
            If j Mod i = 0 Then      '求因子
                s = s + i            '累加
            End If
        Next i
        If s = j Then                '因子之和 与 原数 进行比较
            Print j & "输入的数是完数"
        End If
    Next j
End Sub
```

5.6　其他辅助语句

5.6.1　退出与结束语句

1. Exit 语句

Exit 语句具有多种形式：Exit For、Exit Do、Exit Sub 和 Exit Function 等。Exit 语句的作用是退出某种控制结构的执行。

具体语法如下所示。

1）Exit For　表示退出 for …next 循环。

2）Exit Do 表示退出 do …loop 循环。

3）Exit Sub 表示退出子过程。

4）Exit Function 表示退出子函数。

2. End 语句

End 语句具有多种形式：End、End If、End Select、End With、 End Type、End Sub 和 End Function 等。

1）End 语句的作用是结束一个程序的运行。

2）其余表示某个结构的结束，与对应的结构语句配对出现。

5.6.2　With 语句

形式如下：

```
With   对象
       语句块
End With
```

作用：对某个对象执行一系列的操作，而不用重复指出对象的名称。

【例 5-29】 With 语句。

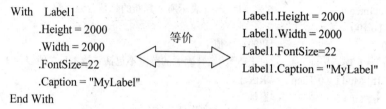

```
With    Label1
        .Height = 2000
        .Width = 2000
        .FontSize=22
        .Caption = "MyLabel"
End With
```

等价

```
Label1.Height = 2000
Label1.Width = 2000
Label1.FontSize=22
Label1.Caption = "MyLabel"
```

5.7 程序书写规则

5.7.1 注释

在 VB 里，注释语句利用单引号 "'" 完成，如下所示：

Dim sum As Interger　　　　　　'定义一个变量 sum，其为整型，表示求和

注释可以帮助读者去思考每一句程序代码的意义，有利于程序的维护和调试。本书的所有例题都有必要的注释。

5.7.2 缩进

书写程序代码，如果所有语句都从最左一列开始，很难看清程序语句之间的关系，因此习惯上在编写过程、判断语句和循环语句的正文部分时都按一定的规则进行缩进处理。经缩进处理的程序代码，可读性将大大改善。如例 5-12 的大括号①、②、③。又如图 5-13 所示，循环嵌套的程序代码都使用了缩进格式。

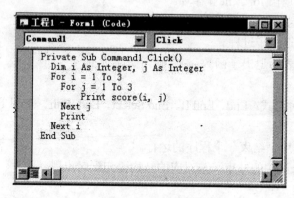

图 5-13　缩进格式

5.8 程序调试与错误处理

5.8.1 程序入口设置

默认情况下，应用程序中创建的第一个窗体是启动窗体，即 Form1。在"工程属性"对

话框来设置启动窗体或其他启动对象，如图 5-14 所示。

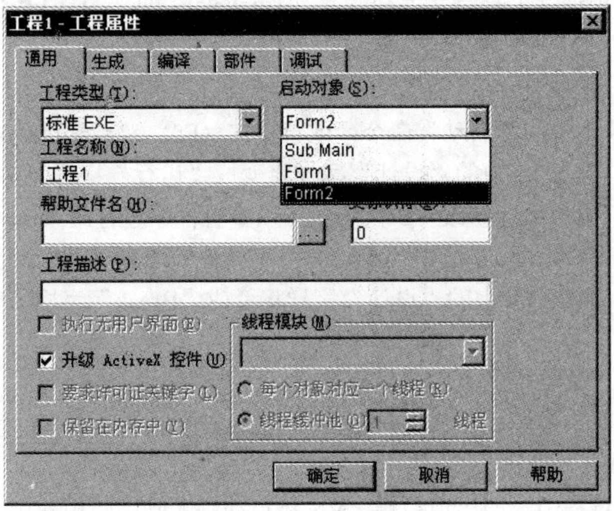

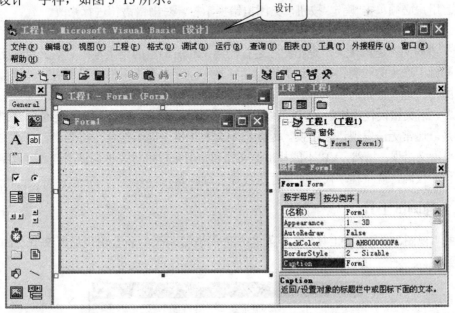

图 5-14　程序入口设置

5.8.2　VB 的工作模式

从设计到执行，一个 VB 应用程序处于不同的模式之中。VB 大致有以下 3 种模式：设计模式、运行模式和中断模式。

1. 设计模式

启动 VB 后，打开一个工程窗口，此时就进入了 VB 的设计模式，在主窗口的标题栏上显示"设计"字样，如图 5-15 所示。

图 5-15　设计模式窗口

创建一个 VB 应用程序的所有工作都是在设计模式下完成的。设计模式下,程序是不能执行操作,也不能使用调试工具对之进行调试,但可以设置断点(BreakPoint)和添加监视(Add Watch)。

2.执行模式

选择"运行"菜单中的"启动"命令,或直接按〈F5〉键,都可使得 VB 应用程序进入到执行模式。此时,图 5-15 中的"设计"字样将变成"运行"字样。

在运行模式下,用户不能修改 VB 代码,可以查看程序运行结果。

3.中断模式

在中断模式下,图 5-15 中的"设计"字样将变成"Break"字样。有如下几种方式进入中断模式。

1)选择"运行"菜单中的"中断"命令。

2)在设计模式下,对程序代码进行了断点(BreakPoint)的设置,当程序执行到此断点时就进入了中断模式。

3)在程序执行过程中,如出现错误,VB 将自动进入到中断模式中。

5.8.3 错误类型

编写 VB 代码时,通常会出现各种错误。简单的理解为 VB 编程就是和错误打交道的过程,就是发现错误,然后改正错误的过程。VB 程序的错误大致分为语法错误和语义错误两类错误。

1.语法错误

在编辑代码时,VB 会对键入的代码直接进行语法检查。例如,遗漏了配对的语句(如 For …Next 语句中的 For 或 Next),违反了 VB 的语法规则(如拼写错误、少一个分隔点或类型不匹配等)。VB 会在 Form 窗口上弹出一个子窗口,提示出错信息,并将出错的代码用红色标记。用户必须单击"确定"按钮,关闭出错提示窗,对出错语句进行修改。

2.语义错误

语义错误又称逻辑错误,是指程序运行的结果和所期望的结果不同。语义错误是在语法错误的基础上产生的一类错误,这类错误往往是程序存在逻辑上的缺陷所引起。例如,运算符使用的不合理、语句的次序不对、循环语句的起始和终值不正确等。

通常,语义错误较难排除,VB 可以发现大多数语法错误,较为准确地定位语法错误的位置。但是,通常无法发现语义错误,因此也不会产生错误提示信息。需要读者自己去分析程序,发现语义错误。虽然,VB 不能找出语义错误,但是提供了 3 种调试工具,可以帮助读者去分析程序代码,观察程序代码的执行过程和运行步骤。

5.8.4 3种调试工具

选择"视图"菜单的"工具栏"子菜单中的"调试"命令,就会出现如图 5-16 所示的"调试"工具栏。

图 5-16 "调试"工具栏

"调试"工具栏从左到右，依次为"启动"、"中断"、"结束"、"切换断点"、"逐语句"、"逐过程"、"跳出"、"本地窗口"、"立即窗口"、"监视窗口"、"快速监视"和"调用堆栈"。其功能如表 5-3 所示。

表 5-3   调试工具的功能

工 具	功 能
启动	启动应用程序
中断	中断程序
结束	结束应用程序的运行
切换断点	在光标所在行设置断点
逐语句	单步执行
逐过程	单步执行看执行语句，但不单步执行调用过程中的语句
跳出	执行该过程的剩余代码，在下一个过程的第一行中断
本地窗口	显示本地变量的值
立即窗口	在程序中断的方式下，可以执行代码或查询值
监视窗口	显示选中的表达式的值
快速监视	在程序中断的方式下，列出表达式的当前值
调用堆栈	在程序中断的方式下，显示所有被调用而未返回的过程

在这些众多的 VB 调试工具中，我们特别需要学习如下 3 种调试工具：单步运行、添加监视和设置断点。这 3 种调试工具的有机组合使用，可以帮助读者分析思考程序，找到语义错误。3 种调试工具如图 5-17 所示。

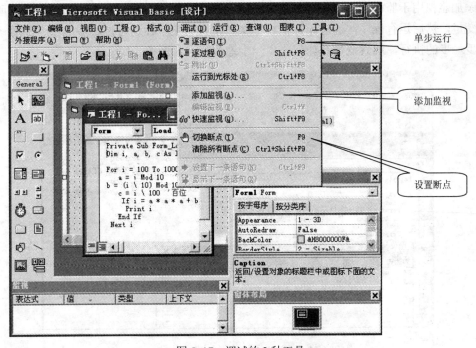

图 5-17   调试的 3 种工具

1. 逐语句（Trace Into，F8）

逐语句又名单步运行，顾名思义，它可以使得程序一步一步的，一行一行的执行，VB 用黄色光带来表示程序当前的运行位置。只有每次按下"逐语句"（〈F8〉键），程序才能前进一行，黄色光带才能往下移动一行，不按〈F8〉键，黄色光带停止不动，程序就不运行，如图 5-18 所示。

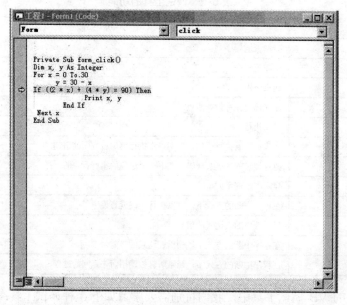

图 5-18　"单步运行"的示意图

2. 添加监视（Add Watch）

添加监视用于监视程序运行过程中变量的值。在设计模式下，"添加监视"中输入所要监视的变量，然后运行程序，通过添加监视框来直接查看变量在运行过程中的值，随着逐语句的一步一步的执行，观察变量是如何一步一步地改变，如图 5-19 所示。

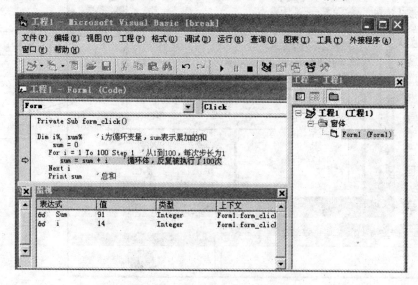

图 5-19　"添加监视"的示意图

94

3. 设置断点（BreakPoint，F9）

断点，顾名思义，程序运行到断点处，就停止了，就"断"了，不能再往下执行了。断点是 VB 挂起程序执行的一个标记，在设计模式下，VB 用棕色光带来表示程序的断点位置，当程序运行时，执行到断点处，则暂停程序的运行，进入中断模式，如图 5-20 所示。

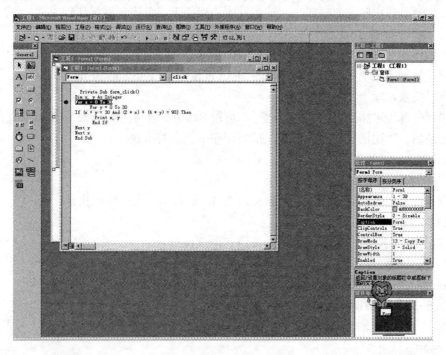

图 5-20 设置"断点"的示意图

【例 5-30】 用 3 种调试工具来调试例 5-15 中的程序。

调试工具使用步骤如下所示。

1）添加监视，在监视框中添加变量 sum 和 i，用于监视。

2）在 sum = sum + i 行设置断点。

3）启动运行程序（〈F5〉键），程序运行到断点处自动停止，棕色光带变成了黄色光带。

4）通过单步运行（〈F8〉键）来一步一步地运行程序，观察监视框中的变量的值是多少，变量的值如何随着单步运行一步一步地改变。

5.8.5 错误处理

VB 提供了一些错误处理的语句中断运行中的错误，并进行处理。错误处理过程一般先设置错误陷阱捕获错误，然后进行错误处理程序，最后退出错误处理。

VB 提供了 On Error 语句设置错误陷阱，捕获错误。该语句的使用语法如下：

```
On Error GoTo ErrorHandler
```

其中，ErrorHandler 是一个错误处理程序段的标号，当执行一条语句产生一个可捕获的错误时，该语句可以中断错误，跳转到指定标号处，对错误进行处理。

On Error 语句有如下 3 种方式。

（1）On Error GoTo 语句标号

在发生运行错误时，转到语句标号指定的程序块执行错误处理程序。指定的程序块必须在同一过程中，错误处理程序的最后必须加上 Resume 语句，以告知返回位置。

（2）On Error Resume Next

在发生运行错误时，忽略错误，转到发生错误的下一条语句继续执行。

（3）On Error GoTo 0

停止错误捕获，由 VB 直接处理运行错误。

在错误处理程序中，当遇到 Exit Sub、Exit Function、End Sub、End Function 等语句时，将退出错误捕获。

在错误处理程序结束后，要恢复运行，可用 Resume 语句。Resume 语句应放置在出错处理程序的最后，以便错误处理完毕后，指定程序下一步的错误。

Resume 语句有如下 3 种方式。

（1）Resume 语句标号

返回到标号指定的行继续执行，若标号为 0，则表示终止程序的执行。

（2）Resume Next

跳过出错语句，到出错语句的下一条语句继续执行。

（3）Resume

返回到出错语句处重新执行。

【例 5-31】 错误处理举例。

功能：从键盘上输入两个整数，计算并输出相除的商和余数。

代码如下：

```
Private Sub Form_Click()
    a = InputBox("请输入被除数")
    b = InputBox("请输入除数")
    c = a / b
    d = a Mod b
    Print "商是"; c
    Print "余数"; d
End Sub
```

当程序运行时，如果给除数输入的值为 0，则会出现如图 5-21 所示的界面。

图 5-21　除数为零的出错信息

利用 VB 的错误处理功能，修改代码如下：

```
Private Sub Form_Click()
    On Error GoTo Handler
    Begin:
        a = InputBox("请输入被除数")
        b = InputBox("请输入除数")
        c = a / b
        d = a Mod b
        Print "商是"; c
        Print "余数"; d
        Exit Sub
    Handler:
            Print "注意：除数不能为零！！！"
            Resume Begin
End Sub
```

5.9 习题

一、选择题

1. 运行下列程序之后，显示的结果为＿＿＿＿＿。

```
J1=10
J2=30
If J1<J2 Then Print J2; Print J1
```

A. 10   B. 30

C. 10 30   D. 30 10

2. 下面语句正确的是＿＿＿＿＿。

A. If X≠Y Then Print "X 不等于 Y"

B. If X<>Y Then Printf "X 不等于 Y"

C. If X<>Y Then Print "X 不等于 Y"

D. If X≠Y Print "X 不等于 Y"

3. 下面语句正确的是＿＿＿＿＿。

A. If X≥Y Then T=A A=B B=T

B. If X≥Y Then T=A; A=B; B=T

C. If X>=Y Then T=A A=B B=T

D. If X>=Y Then T=A:A=B:B=T

4. 下面程序段＿＿＿＿＿能够正确实现目的：如果 X<Y，则 A=15，否则 A=﹣15。

A. X<Y Then A=15   B. If X<Y Then A=15 :Print A

   A=﹣15   A=﹣15: Print A

   Print A

C．If X<Y Then
    A=15: Print A
    Else
    A=-15: Print A

D．If X<Y Then A=15
    A=-15
    Pint A
    End If

5．下列程序段的执行结果为_____。

```
X=5
Y=-20
If Not X>0 Then X=Y-3 Else Y=X+3
Print X-Y;Y-X
```

A．-3 3
B．5 -8
C．3 -3
D．25 -25

6．下列程序段的执行结果为_____。

```
A=75
If A>60 Then I=1
If A>70 Then I=2
If A>80 Then I=3
If A>90 Then I=4
Print "I=";I
```

A．I=1
B．I=2
C．I=3
D．I=4

7．下列程序段的执行结果为_____。

```
X=Int(Rnt()+4)
Select Case X
    Case 5
        Print "优秀"
    Case 4
        Print "良好"
    Case 3
        Print "通过"
    Case Else
        Print "不通过"
End Select
```

A．优秀
B．良好
C．通过
D．不通过

8．下列程序段的执行结果为_____。

```
X=1
Y=1
For I=1 To 3
  F=X+Y
    X=Y
```

```
        Y=F
        Print F
    Next I
```

A．2 3 6

B．2 2 2

C．2 3 4

D．2 3 5

9．下列程序段的执行结果为＿＿＿＿。

```
    I=4
    A=5
    Do
    I=I+1
    A= A+2
    Loop Until I>=7
    Print "I=";I
    Print "A=";A
```

A．I=7　　　　B．I=7　　　　C．I=8　　　　D．I=7

　A=5　　　　　　A=13　　　　　A=7　　　　　A=11

10．下列程序段的执行结果为＿＿＿＿。

```
    A=0：B=1
    Do
      A=A+B
      B=B+1
    Loop While A<10
    Print A;B
```

A．10 5　　　B．A B　　　C．0 1　　　D．10 30

二、问答题

1．选择结构的特点是什么？用流程图描述看交通灯通过十字路口的过程。

2．循环结构如何去构造？

3．双重循环中外层循环和内层循环的关系是什么？如何理解？

4．3 种调试工具是什么？如何运用？

三、编程题

1．有一道如下的题，8 个数字只能看清 3 个，第一个数字不清楚，但知道其不是 1，请问不清楚的 5 个数是什么？

2．用 VB 分别实现如下图形的输出。

1）　　　1

　　　　222

　　　33333

　　4444444

2）　*****
　　*****
　　***
　　**
　　*

3．从键盘上任意输入 3 个实数，求其中间数（即其值大小居中者）。

4．一个两位数的正整数，如果将其个位数与十位数字对调所生成的数称为对调数，如 28 和 82 的对调数。现给定一个两位的正整数，请找到另一个两位的正整数，使这两个数之和等于它们各自的对调数之和，如 56+32=65+23。

第6章 数组与自定义类型

通过前面的学习可知，VB 变量的类型有整数型、字符串等。本章介绍构造数据类型。数组是用一个相同的变量名表示，用不同下标区分的一组变量的集合，用于解决一组有规律的同类型数据的问题。例如，将某班学生的成绩进行从高到低的排序等。自定义类型作为另一种构造数据类型，为处理复杂的数据结构提供了有力的手段。

6.1 数组的概念

首先，分析如下 2 个例子。

【例6-1】 声明 5 个变量，并赋值都为 0。

代码如下：

```
Private Sub Form_Click()
    Dim a1, a2, a3, a4, a5 As Integer          '定义 5 个变量
    a1 = 0: a2 = 0: a3 = 0: a4 = 0: a5 = 0      '赋值
    Print a1, a2, a3, a4, a5
End Sub
```

题意若为声明 100 个变量并赋值为 0，也可以如例 6-1 一样，声明 100 个变量（a1, a2, a3,…,a100），然后赋值。但是，这样工作量会很大。分析规律发现，声明变量和赋值操作都反复执行 100 次，是否可以采用循环实现呢？但是如何去构造循环语句呢？

【例6-2】 多个整数排序。

在例 5-6 中，任意两个整数排序，需要使用一次 If 语句，通过比较和交换实现。如果是任意 3 个整数，则需要使用 3 次 If 语句，通过比较和交换实现。如果是 10 个任意整数呢？声明 10 个变量分别是 a1, a2, a3, …,a10，但是如何构造循环？设想循环语句如下：

```
For i=2 To 100
    If (a1>ai)
    …
    End if
Next i
```

如果每次循环，ai 会变为 a2, a3……不是就可以了吗？但是，VB 认为 ai 是一个确定的变量名，ai 是不会随着循环变量 i 的变化而生成一个一个简单的变量名 "a1"、"a2"……的。

为了解决例 6-1 和例 6-2 等一类问题，VB 引入了数组。

6.1.1 数组的声明

数组并不是一种新的数据类型，只是一组相同数据类型的变量的集合，也就是一批变量，这批变量是 "有组织的"，是在内存空间中连续的存放多个相同的类型的数据元素。

按数组的初始元素个数是否确定进行分类，可以分为静态数组和动态数组。静态数组又称为定长数组，是指数组元素的个数固定不变，而动态数组，也称为可变长数组，是指其元素的个数在运行时可以改变。

6.1.2　静态数组及声明

静态数组的声明，必须指定数组元素的个数。

形式: Dim　数组名(下标 1[,下标 2…]) [As 类型]

声明了数组时，必须指定数组的 4 个要素：数组的名、维数、大小和类型。

1）数组的名：命名和简单变量的声明方法相同。

2）数组的维数：几个下标为几维数组，最多 60 维。

按数组的下标进行分类。下标只有一个，称为一维数组，下标又称为 Index。下标有两个，则称为二维数组。

下标: [下界　To] 上界,省略下界为 0，下标必须为常数。

3）数组的大小。每一维大小: 上界−下界+1。

数组大小为每一维大小的乘积。

4）数组的类型。例如：

Dim a(10) As Integer　　'声明一维数组，共有 11 个元素，默认第一个元素为 a(0)
Dim a(1 To 10) As Integer　　'声明一维数组

如图 6-1 所示，数组的分配空间是连续的，数组元素之间是相连的，一个挨着一个。A(1)的后面紧跟着 A(2)，而 A(2)之前是数组元素 A(1)，A(2)之后是数组元素 A(3)……

A(1)	A(2)	A(3)	A(4)	A(5)	A(6)	A(7)	A(8)	A(9)	A(10)

图 6-1　一维数组

例如：Dim a(1 To 3,1 To 3) As Integer　　'声明二维数组

$$\begin{pmatrix} 12 & 24 & 7 \\ 23 & 4 & 34 \\ 1 & 51 & 32 \end{pmatrix}$$

一维数组用于解决线性代数上的向量问题，二维数组用于解决矩阵问题。对于数组中的每一个元素而言，和前面学习的简单变量一样声明和使用。

6.1.3　动态数组及声明

动态数组相对静态数组而言，它是在声明数组时未给出数组的大小(省略括号中的下标)，当使用它时，用 ReDim 语句重新指出数组大小。声明一个动态数组分为以下两个步骤。

1）用 Dim 语句声明数组，但不能指定数组的大小，语句形式如下。

Dim　数组名()　As　数据类型

2）用 ReDim 语句动态地分配元素个数，语句形式如下：

ReDim　数组名（下标）

例如：

```
Sub Form_Click()
Dim sArray() As Single            '声明为动态数组,注意括号内为空，没有给出数组的大小
    …
    ReDim sArray(10)              '此处指定其数组的大小，大小为 10
    …
End Sub
```

说明：

1）Dim、Private、Public 变量声明语句是说明性语句，出现在过程内或通用声明段；ReDim 语句是执行语句，只能出现在过程内。

2）在过程中可多次使用 ReDim 来改变数组的大小，也可改变数组的维数.

3）每次使用 ReDim 语句都会使原来数组中的值丢失，可以在 ReDim 语句后加 Preserve 参数用来保留数组中的数据，但使用 Preserve 只能改变最后一维的大小，前面几维大小不能改变。

4）ReDim 中的下标可以是常量，也可以是有了确定值的变量。

6.2　数组操作

1．数组元素的赋初值
数组元素的赋初值有以下两种方式。

（1）通过循环，利用赋值语句来依次给每个数组元素赋值

```
Private Sub Form_Click()
Dim a(1 To 10)    As Integer    ' 定义一个数组，包含 10 个元素
For    i  = 1 To 10
    a(i) = 0                    '通过循环变量控制数组元素的下标，每一个数组元素得到值为 0
Next i

For    i  = 1 To 10
Print    a(i)                  '输出每个数组元素
  Next i
End Sub
```

❗注意：这种方式用循环变量控制数组元素的下标，实现例 6-1 的功能。

（2）Array（）函数

```
Private Sub Form_Click()
    Dim a()                         ' 定义一个数组，没有给定数组类型，需注意
    a = Array("abc", "def", "67")   ' 用 Array()函数给数组每个元素赋值
    For i = 0 To UBound(a)          'UBound(a)得到数组 a()的个数
        Print a(i); sapce(2)        ' 输出每个数组元素，并输出两个空格
    Next i
End Sub
```

注意：

1）利用 Array 对数组各元素赋值，声明的数组是可调数组或连圆括号都可省，并且其类型只能是 Variant。

2）数组的下阶为零，上界由 Array 函数括号内的参数个数决定，也可通过函数 UBound 获得。

2. 数组之间的相互赋值

将数组 a()的值赋值给数组 b()有以下两种方式。

（1）数组 a()整体赋值给数组 b()

例如：

```
Private Sub Form_Click()
    Dim a() As Variant, b()   As Variant
    Dim i As Integer
    a = Array(1, 2, 3, 4, 5)        ' 用 Array()函数给数组 a()每个元素赋值
    ReDim b(UBound(a))              ' 重新定义数组 b()，使得 b()得到数组 a()相同的元素个数
    b = a                          ' 通过数组名，完成数组的整体赋值

    For i = 0 To UBound(b)
        Print b(i)                  ' 通过循环，输出数组 b()每个数组元素
    Next i
End Sub
```

（2）通过循环，将数组 a()的每个元素依次赋值给数组 b()的每个元素

例如：

```
Private Sub Form_Click()
    Dim a() As Variant, b()   As Variant
    Dim i As Integer

    a = Array(1, 2, 3, 4, 5)        ' 用 Array()函数给数组 a()每个元素赋值

    ReDim b(UBound(a))              ' 重新定义数组 b()，使得 b()得到数组 a()相同的元素个数

    For i = 0 To UBound(a)
        b(i) = a(i)                 ' 通过循环，将数组 a()的每个元素依次复制给数组 b()每个元素
    Next i

    For i = 0 To UBound(b)
```

```
                    Print b(i)              ' 通过循环，输出数组 b()每个数组元素
          Next i
      End Sub
```

3. 数组的输出

【例6-3】 输出方阵 a 中的元素，如图 6-2 所示。

$$
\begin{pmatrix}
0 & 1 & 2 & 3 & 4 \\
5 & 6 & 7 & 8 & 9 \\
10 & 11 & 12 & 13 & 14 \\
15 & 16 & 17 & 18 & 19 \\
20 & 21 & 22 & 23 & 24
\end{pmatrix}
$$

图 6-2   二维数组的元素输出

分析：任意的一个数组元素为 a(I, j)。I 为行标，变化范围为 0~4，j 为列标，变化范围为 0~4。

方法一：
```
Private Sub Form_Click()
  Dim a(4, 4) As Integer

  For I = 0 To 4
      For j = 0 To 4
          a(I, j) = I * 5 + j
          Print a(I, j); Space(2)
      Next j
      Print          ' 换行
  Next I

End Sub
```

方法二：
```
Private Sub Form_Click()
  Dim a(4, 4) As Integer
  Dim z As Integer
  Z=0
  For I = 0 To 4
      For j = 0 To 4
          a(I, j) = z    ' 引入 z 变量
          z = z + 1
          Print a(I, j); Space(2)
      Next j
      Print          ' 换行
  Next I
End Sub
```

数组名是一批数据共同的名称。数组中的元素逻辑位置相关，通过下标来标识数组中各个元素的位置。也就是说，通过循环变量控制数组的下标，对每一个数组元素进行处理和操作，从而达到对整个数组的处理。即通过循环对一批相同数据类型的数据进行了类似的反复的操作。

【例6-4】 数组元素的查找。

题意：已知数组为(1, 2, 3, 7, 8, 49)，从键盘上任意输入一值，假设为 3，在整个数组中寻找与 3 相同的数组元素，记录下 3 在数组中的位置。若输入值为 9，则在整个数组中没有找到与 9 相同的数组元素，提示用户没有找到。

下面，介绍"数组元素的查找"的两种方法。

（1）顺序查找法

其基本思想是从数组的第一项开始，依次与所要查找的数据进行比较，直到找到该数据，

或者检索完全部的数组元素都未找到该数据为止。代码如下：

```
Private Sub Form_Click()
    Dim i, num As Integer              'i 循环变量  num 为要查找的值
    Dim length As Integer              '数组元素的个数

    Dim a()                            '不定长数组
    Dim pos As Integer                 '记录与输入需要查找的整数相同的数组元素的位置

    a = Array(1, 2,3, 7, 8, 49)        '给不定长数组初始化为有序递增的数组
    length = UBound(a)                 '得到数组所包含的数组元素的个数,即数组的上界

     Print "输出数组"
    For i = 0 To length
       Print a(i)                      '输出数组
    Next i

    num = Val(InputBox("please input a number :"))   '输入需要查找的整数

    For i = LBound(a) To length        '从数组的下界到数组的上界
        If a(i) = num Then             '每一个数组元素和所要查找的值进行比较
          pos = i                      '记录与输入的数值的数组元素的位置
          Print                        '输出一空行
          Print "找到了，在数组中找到需要的整数，位置是"; pos + 1   '数组默认从位置 0 算起
          Exit For                     '退出循环
        Else
          pos = -1                     '没有找到
        End If
    Next i

    If pos = -1 Then
        Print
        Print "没有找到，数组中没有所要寻找的整数"
    End If

    End Sub
```

（2）二叉查找法

假设数组中的数组元素为相异有序的值，如数组(0, 1, 2, 3, 7, 8, 49)是增序，则可以采用一种比"顺序查找"效率高的查询方法——"二叉查找法"。其算法步骤如下。

首先，在数组元素 A(1)，A(2)，…A(n)中找到位置居中的 A(k)，即 k=n/2，用 A(k)将数组分成以下 3 个有序的序列。

第 1 序列：A(1), A(2), …A(k-1)

第 2 序列：A(k)

第 3 序列：A(k+1), A(k+2)…A(n)

然后，用 A(k)与所要查找的数值 x 比较，若 x= A(k)，则查找结束；若 x< A(k)，则用同

样的方法把序列 A(1)，A(2)，…，A(k-1)分成 3 个序列；若 x> A(k)，则也用同样的方法把序列 A(k+1)，A(k+2)，…，A(n)分成 3 个序列，直到找到 x 或得到"x 找不到"的结论为止。

下面，通过一个实例介绍此算法。假设数组为数组(0, 1, 2, 3, 7, 8, 49)，要查找的数为 7。具体步骤如下。

1）在数组(0, 1, 2, 3, 7, 8, 49)中找到位置居中的正整数 3，用 3 将数组(0, 1, 2, 3, 7, 8, 49)数列分成以下 3 个有序的序列。

第 1 序列：(0, 1, 2)

第 2 序列：(3)

第 3 序列：(7, 8, 49)

2）用位置居中的数组元素 3 和所要查找的数 7 进行比较，由于 7 大于 3，则所要查找的数肯定在第 3 个序列中。

3）将第 3 个序列（7, 8, 49）进行步骤 1）的操作，分割为以下 3 个有序的序列：

第 1 序列：(7)

第 2 序列：(8)

第 3 序列：(49)

4）重复步骤 2），用位置居中的数组元素 8 和所要查找的数 7 进行比较，由于 7 小于 8，则，肯定在第 1 个序列中。

5）重复步骤 1）和步骤 2），直到不能分割为止，即直到找到 7 或得到"7 找不到"的结论为止。

在此算法中，变量 flag 是"是否找到"的标志。设 flag 的初值为假，当找到 x 后置 Flag 为真。根据 flag 的值确定循环是由于找到 x（flag 为真）结束，还是由于对数据序列检索完毕却未找到而结束（flag 为假）。

程序清单如下：

```
Private Sub Form_Click()
    Dim a()                         '不定长数组
    Dim length As Integer, x As Integer, flag As Boolean
    Dim i As Integer, low As Integer, high As Integer, mid As Integer

    a = Array(0, 1, 2, 3, 7, 8, 49)  '给不定长数组初始化为有序递增的数组

    length = UBound(a)               '得到数组所包含的数组元素的个数,即数组的上界

    Print "输出数组"
    For i = 0 To length
        Print a(i)                   '输出数组
    Next i

    x = Val(InputBox("请输入要查找的值"))

        low = 1
        high = length
```

```
        flag = False                              '标志为假，表示没有找到
        Do While Not flag And low <= high
          mid = (low + high) / 2                  '位置居中，1/2 处
          If x = a(mid) Then                      'x= A(k),则查找结束
             flag = True                          '标志为真，表示找到
              Exit Do                             '退出循环
          End If
          If x < a(mid) Then
                high = mid – 1                    '在"第 1 序列"中继续
          Else
                low = mid + 1                     '在"第 3 序列"中继续
          End If
        Loop
        Print
        If flag = True Then
           Print "在数组中找到了！所要查找的数为:"; x; "位置为"; mid + 1
        Else
           Print "在数组中没有找到！"
        End If
    End Sub
```

【例 6-5】　任意 10 个整数，求其中的最大值以及最大值所在次序位置。

思路："打擂台"算法。在古代，擂台比武。擂台下一个一个比武者和擂主比武，如果打败擂主，取得胜利，那么他就成为新的擂主，反之，如果失败，原先的擂主不变，反复如此，最终留在擂台上的人为擂主。根据此思路，声明一个变量 Max 相当于擂台上暂时的擂台，用于存储最大值。先假设第一个数组元素为是最大值 Max，然后循环依次与其余的数组元素进行比较，只要有比当前最大值还大的数组元素，它就是最大值。最后，当整个数组比较结束，Max 中的值为最大值。代码如下：

```
    Private Sub Form_Click()
        Dim i As Integer
        Dim A(1 To 10 ) As Integer
        Dim Max As Integer,iMax As Integer

        For i =1 To 10                            '给数组输入 10 个值
           A(i)=Val(InputBox("请输入一个整数"))   '将输入的值保存到数组中
        Next   i
           Max=A(1): iMax=1                       '假设第一个人是擂主，记录其次序位置
        For   i = 2  To   10
          If    A(i)>Max   Then                   '如果取胜，他就成为新的擂主
                Max=A(i)
               iMax=i
          else                                    '如果失败，擂主不变
                Max=Max
                iMax= iMax
```

```
        End If
      Next i
      Print max,imax
    End Sub
```

【例6-6】 任意的 10 个整数逆序输出。

思路：题意为任意的 10 个整数，假设 10 个整数为（1, 2, 3, 4, 5, 6, 7, 8, 9, 0），则以（0, 9, 8, 7, 6, 5, 4, 3, 2, 1）输出。可以使用下列两种方法。

1）将数组从后往前逆序输出数组元素即可，代码如下。

```
    Private Sub Form_Click()
      Dim i As Integer
      Dim A(1 To 10) As Integer
      Print "任意的 10 个整数"
      For i = 1 To 10                    '构造 10 个任意的整数数组
        a(i) = 100 * Rnd                 'Rnd 为随机数，取值为 0~1 之间
        Print a(i)
      Next i

      Print:Print "逆序输出"
      For i = 1 To 10                    '逆序输出
        Print A(11-i)                    '从后往前，依次输出数组元素，需要注意 a()的下标
      Next i
    End Sub
```

2）"镜像"算法。当照镜子时，镜子外距离镜子近的位置的物品在镜子里距离镜子也近，在镜子外距离镜子较远位置的物品在镜子里面距离镜子的位置也较远。如图 6-3 所示，将任意的 10 个数的中点作为镜子，则镜子左边距离镜子较近的 A 点，在镜子的右边对称的 A' 点也距离镜子较近。因此，只需将 A 点与 A' 点进行交换，B 点与 B'点进行交换，其余依次交换就可以了。

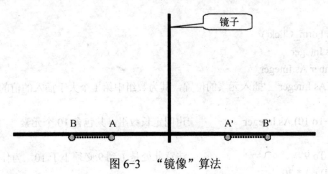

图 6-3 "镜像"算法

代码如下所示：

```
    Private Sub Form_Click()
      Dim i As Integer
      Dim A(1 To 10) As Integer
      Print "任意的 10 个整数"
      For i = 1 To 10                    '构造 10 个任意的整数数组
```

```
        a(i) = 100 * Rnd                    'Rnd 为随机数，取值为 0~1 之间
        Print a(i)
    Next i


    For i = 1 To 10 \ 2                      '中点为轴
        t = A(i)                            '引入临时变量 t,实现交换
        A(i) = A(10 - i + 1)                '从最外侧的两个元素开始交换，然后靠近镜子
        A(10 - i + 1) = t
    Next i
    Print:Print "逆序输出"
    For i = 1 To 10
        Print A(i)                          '逆序输出
    Next i
End Sub
```

【例 6-7】 在有序数组中插入一个值，保持数组有序不变。

思路：假设有序数组为（1, 2, 7, 8, 49）增序，现在从键盘上输入一个整数 6，依照题意，最后输出的数组应为（1, 2, 6,7, 8,49）。算法的步骤如下。

1）确定所要插入整数的位置。在数组（1, 2, 7, 8, 49）中找到 6 所要插入的位置，其位置为 2 和 7 之间的位置，由于数组元素是逻辑位置是依次相邻的，因此，6 所要插入的位置是数组元素 7 所在的位置 pos。需要注意，pos 为数组中第 1 个大于插入的值的数组元素的位置。

2）腾出空位。直接将 6 插入到 7 所在的位置，数组元素 7 将被覆盖，所以，需要给 6 腾出位置。从数组的末尾开始，将数组元素依次往其后的位置上移动，即，49 往后移动，8 移到 49 原先的位置上，7 移到 8 原先的位置上。即 a(i+1)=a(i)。需要注意，由于插入了一个值，增加一个位置，数组的上界也要增加一个。

3）插入整数。将数据 6 插入 pos 位置。

代码如下：

```
    Private Sub Form_Click()
        Dim I As Integer
        Dim number As Integer
        Dim pos As Integer      '插入元素的位置，其为数组中第 1 个大于插入的值的数组元素的位置。

        Dim A(1 To 10) As Integer           '声明定长数组，共包含 10 个元素

        For I = 1 To 9                      '注意此处是 1 到 9,必须小于 10，为什么？
            A(I) = I * 20
            Print A(I)
        Next I

        number = Val(InputBox("请输入一个整数"))    '插入的值 number
        For I = 1 To 9                      '步骤 1）。查找欲插入数 number 在数组中的位置
            If number < A(I) Then
                pos = I                     '找到插入的位置下标为 pos
```

110

```
            Exit For                   '第1个大于插入的值的数组元素的下标，产生中断，退出循环
         End If
      Next I

      For I = 9 To pos Step -1         '步骤2）。从最后元素开始往后移，腾出位置 pos
         A(I + 1) = A(I)
      Next I

      A(pos) = number                  '步骤3）。将数插入

      Print                            '输出一空行
      For I = 1 To 10                  '注意此处是1到10，因为已经插入了一整数
         If A(I) = number Then Form1.FontBold = True Else Form1.FontBold = False
         Print A(I)
      Next I
   End Sub
```

♪ 注意：定长数组的操作需注意"溢出"的问题。在现实中，一直给木桶中灌水，就会发生水溢出打现象，这是因为水的容量最终超越了木桶的体积导致"溢出"。同样，定长数组中所包含的数组元素个数是定长，如果存放在数组中的元素的个数大于其在声明时所指定的定长，就会发生"溢出"。正因为定长数组存在"溢出"的问题，VB引入了不定长数组，也就是动态数组，下面，用动态数组改写例6-7。代码如下所示：

```
   Private Sub Form_Click()

      Dim i, num As Integer            'i 循环变量  num 插入的值
      Dim length As Integer            '数组元素的个数

      Dim a()                          '不定长数组
      Dim pos As Integer               '所要插入的位置

      a = Array(1, 2, 7, 8, 49)        '给不定长数组初始化为有序递增的数组
      length = UBound(a)               '得到数组所包含的数组元素的个数

      Print "插入前的数组"
      For i = 0 To length              '输出数组
         Print a(i)
      Next i

      num = Val(InputBox("please input a number:"))    '输入插入的整数

      For i = 0 To length
         If a(i) > num Then
            pos = i
            Exit For                   '退出循环
         Else
```

111

```
        pos = length + 1         '如果插入的整数大于所有的数组元素，则将整数保存到数组末尾
    End If
    Next i

    ReDim Preserve a(length + 1)    '数组增加一个元素

    For i = length To pos Step -1    '腾出所插空间
        a(i + 1) = a(i)             '数组元素依次往后移一位
    Next i

    a(pos) = num                    '插入整数

    Print
    Print "插入后的数组"
    For i = 0 To length + 1
        Print a(i)
    Next i
End Sub
```

【例 6-8】　输入一整数，若在数组中存在与其相同的数组元素，则将其删除，并保持数组元素的次序不变。

思路：假设数组为(1, 4, 8, 6, 2, 9, 5)，从键盘上输入一个整数 6，依照题意，最后输出的数组为(1, 4, 8, 2, 9, 5)。

算法的步骤有以下 3 步。

1）确定所要删除数组元素的位置。与例 6-7 步骤 1）基本相同。即，在数组中依次比较每个数组元素是否与输入整数相同，如果相同，记下数组元素的位置 pos。即需要找到 6 的位置。

2）依次覆盖。从例 6-7 步骤 2）知道，只需从 pos 的位置开始，将其后位置的数组元素依次移动到前面的位置上，即 2 覆盖了原先 6 所在的位置，9 移到 2 原先的位置上，5 移到 9 原先的位置上。即 a(i)=a(i+1)。

3）输出数组。如果找到删除了，则总的数组元素个数减少 1 个。

代码如下：

```
Private Sub Form_Click()
    Dim I As Integer
    Dim number As Integer
    Dim pos As Integer
    Dim A()                         '声明不定长数组
    A = Array(1, 4, 8, 6, 2, 9, 5)  '给数组元素赋值
    length = UBound(A)              '获得数组的上界，也就是元素个数
    For I = 1 To length             '输出数组
        Print A(I)
    Next I
    number = Val(InputBox("请输入一个整数"))    '从键盘上任意输入 number

    For I = 1 To length             '查找欲删除数 number 在数组中的位置
```

```
            If number = A(I) Then
                pos = I                    '找到与输入数值相同的数组元素的位置为 pos
                Exit For                   '产生中断, 退出循环
            End If
        Next I
        '经过循环, 如果找到所要删除的数组元素, i 的值是多少? 如果没有找到, i 的值又是多少?
        If I > length Then    '若 i 此时的值是 length,则 表明没有找到与所输入的值相同的数组元素
            Print "数组中不存与所输入的值相同的数组元素, 无法删除"
            Exit Sub                       '产生中断, 退出过程
        End If

        For I = pos To length - 1 Step 1   '从删除元素的位置 pos 开始
            A(I) = A(I + 1)                '依次向前移
        Next I

        length = length - 1                '删除了, 总长度减一
        Print

        For I = 1 To length                '输出删除后的数组
                Print A(I)
            Next I
    End Sub
```

【例 6-9】 排序是将一堆杂乱无序的数按升序或者降序排列。按照排序的定义完成对一个数组的排序。

思路: 假设数组为(1, 4, 8, 6, 2, 9, 5), 依照题意, 最后输出的数组为(1, 2, 4, 5, 6, 8,9)。下面介绍两种方法: 选择排序法和冒泡排序法。

（1）选择排序法

其算法分为以下步骤。

1）从数组(1, 2, 4, 5, 6, 8,9) 共 7 个元素中选择出最小的数（通过"打擂台"算法实现），将这个最小的数与数组的第 1 个位置上的元素进行交换，从而使得第 1 个数组位置上的数组元素为最小。

2）除去数组的第 1 位置上的元素外，从剩下的 n-1 个数组元素中，按步骤 1）选出剩下的数组元素中的最小值，将其与数组中的第 2 个位置上的元素交换，从而使得第 2 个位置上的数组元素为次小。

3）除第 1、第 2 位置上的数组元素外，再从剩下的 n-2 个数选出最小的数，与数组中的第 3 个位置上的数组元素交换。

4）如此反复。重复步骤 1）n-1 遍，最后构成递增序列。

选择排序法如表 6-1 所示。

表 6-1 选择法排序示意图

比 较 轮 数	比 较 结 果
原始数据	(1, 4, 8, 6, 2, 9, 5)
第 1 轮比较	(1, 4, 8, 6, 2, 9, 5)
第 2 轮比较	(1, 4, 8, 6, 2, 9, 5)

比 较 轮 数	比 较 结 果
第 3 轮比较	(1, 2, 8, 6, 4, 9, 5)
第 4 轮比较	(1, 2, 4, 6, 8, 9, 5)
第 5 轮比较	(1, 2, 4, 5, 8, 9, 6)
第 6 轮比较	(1, 2, 4, 5, 6, 9, 8)
第 7 轮比较	(1, 2, 4, 5, 6, 8, 9)

注释：表 6-1 中"比较结果"有波折号的数表示每一轮找到的最小的数的下标位置，与和排序序列的最左边的有单下画线的数交换。

代码如下：

```
Private Sub Form_Click()
    Dim A()                          '声明不定长数组
    A = Array(1, 4, 8, 6, 2, 9, 5)   '给数组元素赋值
    n = UBound(A)                    '获得数组的上界，也就是元素个数

    For i = 1 To n                   '输出数组
        Print A(i);
    Next i

    For i = 1 To n - 1               '进行 n-1 遍比较
        iMin = i                     '对第 i 遍比较时，初始假定第 i 个元素最小

        For j = i + 1 To n           '在数组 i~n 个元素中选最小元素的下标,注意每次是从剩下的所
                                     '有数组元素中选择最小，所以，j 是从 i+1 开始
            If iA(j) < iA(iMin) Then iMin = j
        Next j

        t = iA(i)                    '引入临时变量 t, 实现 i~n 个元素中选出的最小元素与第 i 个元素交换
        iA(i) = iA(iMin)
        iA(iMin) = t
    Next i

    For k = 1 To n
        Print iA(k)
    Next k
End Sub
```

（2）冒泡排序法

冒泡法的基本思想是：将待排序的数组元素看作是竖着排列的"气泡"，最小的元素为最小的"气泡"，较小的元素为较小的"气泡"，气泡要往上浮，一直会浮到水面上。每一遍处理，就是自底向上检查一遍"气泡"序列，并时刻注意两个相邻的元素的顺序是否正确。如果发现两个相邻"气泡"的顺序不对，例如轻的"气泡"在重的"气泡"的下面，则交换它们的位置。如此反复，显然，一遍处理之后，"最轻"的"气泡"就浮到了最高位置；同样，

通过第二遍的处理之后，"次轻"的"气泡"就浮到了次高位置。如此反复，当处理 n-1 次，就可以完成"气泡"的有序排列。

```
Private Sub Form_Click()
        Dim A(1 To 10)
        Dim n As Integer


        n = 6                                '初始化数组
        A(1) = 8: A(2) = 6: A(3) = 9: A(4) = 3: A(5) = 2: A(6) = 7
        '每个数组元素赋值
        Print "未排序的数组"
          For k = 1 To n
            Print A(k)
          Next k
          Print    '输入一空行
     For i = 1 To n - 1                      '进行 n-1 遍比较
        '对第 i 遍比较时，初始假定第 i 个元素最小
          For j = n To i + 1 Step -1         '在数组 i~n 个元素中选最小元素的下标
              If A(j) < A(j - 1) Then        '若次序不对，则马上进行交换位置
                 t = A(j)
                 A(j) = A(j - 1)
                 A(j - 1) = t
              End If
          Next j                             '出了内循环，一轮排序结束，最小数已冒到最上面
     Next i
          Print    '输入一空行
          Print "排好序的数组"


          For k = 1 To n
          Print A(k)
        Next k


        End Sub
```

❗注意：选择法排序是在每一轮排序时找最小数的下标，当内循环结束后，才交换最小数的位置；而冒泡法排序在每一轮排序时将第一个与剩余的无序的其他几个元素比较，只要次序不对，就交换，出了内循环，最小数已冒出。

6.3 常见错误和注意事项

1. 静态数组声明下标出现变量

```
n = InputBox("输入数组的上界")
Dim a(1 To n) As Integer
```

2．数组下标越界

引用的下标比数组声明时的下标范围大或小。

```
Dim a(1 To 30) As Long, i%
a(1) = 1: a(2) = 1
For i = 3 To 30
    a(i) = a(i - 2) + a(i - 1)
Next i
```

3．数组维数错误

数组声明时的维数与引用数组元素时的维数不一致。

```
Dim a(3, 5) As Long
    a(I)=10
```

4．Aarry()函数使用问题

Aarry()函数只能对 Variant 的变量或动态数组赋值。

5．获得数组的上界、下界

UBound()和 LBound()函数

6.4　控件数组

通过下面的例子来学习控件数组。

【例6-10】　实现文本框只能接受数字的功能。

```
Private Sub Text1_Change()
    If (Not IsNumeric(Text1.Text)) Then     '用系统函数 IsNumeric()进行数字判断
        Text1.Text = ""
    End If
End Sub
```

例 6-10 实现了文本框 text1 中只能接受数字，若不是数字将无法输入的功能。题意若为实现 20 个这样功能的文本框，给每个文本框的 Change 事件写上这样的代码显然很烦琐，VB 提供了控件数组来解决。

控件数组由一组相同类型的控件组成，它们共用一个控件名，具有相同的属性，创建时系统给每个控件赋予一个唯一的索引号(Index)。控件数组共享同样的事件过程，通过下标值区分控件数组中的各个控件元素。

下面，通过控件数组来实现 20 个具有例 6-10 功能的文本框。

1）在窗体上画出文本框控件，进行属性设置，创建第一个控件元素。

2）选中该文本框控件，进行"复制"和"粘贴"操作，如图 6-4 所示，单击"是"按钮，如此反复，建立了所需的 20 个的文本框控件数组元素。

3）编写事件过程。代码如下所示：

```
Private Sub Text1_Change(Index As Integer)
```
控件数组所特有的代码

```
        For Index = 0 To 10        '引入循环，对每个控件元素进行操作
            If (Not IsNumeric(Text1(Index).Text)) Then
            Text1(Index).Text = ""
                        End If
        Next Index
    End Sub
```

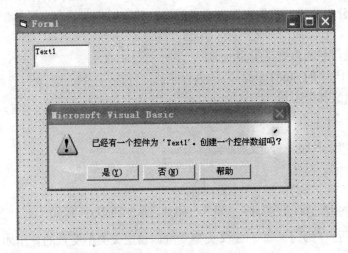

图 6-4　控件数组的创建

6.5　自定义数据类型

学生的信息作为一个集合来描述和处理，它有学号、姓名和成绩等属性，可以用 Integer 数据类型来声明学号，用 String 数据类型来声明姓名，用 Single 数据类型来声明成绩。这样，表示学生信息需要多个不同的数据类型。数组是多个相同数据类型的变量的集合，因此数组无法解决。VB 引入自定义类型来表示不同类型变量的集合。

6.5.1　自定义类型的定义

形式如下：

```
    Type  自定义类型名
    元素名[(下标)] As  类型名
        …
      [元素名[(下标)] As  类型名]
    End Type
```

【例 6-11】　如下声明了一个有关学生信息的自定义类型。

```
    Type StudType              '声明学生信息类型，起名为 StudType
        No As Integer          '学号
        Name As String * 20    '姓名
        Sex As String * 1      '性别
        Mark(1 To 4) As Single '4 门课程成绩
```

117

```
        Total   As Single              '总分
        End Type
```

6.5.2　自定义类型变量的声明和使用

自定义类型和前面学习的系统提供的 Integer、Long 等数据类型有所区别。声明自定义类型的变量，必须分为两步：首先声明自定义类型，其次用声明的自定义类型去声明自定义变量。如下所示。

1）声明学生信息的自定义类型。

例如，例 6-11 中的 StudType。

2）声明自定义类型变量。

形式：

```
        Dim   变量名   As   自定义类型名
```

例如：

```
        Dim   Student   As   StudType      '定义 Student 变量为 StudType 类型
```

通过上面的两步声明了一个自定义类型变量。自定义类型变量的使用如下。

形式：

```
        变量名.元素名                 '变量名和元素名之间用.运算符
```

例如：

```
        Student.Name                 '表示学生的姓名
        Student.Mark(4)              '第 4 门课程的成绩
```

6.5.3　注意事项

自定义类型需要注意以下事项：

1）自定义类型一般在标准模块（.bas）中定义，默认是 Public。

2）自定义类型中的元素可以是字符串，但应是定长字符串。

3）不可把自定义类型名与该类型的变量名混淆。

4）注意自定义类型变量与数组的差别：它们都由若干元素组成，前者的元素代表不同性质、不同类型的数据，以元素名表示不同的元素。后者存放的是同种性质、同种类型的数据，以下标表示不同元素。

5）自定义类型一般和数组结合使用，简化程序的编写。

6.6　习题

一、选择题

1. 以下属于 VB 合法的数组元素的是 （　　）。

    A．x8   B．x[8]   C．x(0)   D．x{6}

2．下面的数组声明语句中，正确的是（　　　）。

    A．Dim MA[1,5] As String　　　　B．Dim MA [1To5,1To5] As String

    C．Dim MA (1To5) As String　　　　D．Dim MA (1:5,1:5) As String

3．设有声明语句：

        Option Base 0

    Dim B (-1 To 10 , 2 To 9, 20) As Integer

  则数组 B 中全部元素的个数为（　　　）。

    A．2016　　　　B．2310　　　　C．1800　　　　D．1848

4．使用语句 Dim A As Integer 声明数组 A 之后，以下说法正确的是（　　　）。

    A．A 数组中的所有元素值为 0

    B．A 数组中的所有元素值不确定

    C．A 数组中的所有元素值为 Empty

    D．执行 Erase A 后，A 数组中的所有元素值不为 0

二、编程题

1．某数组中有 20 个元素，元素的值由键盘输入，要求将前 10 个元素与后 10 个元素对换。即第 1 个元素与第 10 个元素互换，第 2 个元素与第 19 个元素互换，…，第 10 个元素与第 11 个元素互换。输出数组原来各元素的至于对换后各元素的值。

2．编写程序，建立并输出一个 10×10 的矩阵，该矩阵两条对角线元素为 1，其余元素均为 0。

3．求方阵的两条对角线元素之和。

4．矩阵的加法运算。两个相同阶数的矩阵 A 和 B 相加，是将相应位置上的元素相加后放到同阶矩阵 C 相应位置。

$$
\begin{pmatrix} 13 & 24 & 7 \\ 24 & 4 & 34 \\ 2 & 51 & 32 \\ 34 & 3 & 13 \end{pmatrix}
+
\begin{pmatrix} 2 & 41 & 25 \\ 43 & 24 & 3 \\ 81 & 1 & 12 \\ 4 & 43 & 37 \end{pmatrix}
=
\begin{pmatrix} 14 & 65 & 32 \\ 66 & 28 & 37 \\ 82 & 52 & 44 \\ 38 & 46 & 50 \end{pmatrix}
$$

5．移动数组元素。将数组中某个位置的元素移动到指定位置。

6．删除数组中指定位置的元素。

第7章 过程和函数

解决一个复杂的问题通常会采用"分而治之"的思想。即把大问题或者大任务分解为多个小的任务，每个小的子任务相对容易解决。通过时小任务的解决，完成对较大复杂任务的解决，如图7-1所示。

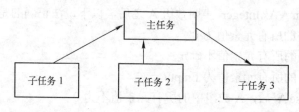

图7-1 "分而治之"的思想

一个 VB 工程通常由若干个功能模块组成，而一个模块通常又包含若干个过程。采用"分而治之"的思想，通过"模块化"将 VB 工程分解成多个较小的程序片段或模块，每个模块只完成一个特定的功能。这些模块称为过程或者函数。

7.1 Function 函数

7.1.1 函数的分类

初等数学中，函数定义为：y= f(x)，其中 f()称之为对应法则，x 称为自变量，y 称为因变量。例如，正弦函数 Sin(x)等。在 VB 中，y= f(x)被重新命名，f()称为函数，x 称为参数，y 为函数的值。

函数分为系统函数和用户自定义函数两类。

1．系统函数

系统函数又称为 Visual Basic 内部函数，由 VB 系统提供。例如，

```
Private Sub Form_Click()
    Dim x As Integer
    x=25
    Print   Sqr(x)                    '调用系统函数 Sqr()，赋值函数 Sqr()的参数 x 为 25
End Sub
```

这段代码很简单，通过调用数学函数 Sqr()实现参数 25 的平方根，得到函数的值为 5。可以改变 Sqr()的参数 x 的值，得到相应的函数值。

又例如，一个程序完成多项任务功能：① 接收从键盘输入的字符串；② 求出字符串的长度；③ 将数字字符串转换为数字。分析可知，系统函数 InputBox()实现从键盘上输入字符串，系统函数 Len()求得字符串的长度，Val()把字符串转换为数字。代码如下所示：

```
Private Sub Form_Click()
    Dim str As String
    str= Inputbox("请输入一串数字")        '从键盘上输入字符串
    Print Len(str)                         '求得字符串的长度
    Print Val(str)                         '数字字符串转换为数值
End Sub
```

在这个例子中，大的任务分为多个小任务，每个小任务实现特定功能，通过特定的系统函数来实现。读者不用考虑 Sqr()函数是如何求 25 的平方根的，只要调用 Sqr()函数就可以。同样，len()、val()等函数的功能都是由 VB 系统实现的，读者只需"拿来用"。

函数一个较为形象的比喻为：函数如同手机。当用手机联系朋友时，不会去思考手机内部是由二极管组成还是由集成电路组成，手机是如何运行工作的。只要给出不同的电话号码，手机就能联系到所需的人。在这里，不同的电话号码如同函数的参数，联系人的功能如同函数的值。

2. 用户自定义函数

如果需要实现一个 VB 没有提供的系统函数，该如何去做？VB 提供了用户自己定义的函数，简称用户自定义函数，下面进行具体的介绍。

7.1.2 函数的定义

函数是以 Function 语句开始，到 End Function 语句结束的一个程序执行单元。Function 的中文意思是"功能"。函数就是实现不同功能的程序块。

定义 Function 函数的方法有两个途径。

方式一：使用"添加函数"对话框。

在代码编辑器窗口，选择"工具"→"添加过程"命令，弹出"添加过程"对话框，如图 7-2 所示。

在"名称"文本框中输入过程名；在"类型"选项组中选择"函数"定义 Function 函数；输入函数名 triarea，选择"私有的"单选按钮，如图 7-3 所示。

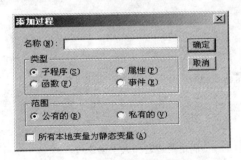

图 7-2 "添加函数"对话框

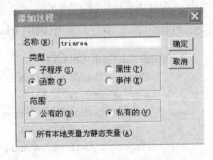

图 7-3 设置"添加函数"对话框

单击"确定"按钮后，在代码编辑窗口中可以看到函数框架，如图 7-4 所示。

在插入点处输入过程体语句，在过程名后的括号中添加需要的参数，如图 7-5 所示。

方式二：在代码编辑器窗口直接输入定义语句。

Function 函数子过程的结构形式如下：

[Public|Private][Static]Function<函数子过程名>([形参列表][As   <类型>])

<局部变量或常数定义>

<函数体语句>

[Exit Function]

<函数体语句>

<过程名>=<返回值表达式>

End Function

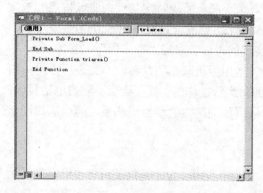

图 7-4   函数框架

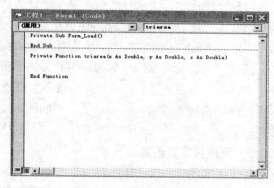

图 7-5   输入参数

【例 7-1】   设计海伦公式为用户自定义函数，求三角形面积。

分析：把海伦公式声明成用户自定义函数，调用即可。代码如下所示。

```
Function triarea(x As Double, y As Double, z As Double)     '海伦公式函数
    Dim s    As Double
    s = (x + y + z) / 2
    triarea = Sqr((s - x) * (s - y) * (s - z) * s)     '一定是函数名得到值，需注意
End Function
```

说明：Function 关键字表明是函数。triarea 是函数名。triarea()的 3 个参数 x、y、z 分别代表三角形的 3 边，数据类型为 Double 型。函数体从 Function 语句开始，到 End Function 语句结束，实现海伦公式的功能。

在 Form_Click 事件过程中调用 triarea()函数。

```
Private Sub Form_Click()
    Dim a As Double, b As Double, c As Double, s as double
    a = Val(InputBox("边长 1"))
    b = Val(InputBox("边长 2"))
    c = Val(InputBox("边长 3"))
    If a + b > c And b + c > a And c + a > b Then        '满足两边之和大于第 3 边
        S= triarea(a, b, c)                              '调用海伦公式
        Print "面积  =";s
    End If
End Sub
```

在 Form_Click 事件过程中，当 triarea(a, b, c)调用 triarea(x As Double, y As Double, z As Double)时，VB 做了些什么呢？VB 是如何实现函数调用的呢？

7.1.3 函数的调用

例 7-1 中函数之间是如何实现调用的？采用调试工具"单步运行"一步一步执行的程序代码，观察程序的执行步骤，如图 7-6 所示。

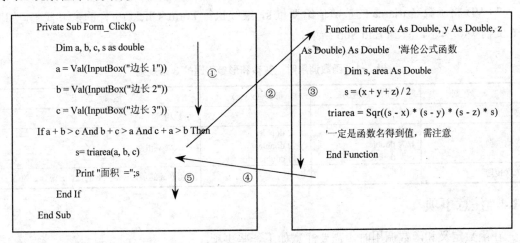

图 7-6 函数的调用

VB 代码运行步骤如下。

1）驱动 Form_Click()事件，程序运行如图 7-6 的箭头①所示。

2）当运行到 triarea(a, b, c)语句时，Form_Click()事件过程中断，VB 会在整个工程文件中寻找同名的 triarea()函数。如果没有找到，VB 提示出语法错误。

3）找到同名函数，调用，如图 7-6 的箭头②所示。

4）在函数调用时，进行参数的传递——实参和形参的结合。

triarea(a, b, c) 函数是调用函数。VB 规定，调用函数中的参数称为实参。所以，a、b、c 就是实参。

triarea(x As Double, y As Double, z As Double) 函数是被调用函数。VB 规定，被调用函数中的参数称为形参。所以，x、y、z 就是形参。

在实参和形参相结合时，必须遵循以下 3 条规则。

规则 1：实参和形参个数相等。

规则 2：实参和形参类型依次相等。

规则 3：实参依次传递给形参。

triarea(a, b, c) 中共有 a、b、c 3 个实参。triarea(x As Double, y As Double, z As Double)也有 3 个形参，符合规则 1）。

triarea(a, b, c) 中的 a 为 Double 数据类型，triarea(x As Double, y As Double, z As Double)中的 x 也为 Double 数据类型；triarea(a, b, c) 中的 b 为 Double 数据类型，triarea(x As Double, y As Double, z As Double)中的 y 也为 Double 数据类型；triarea(a, b, c) 中的 c 为 Double 数据类型，triarea(x As Double, y As Double, z As Double)中的 z 也为 Double 数据类型，符合规则 2）。

规则 3），依次传递。即将第 1 个实参的值传给第 1 个形参，第 2 个实参的值传给第 2 个形参，依次类推，则 x 得到 a 的值，y 得到 b 的值，z 得到 c 的值。实参和形参的传递如表 7-1

所示。在 7.4 节 "参数的两种传递方式" 中，将详细地介绍实参和形参的传递关系。

5）如图 7-6 的箭头③所示，运行海伦公式。

6）海伦公式执行结束，triarea = Sqr((s - x) * (s - y) * (s - z) * s)的函数名得到函数的值，程序返回到 Form_Click()事件过程的中断处，如图 7-6 的箭头④所示。

7）VB 将函数名 triarea 的值赋值给变量 s，继续执行 Form_Click()事件的余下代码，如图 7-6 的箭头⑤所示，直到 End Sub 结束。

表 7-1　函数调用时，实参和形参传递的 3 条规则

3　条　规　则	实参（a,b,c）	形参（x,y,z）	运　行　结　果
参数个数	3 个	3 个	个数相等
参数类型	a 为 double b 为 double c 为 double	x 为 double y 为 double z 为 double	依次类型相同
依次传递			x 得到 a 的值，y 得到 b 的值，z 得到 c 的值

7.1.4　注意事项

在函数定义和函数调用时，需要注意如下一些事项：

1）VB 规定，在函数定义时，一定要有返回值，并且一定是函数名得到值；

2）在函数调用时，由于函数返回一个值，故不能作为单独的语句加以调用，只能是表达式或表达式中的一项。

7.2　Sub 过程

7.2.1　Sub 过程的定义

一个应用程序中的多个窗体共享一些代码，或者一个窗体内不同的事件过程共享一些代码。这样，可以减少编写代码的工作量，使程序结构更加清晰。这些被共享的代码称为过程。

过程是以 Sub 语句开始，到 End Sub 语句结束。与函数相同，Visual Basic 提供了两种自定义过程的方法。

1．利用 "添加过程" 对话框定义

使用 "添加函数" 对话框，只是在 "类型" 选项组中选取 "子过程"，如图 7-2 和图 7-3 所示。

2．在代码编辑器窗口直接定义

在代码编辑器窗口，把插入点放在所有过程之外，通过直接输入来完成子过程的定义，这是自定义过程的最常用方法。

一旦输入了 Sub 子过程定义的首语句并按了回车键后，Visual Basic 系统就会自动生成结束语句 End Sub。Sub 子过程定义的首语句形式如下：

[Public|Private][Static]Sub<子过程>（<形式参数列表>）

包含如下的内容。

1）过程名：过程名必须满足 Visual Basic 标识符的命名规则。注意不要与 Visual Basic 中关键字、同一范围的变量重名，也不要与同一范围中的 Function 函数重名。

2）形式参数：简称形参，也称哑元。形参在定义时没有值，不占任何存储空间，只有当被调用函数调用，实参和形参传递时，VB 系统才给其分配存储空间。形参只能是变量或数组名。每个形参的表示形式如下：

[Byval | ByRef] <参数表>[()][As<类型>]

参数名前加关键字 ByVal 表示当过程被调用时，参数是按值传递；加关键字 ByRef 或默认时，表示该参数定义为按地址传递。在 7.4 节"参数的两种传递方式"中，将详细介绍 ByVal 和 ByRef。

3）Public|Private:可选关键字，默认时为 Public，表示 Sub 子过程是公有的，可以在程序的任何模块任何过程中调用它。Private 表示定义的 Sub 子过程是私有的，只能被本模块中的其他过程调用。

4）Static：指定过程中的局部变量都是静态变量，即在程序运行期间，每次调用该过程执行结束后，局部变量的值被保留，作为下一次调用执行时的初值。

需要注意，Public|Private 和 Static 通常用于较为特殊和较大的程序场合中，其具体含义，初学者暂时不必考虑。

【例 7-2】 定义一个公有的、名称为 Area 的 Sub 过程，它有两个形参，一个按地址传递的整形变量 K 和一个按值传递的单精度变量 P。

代码如下：

```
Public   Sub    Area (byRef k as   integer , byVal   p as   single)
       …
End Sub
```

7.2.2 Sub 过程的调用

Sub 过程的调用有两种形式：Call 语句或直接用过程名调用。

1. Call 语句调用

Call 语句的一般形式为：

Call<子过程名>[(<实际参数列表>]

Call 语句调用 Sub 子过程时，实际参数必须放在括号中；如果被调用的 Sub 子过程是无参的，则括号可以省略。

2. 过程名语句调用

直接用过程名作为一条语句来调用 Sub 子过程。语句形式如下：

<子过程名>[<实参列表>]

在该语句格式中，被调用的 Sub 子过程如果是无参的，则过程名就是该语句的全部；如果有参数，则实参直接列于过程名后，不能加括号。

【例7-3】 Sub 过程举例。

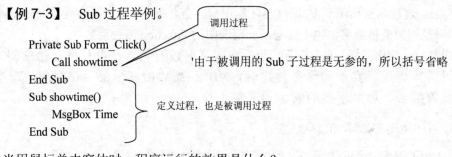

```
Private Sub Form_Click()
    Call showtime              '由于被调用的 Sub 子过程是无参的,所以括号省略
End Sub
Sub showtime()
    MsgBox Time
End Sub
```

调用过程

定义过程,也是被调用过程

当用鼠标单击窗体时,程序运行的效果是什么?

【例7-4】 用 Sub 过程来实现例 7-1 中海伦公式的功能。

程序如下:

```
Private Sub triarea(area As Double, x As Double, y As Double, z As Double)
    '4 个形参
    Dim s As Double
    s = (x + y + z) / 2
    area = Sqr((s - x) * (s - y) * (s - z) * s)    '形参 area 的值改变了实参 s ,这里不是过程名 triarea
                                                    '得到值,而是 area 形参得到值
End Sub


Private Sub Form_Click()
    Dim a As Double, b As Double, c As Double, s As Double
    Dim intYesorNo As Integer
    a = Val(InputBox("边长 1"))
    b = Val(InputBox("边长 2"))
    c = Val(InputBox("边长 3"))
    If a + b > c And b + c > a And c + a > b Then
        Call triarea(s, a, b, c)          '使用 Call 关键字,实际参数用括号括起来
        Print " 面积 ="; s                '输出的 s,是实参
    Else
        suberr intYesorNo                 '不使用 Call 关键字,实际参数不用括号
    End If
End Sub
Private Sub suberr(intyrn As Integer)
    intyrn = MsgBox("请检查您的数据", vbYesNo + vbInformation, "数据错误")
End Sub
```

❗注意:不能在过程体内对过程名赋值。

7.3 函数和过程的关系

Function 函数与 Sub 过程有许多相似的地方:① 都是完成一定的功能;② Sub 过程的调用和 Function 函数的调用过程基本相同;③ 都是在调用时实现实参与形参的结合,在结合中,实参与形参必须满足 3 条规则。

但 Function 函数与 Sub 过程也有一些区别，Function 函数有一个返回值，而 Sub 过程只是执行一系列动作。所以，可以把 Function 函数理解成为一个变量，而 VB 中的每个事件都是一个过程，比如 Form_Click()就是一个过程。

那么，实现某功能的程序段是定义为 Function 函数还是 Sub 过程呢？这没有严格的规定，一般由读者自己抉择，如同例 7-1 和例 7-4 一样。但只要能用函数实现的，肯定能用 Sub 过程定义；反之则不一定。也就是说，Sub 过程比函数适用面广。

总之，Sub 过程与 Function 函数的联系如下：

1）函数名有值，有类型，在函数体内至少赋值一次；过程名无值，无类型，在过程体内不能对过程名赋值。

2）调用时，过程调用是一句独立的语句。函数不能作为单独的语句加以调用，必须参与表达式运算。

3）当需要有一个返回值时，函数更直观。

7.4 参数的两种传递方式

通过前面的学习，Function 函数或者 Sub 过程的调用存在着数据传递，实参和形参的结合问题。

一个 Sub 过程或者一个 Function 函数在被调用前，它的形参只是代表了该过程执行所需要的参数的个数、类型和位置，并没有具体的数值。只有当调用时，主调过程将实参的值传递给形参，此时，形参才具有值。

形参的名前加关键字 ByVal 或 ByRef，分别代表不同的参数传递方式，实参和形参的结合方式也不同，对实参的值也会产生不同的影响。下面具体介绍 2 种参数传递方式。

7.4.1 传值方式

在 Sub 过程定义中，ByVal 关键字的形参是传值的，参数值的传递是"单向"的。在调用时，VB 系统会给每一个形参开辟一块与其相对应位置上的实参一样大小的存储单元，然后把实参值的副本依次传给对应的形参，实参和形参的结合被解除。这样，形参和实参就占用不同的存储单元，相互没有任何联系。当 Sub 过程执行结束时，释放形参的存储单元。因此，ByVal 的形参传递是单向的传值，实参的改变会影响形参的改变，而形参值的改变，并不能影响实参的值，如图 7-7 所示。

7.4.2 传址方式

形参前面的关键字为 ByRef 或默认不写，代表形参是传地址的，参数值的传递是"双向"的。调用时把实参变量的"地址"传给形参，因此，在 Sub 过程执行期间实参和形参共用同一地址的存储单元。这和 ByVal 形参和实参占用不同的存储单元不同，ByRef 形参的传递中，实参和形参其实就是一个，被调过程体对形参的任何操作都等同于对实参的操作，因此，实参的值会随着被调用过程体内形参的值的改变而同时改变，如图 7-8 所示。

图 7-7　ByVAL 图示　　　　　　　　　　图 7-8　ByRef 图示

传值方式（ByVAL）和传址方式（ByRef）的比较如表 7-2 所示。

表 7-2　传值方式（ByVAL）和传址方式（ByRef）

通过地址传递（ByRef）	通过值传递（ByVAL）
VB 应用程序传递参数的默认方法	不是默认方法
传递参数时，过程将从该变量的内存地址位置访问其实际内容	传递参数时，传递到过程的只是参数的副本
实参的值同时改变	对实参没有任何影响
在指定参数时，关键字 ByRef 不是必需的	要通过值传递参数，需要在函数声明中参数的前面附加关键字 ByVal

【例 7-5】　传值方式和传址方式的举例。

```
Sub SwapVal(ByVal x As Integer, ByVal y As Integer)     'x,y 为形参
    Dim t      As Integer
    t = x: x = y: y = t
End Sub

Public Sub SwapRef(ByRef x As Integer, ByRef y As Integer)   'x,y 为形参
    Dim t      As Integer
    t = x: x = y: y = t
End Sub


Private Sub Form_click()
    Dim a As Integer
    Dim b As Integer
    a = 10: b = 20
     Print "调用  SwapVal 传值前 a,b 的值"; a; b
    Call SwapVal(a, b)                                    'a,b 为实参
    Print "传值后 a,b 的值"; a; b


    a = 10: b = 20
    Print "调用  SwapRef 传地址前 a,b 的值"; a; b
    Call SwapRef(a, b)                                   'a,b 为实参
     Print "传地址后 a,b 的值"; a; b
End Sub
```

运行结果如图 7-9 所示。

```
调用 SwapVal传值前a,b的值 10 20
传值后a,b的值 10 20
调用 SwapRef传地址前a,b的值 10 20
传地址后a,b的值 20 10
```

图 7-9　例 7-5 运行效果

程序分析如下：

Form_click 事件过程首先调用了 SwapVal()过程，其形参前关键字为 ByVal，代表传值调用，即实参 a、b 的值单向传递给形参 x、y。采用赋值符号"="实现。即第一个实参传递第一个形参，依次类推，x=a:y=b。请注意，这是单向的传值，即 a、b 的改变会影响 x、y 的改变，而 x、y 的改变不会影响 a、b 的改变。因此，x、y 的值在过程 SwapVal()中的交换不会影响 a、b。所以，a、b 的输出依旧是 10、20，如下所示。

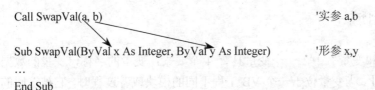

```
Call SwapVal(a, b)                                    '实参 a,b

Sub SwapVal(ByVal x As Integer, ByVal y As Integer)   '形参 x,y
…
End Sub
```

当调用 SwapRef()过程时，其形参前关键字为 ByRef，代表传地址调用。注意，这是双向的传递，也就是说 a、b 值的改变会影响 x、y，同时 x、y 的改变也会影响 a、b，因此，在过程 SwapRef()中，x、y 的值交换会影响 a、b 的交换。因此，a、b 的输出为 20、10，如下所示。

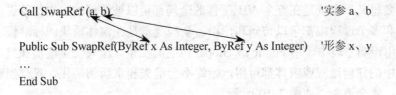

```
Call SwapRef (a, b)                                           '实参 a、b

Public Sub SwapRef(ByRef x As Integer, ByRef y As Integer)    '形参 x、y
…
End Sub
```

7.4.3　数组作为形参传地址

实参与形参结合时需要遵守 3 项规则。调用过程中参数的作用是实现调用者与被调用者之间的数据通信。分为以下两种情况：

1）当过程从主调程序获得值时，称为值传递。

2）当将过程中的结果数据返回给主调程序时，称为地址传递。

在 7.4.1 节"传值方式"中，形参是值传递，对应实参可以是表达式、常量、数组元素。在 7.4.2 节"传址方式"中，形参是地址传递，对应实参只能是简单变量。若形参是数组，自定义类型时只能用传地址方式。

下面，介绍数组作为形参传地址。

【例 7-6】　编一函数 sum，求一维数组中各元素之和。

```
Private Sub Form_Click()
        Dim b()            '定义数组为 varient 型，需注意
```

```
        Dim s      As Integer
        b = Array(1, 4, 6, 2, 8, 7)        '利用系统函数 array()得到一维数组的数组元素
         s = sum(b())                      '调用函数 sum,数组 b()作为实参
        Print "数组元素和为"; s
    End Sub

    Function sum(a())                      '形参 a()必须与 b()类型一致，此处省略 ByRef，表示传地址
        Dim s#, i%
        s = 0
        For i = LBound(a) To UBound(a)     '求数组的下界和上界
            s = s + a(i)                   '数组元素累加
        Next i
        sum = s                            '一定是函数名得到值，需注意
    End Function
```

7.5 变量的作用域

在 4.2 节"常量和变量"中，一个变量具有 4 个要素：变量的名称，变量的数据类型，变量的值，变量的地址。当变量位于一个 VB 工程不同的模块或者过程时，它被访问的范围有所不同，它的作用范围也不同。下面将介绍变量的第 5 个要素：变量的作用域。

变量的作用域分为 3 个级别：全局变量、模块级变量和窗体级变量。

7.5.1 全局变量

全局变量，顾名思义，变量是在整个 VB 工程的全局都可以被访问的，也就是说，在多个窗体、多个模块和多个过程中都可以访问和使用。全局变量是在窗体模块或标准模块的任何过程外，在"通用声明"段中，用 Public 或 Global 声明的变量。全局变量的值在整个应用程序中对整个模块中的任何过程或窗体都可用，始终不会消失和重新初始化，只有当整个应用程序执行结束时，才会消失，如图 7-10 所示。

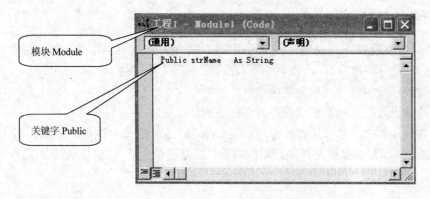

图 7-10 全局变量

声明全局变量格式如下：

    Public <变量名> As <类型> [, <变量名> As <类型>]...

130

或者

　　　Global <变量名> As <类型> [, <变量名> As <类型>]…

全局变量声明需同时满足以下两点：

1）全局变量定义的位置：在标准模块的"通用声明"中。

2）声明方式：使用关键字 Public 或者 Global。

7.5.2　模块级变量

　　模块级变量是在一个模块的所有过程中都可以被访问的，它声明在一个窗体模块或一个标准模块的任何过程外，即在"通用声明"段中，用 Dim 语句或用 Private 语句声明的变量，如图 7-11 所示。

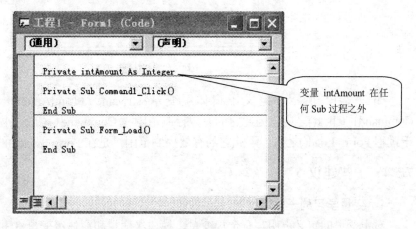

图 7-11　模块级变量

声明模块级变量格式如下：

　　　Private intAmount As Integer　或者
　　　Dim <变量名> As <类型> [, <变量名> As <类型>]…

　　如图 7-11 所示，定义了模块级变量 intAmount 为整型，intAmount 在过程 Command1_Click() 和 Form_Load() 中都可以被访问。

　注意：

　　1）模块级变量定义的位置：在窗体模块或一个标准模块的任何过程外。

　　2）定义的方式：使用关键字 Private 或者 Dim。

7.5.3　窗体级变量

　　窗体级变量，又称局部变量，其可被访问的空间范围是最小的。在前面学习的事件过程中使用的变量基本上都是窗体级变量。

　　窗体级变量指在过程内用 Dim 语句声明的变量，只能在本过程中使用，其他过程不可访问。局部变量随过程的执行而分配存储单元，并进行变量的初始化，在此过程体内进行数据的存取，一旦该过程体结束，变量的内容自动消失，如图 7-12 所示。

声明窗体级变量格式如下：

Dim strName As String

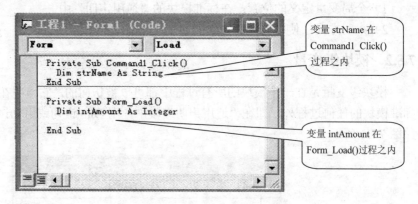

图 7-12　窗体级变量

如图 7-12 所示，定义了窗体级变量 strName 和 intAmount。strName 位于过程 Command1_Click() 之内，因此它的有效控制范围在 Command1_Click() 内部。而 intAmount 位于过程 Form_Load() 之内，因此它的有效控制范围只是在 Form_Load() 的内部。

7.5.4　一些建议

1. 变量学习的一些建议

对于变量的定义声明，有全局变量、模块级变量和窗体级变量 3 种，它们各自控制的空间范围大小不同。如果全局变量、模块级变量和窗体级变量 3 种变量是同一个变量，那么谁的控制范围有效呢？

【例 7-7】　同名变量。

```
Public    number As Integer            '全局变量
Sub Form_Click()
    Dim number    As Integer           '局部变量
        number =10                     '访问局部变量
        Form1. number =20              '访问全局变量必须加窗体名
        Print Form1. number, number    '显示  20    10
End Sub
```

VB 规定，若在不同范围声明相同的变量名，系统按局部、窗体/模块、全局优先次序访问，也就是说，如果是同一个变量，最小控制范围的变量优先级别高，将"屏蔽"优先级别低的变量，因此若想访问全局变量，必须在全局变量名前加"Me"关键字或"Form1"等窗体名。全局变量、模块级变量和窗体级变量的访问控制范围如表 7-3 所示。

表 7-3　变量的作用域

作用范围	全局变量		模块级变量	窗体级变量
	窗　体	标　准　模　块		
声明方式	Public，Global		Dim，Private	Dim，Static
声明位置	在"通用声明"中		在窗体的所有过程与函数之外	在窗体的所有过程与函数之内
访问控制范围	VB 工程的全局都可以被访问		本模块的任何过程访问	只能在本过程中使用
同一变量时的优先次序	最低		中等	最高

因此对于变量的使用，最好的方法是只使用窗体级变量，也就是局部变量——在不同的过程内部定义变量。这样，即使这些局部变量在不同的过程中命名相同，彼此之间也没有关系，不会相互干扰。

2．函数和过程学习的一些建议

变量定义的位置不同，声明的方式不同，其控制的范围也不同。同样的道理，过程和函数所处的位置也可以不同，被访问的范围分为模块级 Private 和全局级 Public，在 7.2.1 节 "Sub 过程的定义"中给出了解释，如表 7-4 所示。

表 7-4　过程和函数的作用域

作用范围	模　块　级		全　局　级	
	窗　体	标准模块	窗　体	标准模块
定义方式	过程名前加 Private		过程名前加 Public 或缺省	
能否被本模块其他过程调用	能	能	能	能
能否被本应用程序其他模块调用	不能	不能	能，但必须在过程名前加窗体名，例：Call 窗体名.My2(实参表)	能，但过程名必须唯一，否则要加标准模块名，例：Call 标准模块名.My2(实参表)

7.6　常用系统函数

VB 的函数分为系统函数和用户自定义函数。系统函数是 VB 为实现一些特定功能而编写的内部程序，按其功能可分为数学函数、转换函数、字符串函数等。下面将介绍一些常用的系统函数。

7.6.1　数学函数

表 7-5 列出了常用的数学函数，其中参数 N 表示数值。

表 7-5　常用的数学函数

函　数　名	含　　义	实　例	结　果
Abs(N)	取绝对值	Abs(−3.5)	3.5
Cos(N)	余弦函数	Cos(0)	1
Exp(N)	以 e 为底的指数函数，即 e^N	Exp(3)	20.086
Log(N)	以 e 为底的自然对数	Log(10)	2.3

函 数 名	含 义	实 例	结 果
Rnd[(N)]	产生随机数	Rnd	0～1 之间的数
Sin(N)	正弦函数	Sin(0)	0
Sgn(N)	符号函数	Sgn(−3.5)	−1
Sqr(N)	平方根	Sqr(9)	3
Tan(N)	正切函数	Tan(0)	0

说明：

1）三角函数中，参数的单位为弧度；Sqr 函数的参数不能是负数；Log 和 Exp 互为反函数，即 Log(Exp(N))、Exp(Log(N))结果还是原来各参数 N 的值。

例如，将数学表达式 $x^2+|y|+e^3+Sin30°$ 转换为 VB 表达式：

X*X+Abs(y)+Exp(3)+Sin(30*3.14/180)

2）Rnd 函数返回 0 和 1（包括 0 但不包括 1）之间的双精度随机数。产生一定范围的随机整数的通用表达式：

Int(Rnd*范围+基数)

【例 7-8】 产生 10 个 20～50 之间的随机整数（包括边界值 20、50）。

分析：根据 Rnd 函数，其取值范围的长度为 31（50−20+1），基数为 20。即代码如下：

```
Private Sub Form_Click()
    Dim I as integer
    For i=1 to 10
        Print Int(Rnd * 31 + 20)
    Next i
End Sub
```

7.6.2 转换函数

常用转换函数参见表 7-6。

表 7-6 常用的转换函数

函 数 名	含 义	实 例	结 果
Asc()	字符型转成 ASCII 码值	Asc("A") Asc(Chr(99))	65 99
Chr()	ASCII 码值转换成字符	Chr(65)	"A"
Fix()	取整	Fix(−3.5)	−3
Hex()	十进制数转换成十六进制数	Hex(100)	64
Int()	取小于或等于 N 的最大整数	Int(−305) Int(3.5)	−4 3
LCase()	字母转化成小写字母	LCase("ABC")	"abc"
Oct()	十进制数转换成八进制数	Oct(100)	"144"
Round()	四舍五入取整	Round(−3.5) Round(3.5)	−4 4
Str()	数值转化成字符串	Str$(123.45)	"123.45"
UCase()	字母转化成大写字母	UCase("abc")	"ABC"
Val()	数字字符转化成字母	Val("123AB")	123

说明：

1）Chr()和 Asc()函数互为反函数，即 Chr(Asc (c))、Asc(Chr(N))的结果为原来自变量的值。

例如，表达式 Chr(Asc (122))的结果还是 122.

2）Str()函数将数值转换成字符型值后，系统自动在数字前加符号位，负数为"–"，正数为空格。

【例 7-9】 Str()函数。

```
Private Sub Form_Click()
    Print Len(Str(123))    '转换后的字符长度
    Print Str（–123）
End Sub
```

3）Val 将数字字符串转换为数值，当字符串出现数值类型规定的数字字符以外的字符时，则停止转换，函数所返回的是停止转换前的结果。

例如，表达式 Val("–123.45ty")的结果为–123.45。

7.6.3 字符串函数

VB 中对于字符串操作的函数相当丰富。常用的字符串函数参见表 7-7。

表 7-7 常用的字符串函数

函 数 名	含 义	实 例	结 果
InStr(C1,C2)	在 C1 中查找 C2 是否存在,若找不到结果为 0	InStr("EFABCDEFG","DE")	6
*Jion(A〔,D〕)	在数组 A 中各元素按 D(或空格)分隔符连接成字符串变量	A=array("123", "ab", "c") Jion(A,"")	"123abc"
Left(C,N)	取出字符串左边 N 个字符	Left("ABCDEFG",3)	"ABC"
Len(C)	字符串长度	Len("AB 高等教育")	6
Mid(C,N1〔,N2〕)	取字符字串，在 C 中从第 N1 个字符开始向右取 N2 个字符，默认到结束	Mid("ABCDEFG",2,3)	"BCD"
*Replace(C,C1,C2)	在 C 中字符串中用 C2 代替 C1	Replace（"ABCDABCD", "CD", "123"）	"AB123AB123"
Right(C,N)	取出字符串右边 N 个字符	Right ("ABCDEF",3)	"DEF"
Space(N)	产生 N 个空格的字符串	Space(3)	""
*Split(C,D)	将字符串C按分隔符D分隔成字符串组。与 Jion 的作用相反	S= Split("123,56.ab", ",")	S(0)= "123" S(1)= "56" S(2)= "ab"
String(N,C)	返回由C中首字符组成的N的相同字符的字符串	String(3, "ABCDEF")	"AAA"
Trim(C)	去掉字符串量串的空格	Trim$(" ABCD ")	"ABCD"

说明：

1）字符串函数中的 InStr()、Mid()、Len()等函数较为常用，必须熟练掌握。

2）函数返回值的类型。以上函数中，InStr 和 Len 函数返回整数值，其余为字符串。

例如:

```
Private Sub Form_Click()
    Print Mid("ABCDEFG", 2, 3)      '从第 2 个位置取, 取 3 个字符
    Print InStr("ABCDEFG", "EF")    '在第 1 个字符串中找第 2 个字符串, 如果完全包含, 则
                                     返回第 1 个字符在字符串的位置
End Sub
```

【例 7-10】 将输入的字符串反序显示。例如, 输入"ABCDEFGH", 显示为"HGFEDCBA"。

```
Private Sub Form_Click()
    Dim s, a As String
        s = InputBox("请输入字符串")    '输入的字符串赋值给 s
    For i = Len(s) To 1 Step -1
        s = Left(s, i)               '每次循环从左边取字符串的 i 个字符
        a = Right(s, 1)              '从 i 个字符串的右边取字符串的 1 个字符
        Print a;                     '将其输出, 注意 ";" 分号
    Next i
End Sub
```

7.6.4 格式输出函数

使用 Format 格式输出函数数值, 使数值、日期或字符串按指定的格式输出, 其形式如下:

Format(表达式,"格式字符串")

表达式: 要格式化的数值、日期或字符串类型表达式。

格式字符串: 表示按其指定的格式输出表达式的值。格式字符串有 3 类: 数值格式, 日期格式和字符串格式。格式字符串两旁要加双引号。

函数的返回只是按规定格式形成的一个字符串。

数值格式化时将数值表达式的值按"格式字符串"指定的格式输出。有关格式及举例参见表 7-8。

表 7-8　常用数值格式化符号及举例

符　号	作　用	数值表达式	格式化字符串	显　示　结　果
0	实际数字位数小于符号位数, 数字前后加 0	1234.567 1234.567	"0000.0000" "000.00"	01234.5670 1234.57
#	实际数字位数小于符号位数, 数字前后不加 0	1234.567 1234.567	"#####.####" "###.##"	1234.567 1234.57
,	千分位	1234.567	"##.##0000"	1,234,5670
%	数值乘以 100, 加百分号	1234.567	"####.##%"	123456.7%

说明:

对于符号"0"或"#", 相同之处: 若要显示数值表达式的整数部分位数多于格式字符串的位数, 按实际数值显示; 若小数部分的位数多于格式字符串的位数, 按四舍五入显示。不同之处: "0"按其规定的位数显示, "#"对于整数前的 0 或小数后的 0 不显示。

【例 7-11】 利用格式输出符号"#"和"0", 控制小数位数输出; 同时请比较";"和

"&"的输出效果。代码如下所示：

```
Private Sub Form_Click()
    a = 12.2345
    b = 12
    Print "a="; Format(a, "0.00"); "          b="; Format(b, "0.00")
    Print "a=" & Format(a, "#.##") & "          b=" & Format(b, "#.##")
    Print a; "+"; b; "="; a + b          '用; ";"; 紧凑格式输出表达式
    Print a & "+" & b & "=" & a + b '用字符串连接符"&"将各输出列表联结成一个字符串表达式后输出
End Sub
```

读者可运行后观看效果。

【例 7-12】 利用 Format() 函数显示有关的日期和时间。

```
Private Sub Form_Click()
        FontSize = 12
        Print Tab(2); Format(Date, "m/d/yy")
        Print Tab(2); Format(Date, "mmmm-yy")
        Print Tab(2); Format(Time, "h-m-s AM/PM")
        Print Tab(2); Format(Time, "hh:mm:ss A/P")
        Print Tab(2); Format(Date, "dddd,mmmm,dd,yyyy")
        Print Tab(2); Format(Now, "yyyy 年 m 月 dd 日 hh：mm")
        Print FormatDateTime(Now)    ' VB6.0 新提供的函数
End Sub
```

运行结果如图 7-13 所示。

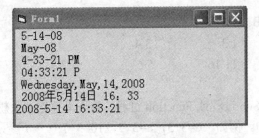

图 7-13 Format 格式输出函数

7.7 习题

一、选择题

1. 设有下列程序代码，单击命令按钮时的输出结果是（   ）。

```
Sub SS(ByVal x,ByRef y,z)
    x=x+1
    y=y+1
    z=z+1
End Sub
```

```
Private Sub Commandl_Click()
   A=1:  B=2:  C=3
   Call SS(A,B,C)
   Print A,B,C
End Sub
```

A. 1 2 3　　　B. 1 3 4　　　C. 2 2 4　　　D. 1 3 3

2. 给出下列程序代码，在单击命令按钮时的输出结果是（　　　）。

```
Private Sub Commandl_Click()
   Dim x As Integer,y As Integer
   Dim n As Integer,z As Integer
   x =1:y=1
   For n=1 To 3
      z= FirstFunc(x,y)
      Print n,z
   Next n
End Sub
Private Function FirstFunc(x As Integer,y As Integer ) As Interger
   Dim n As Integer
   Do While n<=4
    x=x+y
    n+n+1
   Loop
   FirstFunc=x
End Function
```

A. 1 6　　　　B. 2 6　　　　C. 1 2　　　　D. 2 1
　　2 11　　　　　1 3　　　　　3 4　　　　　3 1
　　3 16　　　　　11 16　　　　5 6　　　　　3 3

二、编程题

1. 编制判断素数的 Sub 过程或 Function 过程，验证哥德巴赫猜想：一个不小于 6 的偶数可以表示为两个素数之和。例如，6=3+3，8=3+5，10=3+7……（参见第 5 章习题）。

2. 编制求两个数中较大数的 Function 过程，求多个数的较大数。

3. 设计一个名称为 Count_N(ByVal n As Integer)的函数，要求计算表达式 1+3+…+(2n−1)的值。

第8章 用户界面设计

Visual Basic（以下简称 VB）的出现，使计算机用户只需要极少量的代码，就能实现标准 Windows 应用程序的界面。VB 的界面设计原则具有以下几点。

1）界面要具有一致性。一致性原则在界面设计中最容易违反，同时也最容易修改和避免。例如，在菜单和联机帮助中必须使用相同的术语，对话框必须具有相同的风格等。

2）常用操作要有捷径。常用操作的使用频度大，应该减少操作序列的长度。例如，为文件的常用操作如打开、存盘、另存等设置快捷键。使常用操作具有捷径，不仅会提高用户的工作效率，还使得界面在功能实现上简洁和高效。

3）提供简单的错误处理。系统要有错误处理的功能。在出现错误时，系统应该能检测出错误，并且提供简单和容易理解的错误处理功能。错误出现后系统的状态不发生变化，或者系统要提供错误恢复的指导。

4）提供信息反馈。对操作人员的重要操作要有信息反馈。对常用操作和简单操作的反馈可以不要求，但是对不常用操作和至关重要的操作，系统应该提供信息的反馈。

5）操作可逆。操作应该可逆。这对于不具备专门知识的操作人员相当有用。可逆的动作可以是单个的操作，或者是一个相对独立的操作序列。

6）设计良好的联机帮助。虽然对于熟练用户来说，联机帮助并非必不可少，但是对于大多数不熟练的用户来说，联机帮助具有非常重要的作用。

8.1 通用对话框

8.1.1 概述

在 Windows 下使用不同应用软件时，通常会遇到一些界面相同的对话框，如打开、另存文件、设置颜色、字体及打印等。VB 提供通用对话框控件（CommonDialog）可以让编程者使用。

通用对话框是 ActiveX 控件，使用时需要添加到工具箱，以便拖放到所需窗体上。然后设置其属性，调用相关方法即可显示。控件所显示的对话框由控件的方法确定，主要方法见表 8-1，相关属性见后续介绍。在运行时，当相应的方法被调用时，将显示一个对话框或是执行帮助引擎，在设计时，CommonDialog 控件是以图标的形式显示在窗体中。该图标的大小不能改变。

表 8-1　通用对话框主要方法

方　法	所显示的对话框
ShowOpen	显示打开文件对话框
ShowSave	显示另存为对话框
ShowColor	显示颜色对话框

方　法	所显示的对话框
ShowFont	显示字体对话框
ShowPrinter	显示打印机对话框
ShowHelp	显示帮助对话框

8.1.2　打开文件对话框

打开一个文件，可用打开文件通用对话框，设置相关属性，调用 ShowOpen 方法即可。相关属性说明如下。

1）FileName：返回用户所选的要打开的文件名（包含路径名）。

2）FileTitle：返回用户所选的要打开的文件名（不包含路径名）。

3）Filter：设置文件类型过滤器，使得打开文件对话框中只显示特点类型的文件。格式为：描述1|过滤器1|描述2|过滤器2|…，如：C 程序|*.c|C++程序|*.cpp。

4）FilterIndex：当为一个对话框要指定一个以上的过滤器时，设置文件类型列表框中的默认选项。

5）InitDir：设置或返回文件的初始目录。

通过设置 ShowOpen 的相关属性，调用相关方法后，仅仅只能显示对应的对话框，具体操作还需要编程实现。

【例 8-1】　创建一个窗体，放置一个文本框和一个命令按钮，单击按钮，显示打开文件对话框。当选定某文件时，打开该文件将内容显示在文本框中。设置文本框的 MultiLine 属性为 True，编写按钮的事件代码如下：

```
Private Sub cmdShow_Click()
    Dim strFileName, strData As String
    comdlg.Filter = "C 程序(*.c)|*.c|C++程序(*.cpp)|*.cpp"
    comdlg.ShowOpen
    strFileName = comdlg.FileName
    txtContent.Text = ""
    If (strFileName <> "") Then
        Open strFileName For Input As #1
        While Not EOF(1)
            Line Input #1, strData
            txtContent.Text = txtContent.Text & strData & vbCrLf
        Wend
        Close 1
    End If
End Sub
```

运行结果如图 8-1 和图 8-2 所示。

图 8-1 "打开"对话框

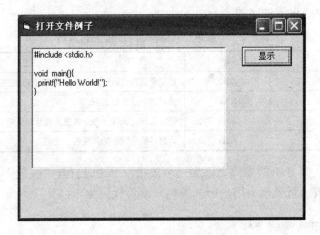

图 8-2 打开文件运行结果

8.1.3 保存文件对话框

保存文件对话框 ShowSave 和打开文件对话框类似，ShowSave 的相关属性如下。

1）FileName：返回用户在保存文件对话框中输入的要另存的文件名（包含路径名，路径由用户选择的目录或直接输入决定）。

2）FileTitle：返回另存的文件名（不包含路径）。

3）Filter: 同打开文件。

4）FilterIndex：同打开文件。

5）InitDir：设置保存文件对话框中的初始目录。

8.1.4 颜色对话框

颜色对话框 ShowColor 使应用程序为用户选择颜色提供了一个友好的界面，用户可以选择基本颜色，也可以精确选择自定义颜色，如图 8-3 所示。

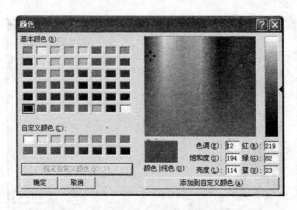

图 8-3　"颜色"对话框

颜色对话框的主要属性如下。

1）Flags：返回或设置"颜色"对话框选项，具体常数值如表 8-2 所示。

2）Color：返回或设置选定的颜色。

表 8-2　"颜色"对话框的 Flags 属性常数

常　数	值	描　述
cdlCCFullOpen	&H2	显示全部的对话框，包括定义自定义颜色部分
cdlCCShowHelpButton	&H8	使对话框显示帮助按钮
cdlCCPreventFullOpen	&H4	使定义自定义颜色命令按钮无效并防止定义自定义颜色
cdlCCRGBInit	&H1	为对话框设置初始颜色值

【例 8-2】　在例 8-1 的窗体上添加一个按钮，单击时打开"颜色"对话框，当用户选定颜色后设置文本框的背景色为用户所选颜色，事件代码如下：

```
Private Sub cmdColor_Click()
    comdlg.ShowColro
    comdlg.ShowOpen
    txtContent.BackColor = comdlg.Color
End Sub
```

8.1.5　字体对话框

为了让用户方便地选择 Windows 系统已经安装的字体，可使用字体对话框 ShowFont，如图 8-4 所示。

【例 8-3】　在例 8-2 的窗体上再添加一个按钮，单击时打开"字体"对话框，当用户选定字体后设置文本框的字体，事件代码如下：

```
Private Sub cmdFont_Click()
    comdlg.Flags = cdlCFBoth Or cdlCFEffects
    comdlg.ShowFont
    txtContent.Font = comdlg.FontName
End Sub
```

"字体"对话框的 Flags 属性常数值如表 8-3 所示。

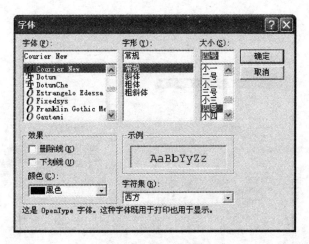

图 8-4 "字体"对话框

表 8-3 "字体"对话框的 Flags 属性常数

常　　数	值	描　　述
cdlCFPrinterFonts	&H2	使对话框只列出由 hDC 属性指定的打印机支持的字体
cdlCFScreenFonts	&H1	使对话框只列出系统支持的屏幕字体
cdlCFBoth	&H3	使对话框列出可用的打印机和屏幕字体。hDC 属性标识与打印机相关的设备描述体
cdlCFEffects	&H100	它指定对话框允许删除线、下画线，以及颜色效果。

8.1.6　打印对话框

"打印"对话框 ShowPrinter 提供了将数据输出打印前的标准界面，如图 8-5 所示。ShowPrinter 可以指定被打印页的范围，打印质量，打印的份数等。这个对话框还包含当前安装的打印机的信息，并允许配置或重新安装默认打印机。"打印"对话框的主要属性如下。

1）Copies：需要打印的份数。

2）FromPage：开始打印页。

3）ToPage：结束打印页。

4）ShowPrinter 并不给打印机传送数据，只是指定希望打印数据的情况。要真正实现打印功能，还需要编程实现，见例 8-4。

【例 8-4】　在例 8-3 的基础上再添加一个按钮，当用户单击时把打开文件的内容输出打印到打印机上，相关事件代码如下：

```
Private Sub cmdPrint_Click()
    comdlg.ShowPrinter
    For i = 1 To comdlg.Copies
        Printer.Print txtContent.Text
    Next i
    Printer.EndDoc
End Sub
```

图 8-5 "打印"对话框

8.1.7 帮助对话框

完善的应用软件应该提供帮助文件，"帮助"对话框 ShowHelp 可以调用 Windows 帮助引擎 winhelp.exe 来打开制定的用户帮助文件。"帮助"对话框的主要属性如下。

1）HelpCommand：返回或设置需要联机帮助的类型，详细常数可参考 MSDN 文档。

2）HelpFile：指定帮助文件名。

3）HelpKey：指定要显示的帮助主题。

【例8-5】 在例 8-4 的基础上再添加一个按钮，单击后打开 Windows Media Player 帮助文件，定位到"文本框"的帮助主题。相关代码事件如下：

```
Private Sub cmdHelp_Click()
    With comddl
        .HelpFile="c:\windows\help\myplayer2.hlp"
        .HelpKey="文本框"
        .HelpCommand="cdlHelpKey"
        .ShowHelp
    End With
End Sub
```

8.2 菜单设计

菜单是用户界面设计重要的组成部分，作为软件系统的功能划分，起到一个主控模块的作用，负责调用各功能模块。

菜单从形式上分为两种，分别是下拉式菜单和弹出式菜单。

8.2.1 菜单编辑器

在 VB 中设计菜单比较直观，使用菜单编辑器即可完成，如图 8-6 所示。菜单有多个菜单项组成，菜单项可以嵌套，从而构成多级菜单。在菜单编辑器可以用 4 个方向箭头的按钮来调整菜单项的级别及位置。每个菜单项由如下一些主要属性来描述。

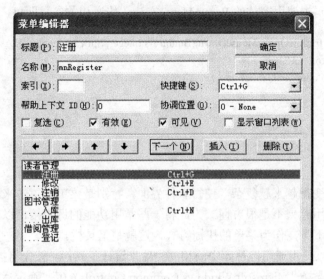

图 8-6　菜单编辑器

1）标题：在菜单项上显示的文字。如果为"-"，则为分割菜单项；如果某字符前加""，则在显示的时候该字符加下画线，用 Alt+该字符即为该菜单的热键。

2）名称：菜单项控件的对象名称，程序中引用。

3）复选：选中此标志，在显示时，此菜单项可以像复选框一样使用。

4）有效：默认为选中，如果不选，则该菜单项为不可用，显示为灰色。

5）可见：默认为选中，如果不选，则该菜单项为不可见。

8.2.2　下拉菜单

下拉菜单就是在顶级的窗体标题栏下方显示的一级菜单构成的菜单条，单击鼠标或将鼠标移到菜单上方才弹出下一级菜单的形式。在最末级的菜单项上单击就会激发一个事件，从而调用相关代码。下拉菜单设计很直观，就是在菜单编辑器中设置相关属性及级别，设计好后就可关闭菜单设计器，然后在窗体设计器即可测试菜单的显示，这时在最末级的菜单项上单击，就会自动进入代码编写界面。如图 8-6 显示的菜单中注册的示例性代码如下：

```
Private Sub mnRegister_Click()
    MsgBox "用户注册"
End Sub
```

8.2.3　弹出菜单

弹出菜单又称为快捷菜单或上下文菜单，在窗体运行时并不直观显示。只有当右击鼠标或按下 Windows 键盘的快捷菜单按键时，菜单才出现，弹出的位置取决于鼠标当前位置或调用弹出菜单时传递的坐标值。

弹出菜单的设计也是在菜单设计器中完成的，与下拉菜单不同的是设置可见属性为假，即不选中可见复选框。因为开始不可见，所以要显示弹出菜单还要编程实现，具体做法是在响应鼠标事件的代码中调用窗体的 PopupMenu 方法，传递相关参数即可，代码如下：

```
Private Sub frmFileOpen_MouseDown (Button As Integer, Shift As Integer, X As Single, Y As Single)
    If Button = 2 Then
            PopupMenu mnuFile
    End If
End Sub
```

8.3 工具栏

随着应用软件变得越来越复杂，使得软件界面，特别是菜单变得越来越庞大，甚至嵌套层次很深，用户使用起来不是很方便。为此将一些常用功能的调用接口以图像按钮的形式显示在窗体的菜单条下方，作为菜单的快捷方式，这就是工具栏。

在 VB 中，可以使用通用控件库中的相关控件来设计工具栏。首先将控件添加到工具箱，打开部件对话框，选择"Microsoft Windows Common Controls 6.0"，确定后关闭对话框即可在工具栏中看到新添加的控件。

创建工具栏的具体步骤如下。

1）在 ImageList 控件中添加所需图像。

2）在 ToolBar 控件中创建所需按钮。

3）编程处理各按钮的 Click 事件。

8.3.1 选择图像

工具栏按钮上显示的图像不直接从文件中读取，而是来自图像列表控件 ImageList。将该控件从工具箱托放到窗体，打开其属性页对话框，如图 8-7 所示。

图 8-7 ImageList 控件属性页

在通用选项页中，先设置图像大小。在图像选项页中，单击插入图片按钮，选择图像文件，逐个插入到控件中。然后设置每个图像对应的属性，主要有如下两项。

1）索引：表示图像的编号，可在 ToolBar 控件按钮中引用。

2）关键字：图像的标示名称，可在 toolbar 控件按钮中引用。

8.3.2 添加按钮

在窗体上增加 ToolBar 控件，打开其属性页，首先连接图像列表，在"通用"选项卡中的"图像列表"下拉列表框中选择要关联的 ImageList，如图 8-8 所示。

图 8-8 "通用"选项卡

然后在"按钮"选项卡中为工具栏增加按钮。如图 8-9 所示，单击"插入按钮"按钮即可增加一个按钮，为其设置相关属性。主要属性如下。

1）索引：表示每个按钮的编号，可在 Button_Click 事件中引用。

2）关键字：表示每个按钮的名称，可在 Button_Click 事件中引用。

3）图像：表示按钮上要显示的图像，与 ImageList 控件中的图像关联，可用 ImageList 中图像的关键字或索引号引用。

4）样式：共有 6 种，如表 8-4 所示。

表 8-4 工具栏按钮样式

常　　数	值	说　　明
tbrDefault	0	（默认的）普通按钮
tbrCheck	1	复选按钮，它可以被选定或者不被选定
tbrButtonGroup	2	按钮组，在任何时刻都只能按下组内一个按钮
tbrSeprator	3	分隔符，功能是作为有 8 个像素的固定宽度的分隔符
tbrPlaceholder	4	占位符，按钮在外观和功能上像分隔符，但具有可设置的宽度
tbrDropdown	5	下拉按钮

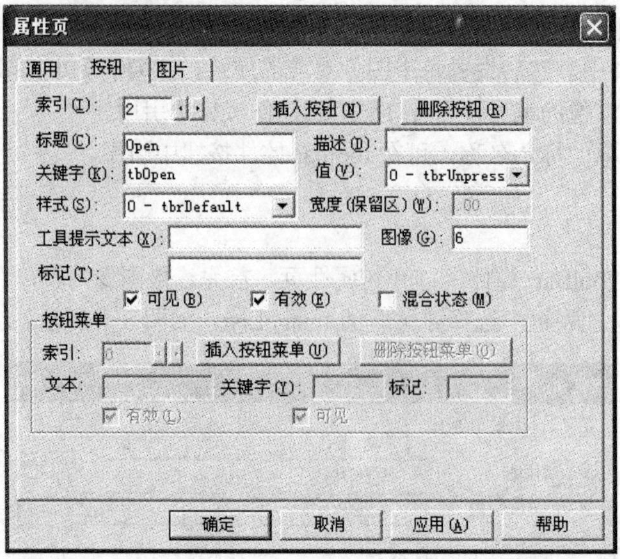

图 8-9 "按钮"选项卡

8.3.3 响应事件

普通按钮、复选按钮和按钮组 3 种样式的按钮将激发 ButtonClick 事件，下拉按钮将激发 ButtonMenuClick 事件。由于多种按钮激发同一个事件，在处理时需要区分哪个按钮是事件源。VB 编程时，可以采用如下的方法：用按钮的索引号或关键字来识别。由于关键字的可读性和可维护性好，经常被采用，如下示例代码：

```
Private  Sub  Toolbar1_ButtonClick(ByVal  Button  As  MSCommctlLib.Button)
    Select  Case  Button.Key
        Case  "tbNew"
            MsgBox  "New  Button  Click"
        Case  "tbOpen"
            MsgBox  "Open  Button  Click"
    End  Select
End  Sub
```

8.4 状态栏

状态栏就是在窗体的底部显示的长方条，有多个窗格组成，一般用来向用户显示软件的运行状态、系统信息和提示信息，如光标的位置、系统时间、键盘状态等。

创建状态栏比较简单，在窗体上添加 ToolBar 控件，打开属性页，设置其相关属性即可，如图 8-10 所示。

单击插入窗格或删除窗格按钮，可设制窗格的数量。单击索引文本框右边的左右箭头按钮，可在不同窗格间切换。窗格的主要属性介绍如下。

1）索引：表示窗格的编号，可在程序中引用。

2）文本：表示窗格上要显示的内容。

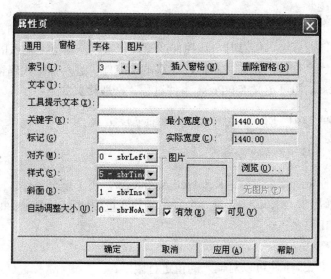

图 8-10　状态栏属性页

3）工具提示文本：当鼠标移入该窗格位置时显示的提示条内容。

4）关键字：表示窗格的标示名称，可在程序中引用。

5）样式：该控件预定义的窗格类型，如表 8-5 所示。

表 8-5　状态栏窗格常用样式

常　　数	值	说　　明
sbrText	0	显示文本和/或位图
sbrCaps	1	显示 Caps Lock 状态
sbrNum	2	显示 Number Lock 状态
sbrIns	3	显示 Insert 键状态
sbrScrl	4	显示 Scroll Lock 状态
sbrTime	5	以 System 格式显示时间
sbrDate	6	以 System 格式显示日期

对于样式 1~6 不需要设置文本属性，也不需要额外编程，它会自动显示。对于样式 0，可以在属性页中设置其文本和图像，也可编程在运行期间控制其显示。

8.5　鼠标与键盘

8.5.1　键盘事件

使用键盘事件过程，可以处理当按下或释放键盘上某个键时所执行的操作。

1．KeyPress 事件

当按下键盘上的某个键时，将发生 KeyPress 事件。该事件可用于窗体、复选框、组合框、命令按钮、列表框、图片框、文本框、滚动条及与文件有关的控件。严格地说，当按下某个键时，所触发的是拥有输入焦点（Focus）的那个控件的 KeyPress 事件。在某一时刻，输入焦点只能位于某一个控件上，如果窗体上没有活动的或可见的控件，则输入焦点位于窗体上。当一个控件或窗体拥有输入焦点时，该控件或窗体将接收从键盘上输入的信息。

在窗体上画一个控件，比如文本框，并双击该控件，进入程序代码窗口后，从"过程"框中选择 KeyPress，即可定义 KeyPress 事件过程。一般格式如下：

```
Private Sub Text1 _ KeyPress（KeyAscii As Integer）
…
End Sub
```

KeyPress 事件带有一个参数，KeyAscii As Integer，用于单个控件。KeyPress 事件用来识别按键的 ASCII 码。参数 KeyAscii 是一个预定义的变量，执行 KeyPress 事件过程时，KeyAscii 是所按键的 ASCII 码。

说明如下。

1）利用 KeyPress 事件可以对输入的值进行限制；

2）利用 KeyPress 事件可以捕捉击键动作；

3）在 KeyPress 过程中可以修改 KeyAscii 变量的值。如果进行了修改，在 Visual Basic 控件中输入修改后的字符，而不是用户输入的字符。

【例 8-6】　文本框 1 只接收大写字符，文本框 2 只能接收 "0～9" 的数字字符。

```
Private Sub Text1_KeyPress(KeyAscii As Integer)
  If KeyAscii >= Asc("a") And KeyAscii <= Asc("z") Then
        KeyAscii = KeyAscii + Asc("A") – Asc("a")
  End If
End Sub
Private Sub Text2_KeyPress(KeyAscii As Integer)
  If KeyAscii < 48 Or KeyAscii > 57 Then
        KeyAscii = 0
  End If
End Sub
```

2. KeyDown 和 KeyUp 事件

KeyDown 事件是按下按键时触发的，KeyUp 事件是释放按键时触发的。这两个事件提供最低级的键盘响应，可以报告键盘的物理状态。

KeyDown 事件和 KeyUp 事件的一般格式如下：

```
Private Sub 对象_KeyDown（Keycode As Integer, Shift As Integer）
Private Sub 对象_KeyUp（Keycode As Integer, Shift As Integer）
```

说明如下。

1）Keycode：是所按键的 ASCII 码值。KeyDown 和 KeyUp 事件除可识别 KeyPress 事件可以识别的键外，还可识别键盘上的大多数键，如功能键、编辑键、定位键和数字小键盘上的键。键盘上的数字键与小键盘上数字键的 ASCII 码值不同，尽管它们按的数字字符相同。

2）Shift：表示〈Shift〉、〈Ctrl〉、〈Alt〉键的按下或释放状态。分别用 0、1、2 三位表示〈Shift〉、〈Ctrl〉和〈Alt〉键。

【例 8-7】 编写一个程序，当按下〈Alt+F5〉组合键时终止程序的运行。

```
'先把窗体的 KeyPreview 设置为 True，再编写如下的程序：
Sub Form_KeyDown(KeyCode As Integer, Shift As Integer)
'按下 Alt 键时，Shift 的值为 4
If (KeyCode = vbKeyF5) And (Shift = 4) Then
    End
End If
End Sub
```

8.5.2　鼠标事件

在程序运行时，鼠标除了 Click 和 DblClick 事件之外，有些程序还需要对鼠标指针的位置和状态变化做出响应，因此需要使用鼠标事件 MouseUp、MouseDown 和 MouseMove。

当鼠标事件发生时，如果鼠标指针位于窗体，就由窗体识别鼠标事件；如果鼠标指针位于控件上，就由控件识别。如果按下鼠标不放，则对象将继续识别所有鼠标事件，直到用户释放鼠标为止。

鼠标事件的一般格式如下：

Private Sub 对象_鼠标事件(Button As Integer, Shift As Integer, X As Single, Y AsSingle)

说明如下。

1）Button：表示哪个鼠标键被按下或释放。用 0、1、2 三位表示鼠标的左、右、中键，每位用 0、1 表示被按下或释放，三位的二进制数转换成十进制数就是 Button 的值。

2）Shift：表示当鼠标键被按下或被释放时，〈Shift〉、〈Ctrl〉、〈Alt〉键的按下或释放状态。用 0、1、2 三位表示鼠标的〈Shift〉、〈Ctrl〉、〈Alt〉键。

3）X、Y：表示鼠标指针的坐标位置。如果鼠标指针在窗体或图片框中，用该对象内部的坐标系，其他控件则用控件对象所在容器的坐标系。

1. MouseUp 和 MouseDown 事件

MouseUp 和 MouseDown 事件是当鼠标释放和按下时触发，通常用来在运行时调整控件的位置或实现某些图形效果。MouseDown 事件更常用些。

2. MouseMove 事件

MouseMove 事件是鼠标在屏幕上移动时触发的。若鼠标指针在对象的边界范围内，该对象就能接收 MouseMove 事件，除非有另一个对象捕获了鼠标。窗体和控件都能识别 MouseMove 事件。

8.6　习题

一、填空题

1. Visual Basic 的菜单一般包括（　　）菜单和（　　）菜单。

2. 若将菜单某项设计为分隔条，则该菜单项的标题应设置为（　　　）。

3. 菜单项可以响应的事件过程为（　　）。

4. 将通用对话框的类型设置为"字体"对话框，可以使用（　　）方法。

5. 在打开"字体"对话框之前必须设置（　　　）属性，否则会发生字体不存在的错误。

6. 通用的对话框控件可创建的常用对话框有（　　）、（　　）、（　　）、（　　）和（　　）。

二、选择题

1. 通常用（　　）方法打开"自定义"对话框。

　　A. Load　　　　B. Unload　　　C. Hide　　　D. Show

2. 将通用对话框类型设置为"另存为"对话框，应修改（　　）属性。

　　A. Filte　　　　B. Font　　　　C. Action　　　D. FileName

3. 菜单中的分割线使用的字符为（　　）。

　　A. &　　　　　B. —　　　　　C. ^　　　　　D.〈Ctrl+S〉组合键

4. 在用菜单编辑器设计菜单时，必须输入的项是（　　）。

　　A. 快捷键　　B. 标题　　　　C. 索引　　　D. 名称

三、问答题

1. Visual Basic 的对话框有多少种？如何使用？

2. 简述菜单元素的功能和用法。

3. 学习创建下拉菜单和弹出菜单。

4. 鼠标和键盘的各自属性和事件是什么？

第9章 图形操作

图形为应用程序的界面提供了可视性，也增加了趣味性。VB 提供了丰富的图形功能，通过两种方式实现：①绘图控件，如 Line 控件、Shape 控件等进行图形操作；②绘图方法，如 Line 方法、Circle 方法等。

9.1 图形控件

VB 提供了形状（Shape）和直线（Line）控件在窗体上画图。这些控件不支持任何事件过程，只用于表面装饰。既可以在设计时通过设置其属性来确定显示某种图形，也可以在程序运行时修改图形控件属性，以便动态地显示图形。

9.1.1 Line 控件

打开 VB 的工具箱窗口，如图 9-1 所示。选择 Line 控件，将它画在 Form（窗体）上。

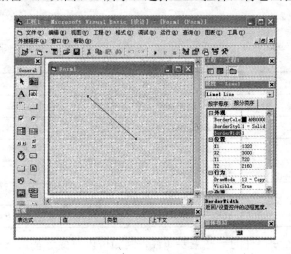

图 9-1　Line 控件

Line 控件的属性如表 9-1 所示。

表 9-1　Line 控件的主要属性和含义

属 性 名	属 性 含 义
X1,y1	直线的起点坐标
X2,y2	直线的终点坐标
BorderStyle	设置直线的样式
BorderWidth	设置直线的宽度
BorderColor	设置直线的颜色

9.1.2 Shape 控件

如图 9-2 所示，单击 Shape 控件，将它画在 Form（窗体）上。Shape 控件预定义了 6 种形状，通过设置 Shape 属性来选择所需形状，如表 9-2 所示。

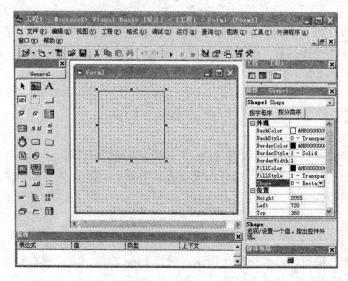

图 9-2　Shape 控件

表 9-2　Shape 属性设置值

属 性 值	常 数	说 明
0	vbShapeRectangle	矩形
1	vbShapeSquare	正方形
2	vbShapeOval	椭圆形
3	vbShapeCircle	圆形
4	vbShapeRoundedRectangle	圆角矩形
5	vbShapeRoundedSquare	圆角正方形

表 9-3 给出了 Shape 控件的一些主要属性，例如可以改变这些形状的大小，设置其颜色、边框样式和边框宽度等。

表 9-3　Shape 控件的主要属性和含义

属 性 名	属 性 含 义
Shape	用于设置控件的形状
BackStyle	决定图形是否透明，透明时 BackStyle 无效
BorderColor	边框色
BorderStyle	边框线的样式
FillStyle	填充样式
DrawMode	画图模式

【例 9-1】 利用 Shape 控件，在 Form 上画出如图 9-3 所示的形状。

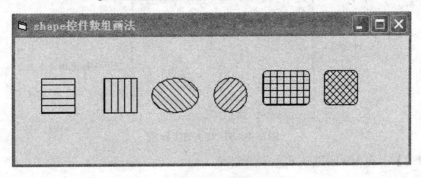

图 9-3　Shape 控件数组运行效果

分析：反复使用 Shape 控件画图，每次 Shape 控件只是改变某些属性而已，因此可以采用控件数组来实现此功能。参阅 6.4 节"控件数组"，在 Form 上实现 6 个元素的控件数组，代码如下。

```
Private Sub Form_Click()
    Dim i As Integer                'i 作为循环控制变量
    Shape1(0).Shape = 0             '控件数组的第一个数组元素,属性 shape 取值为 0，表示为 rectangle
    Shape1(0).FillStyle = 2         '第一个控件数组元素，属性 FillStyle 取值为 2，表示为 rectangle

    For i = 1 To 5
        Shape1(i).Left = Shape1(i - 1).Left + 1000   '每个 shape 控件元素按 1000 像素分开放
        Shape1(i).Shape = I
        Shape1(i).FillStyle = i + 2
        Shape1(i).Visible = True
    Next i
End Sub
```

9.2　坐标系

画图控件 Line 和 Shape 可绘出简单的图。但是，若要画出一些复杂的图形或者曲线（如正弦曲线等），Line 和 Shape 则难以完成。因此，VB 提供了一些绘图的方法。

9.2.1　VB 默认的坐标系

在窗体上画一个点 p，首要的问题是采用什么样的坐标系。不同的坐标系将产生不同的效果。一个坐标系的构成包括 3 个要素：坐标原点、坐标度量单位、坐标轴的长度与方向。

在 VB 中，默认的坐标原点在对象的左上角，横向向右为 X 的正向，纵向向下为 Y 轴的正向。图 9-4 说明了窗体的默认坐标系。窗体的 Height 属性值包括了标题栏和水平边框线的宽度，同样 Width 属性值包括了垂直边框线宽度。窗体的实际高度和宽度分别用 ScaleHeight 和 ScaleWidth 属性确定。而窗体的 Left、Top 属性只是窗体在屏幕内的位置。

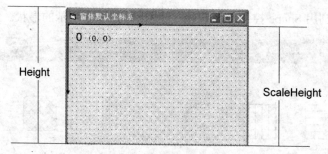

图 9-4　VB 默认的坐标系

【例 9-2】　在 VB 的默认状态下绘制圆。

```
Private Sub Form_Click()
    Circle (0, 0), 1000    '画圆，圆心为(0,0)，半径为 1000 单位
End Sub
```

运行效果如图 9-5 所示。

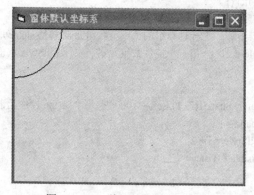

图 9-5　VB 默认的坐标系下画圆

思考：为什么用 circle()方法画圆，结果却为什么只是一段弧线，而不是整个圆？

9.2.2　自定义坐标系

VB 的默认坐标系不符合通常数学上的笛卡儿直角坐标系，使用起来很不方便。因此，需要将 VB 的默认坐标系转换为笛卡儿直角坐标系。将 VB 默认坐标系的坐标原点移到窗体的中央，Y 轴的正向向上，显示 4 个象限，如图 9-6 所示。

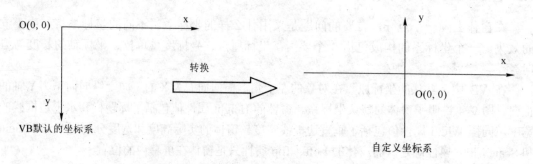

图 9-6　坐标系的转换

VB 提供了 Scale 方法来设置用户自定义坐标系。Scale 方法是建立用户坐标系较为方便的方法，其语法如下：

> [对象.]Scale [(xLeft,yTop)-(xRight,yBotton)]

其中：

1）对象可以是窗体、图形框或打印机。如果省略对象名，则为带有焦点的窗体对象。

2）(xLeft,yTop)表示对象的左上角的坐标系，(xRight,yBottom)为对象右下角的坐标系，如图 9-7 所示。

3）窗体或图形框的 ScaleMode 属性决定了坐标所采用的度量单位，默认值为 Twip。

图 9-7　Scale 方法的参数

【例 9-3】　采用 Scale 方法自定义坐标系。

分析：画坐标系时，使用 Scale (x1,y1)-(x2,y2)。坐标系的 x 轴，只需令 line（x1,y1）-(x2,y2) 的 y1、y2 为 0；画坐标系的 y 轴时，只需令 line（x1,y1）-(x2,y2)的 x1、x2 为 0。代码如下：

```
Private Sub Form_Paint()
    Cls
    Form1.Scale (-200, 250)-(300, -150)
    Line (-200, 0)-(300, 0)                          ' 画 X 轴
    Line (0, 250)-(0, -150)                          ' 画 Y 轴
    CurrentX = 0: CurrentY = 0: Print 0      ' CurrentX、CurrentY 用于当前绘图位置，标记坐标原点
    CurrentX = 280: CurrentY = 40: Print "X"        ' 标记 X 轴
    CurrentX = 10: CurrentY = 240: Print "Y"        ' 标记 Y 轴
End Sub
```

运行效果如图 9-8 所示。

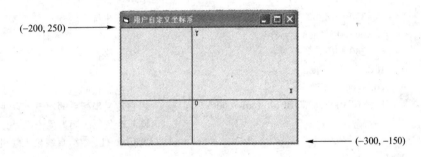

图 9-8　用户自定坐标系

157

9.3 图形方法

9.3.1 Line 方法

Line 方法用于画直线或矩形, 其语法格式如下:

　　　〔对象.〕 Line 〔〔Step〕(x1,y1)〕- 〔Step 〔(x2,y2)〕〔,颜色〕〔,B〔F〕〕

其中:

1) 对象指示 Line 在何处产生结果, 它可以是窗体或图形框, 默认时为当前窗体。

2) (x1,y1)为线段起始坐标或左上角坐标。

3) (x2,y2)为线段终点坐标或右下角坐标。

4) 关键字 Step 表示采用当前位置作用的相对值。

5) 关键字 B 表示画矩形。关键字 F 表示用画矩形的颜色来填充矩形, F 必须与关键字 B 一起使用。如果只用 B 不用 F, 则矩形的填充由 FillStyle 和 Fillcolor 属性决定。

Line 方法可以简化为以下 3 种语法格式。

语法格式一: line(x1,y1)–(x2,y2) ,线条颜色

其中(x1,y1)为起点坐标值, (x2,y2)为终点坐标值。

语法格式二: line(x1,y1)–step (dx,dy) ,线条颜色

其中(x1,y1)为起点坐标值, (dx,dy)为相对于起点的相对距离。

语法格式三: line –(x2,y2) ,线条颜色

其中, 线条起点坐标值为(CurrentX, CurrentY), (x2,y2)为终点坐标值。

需要注意: 用 Line 方法在窗体上绘制图形时, 如果绘制过程放置在 Form-Load 事件内, 必须设置窗体的 AutoRedraw 属性为 True, 当窗体的 Form-Load 事件完成后, 窗体将产生重画过程, 否则所绘制的图形无法在窗体上显示。

【例 9-4】 用 Line 方法在一个窗体上画随机射线。

代码如下:

```
Private Sub Form_Click()
    Dim i As Integer, x As Single, y As Single
    Scale (-320, 240)-(320, -240)                   ' 定义自定义坐标系
    For i = 1 To 100
        x = 320 * Rnd                               ' 产生 x 坐标
        If Rnd < 0.5 Then x = -x
        y = 240 * Rnd                               ' 产生 y 坐标
        If Rnd < 0.5 Then y = -y
        colorcode = 15 * Rnd                        ' 产生色彩代码
        Line (0, 0)-(x, y), QBColor(colorcode)      ' 以自定义坐标系的原点为直线的一段, 以
                                                    ' 随机产生的(x,y)为另一段, 并利用
                                                    ' QBColor()函数给直线染上随机的色彩

    Next i
End Sub
```

效果如图 9-9 所示。

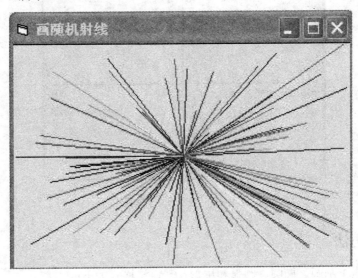

图 9-9　随机射线

【例 9-5】　用 Line 方法在一个窗体上画坐标轴与坐标刻度。

代码如下：

```
Private Sub Form_Click()
    Cls
    Form1.Scale (-110, 110)-(110, -110)                '定义坐标系
    Line (-105, 0)-(105, 0): Line (0, 105)-(0, -105)    '画 X 轴与 Y 轴
    CurrentX = 105: CurrentY = 20: Print "X"
    CurrentX = 10: CurrentY = 105: Print "Y"
    For i = -100 To 100 Step 20                         '在 X 轴上标记坐标刻度
        If i <> 0 Then
            CurrentX = i: CurrentY = 7: Line -(i, 0)
            CurrentX = i - 5: CurrentY = -5: Print i / 10
        Else
            CurrentX = -3: CurrentY = -5: Print 0
        End If
    Next i
    For i = -100 To 100 Step 20                         '在 Y 轴上标记坐标刻度
        If i <> 0 Then
            CurrentX = -15: CurrentY = i + 5: Print i / 10
            CurrentX = 7: CurrentY = i: Line -(0, i)
        End If
    Next i
End Sub
```

效果如图 9-10 所示。

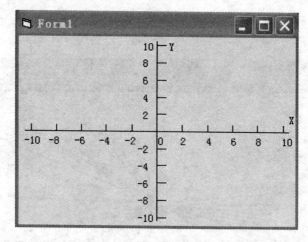

图 9-10 例 9-5 运行效果

9.3.2 Circle 方法

Circle 方法用于画圆、椭圆、圆弧和扇形，其语法格式如下：

［对象.］Circle［Step］(x,y),半径［,［颜色］［,［起始点］［,［终止点］［,长短轴比率］］］］

其中：

1）对象指示 Circle 在何处产生效果，可以是窗体、图形框或打印机，默认为当前窗体。

2）(x,y)为圆心坐标，关键字 Step 表示采用当前作图位置的相对值。

3）圆弧和扇形通过参数起始点和终止点控制，采用逆时针方法绘弧。起始点和终止点以弧度为单位，取值在 0～2π 之间。当在起始点终止点前加一个负号时，表示画出圆心到圆弧的径向线。

4）椭圆通过长短轴比率控制，默认值为 1 时，画出的是圆。

Circle 方法的效果如图 9-11 所示。

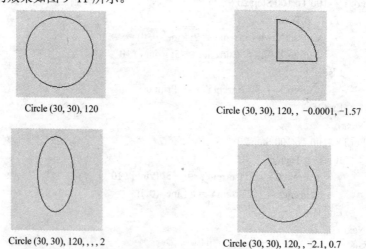

图 9-11 Circle 方法的效果图

❡注意：

1）使用 Circle 方法时，如果想省掉中间的参数，分隔的逗号不能省。例如画椭圆省掉了颜色、起始点和终止点 3 个参数 ，则必须加上 4 个连续的逗号，它表示缺省中间 3 个参数。

2）如果要画 x 上的径向线，起始点可以用一个很小的数代表 0，或使用 2π。

【例 9-6】 用 Circle 方法在窗体上绘制由圆环构成的艺术图案。

算法：等分半径为 r 的圆周为 n 份，以等分点为圆心，半径 r1 绘制 n 个圆。

代码如下：

```
Private Sub Form_Click()
    Dim r, x, y, x0, y0, pi As Single
    Cls
    r = Form1.ScaleHeight / 4
    x0 = Form1.ScaleWidth / 2
    y0 = Form1.ScaleHeight / 2
    pi = 3.1415926
    st = pi / 10                        ' 等分圆周为 20 份
    For i = 0 To 2 * pi Step st         ' 循环绘制圆
        x = r * Cos(i) + x0
        y = r * Sin(i) + y0
        Circle (x, y), r * 0.9
    Next i
End Sub
```

效果如图 9-12 所示。

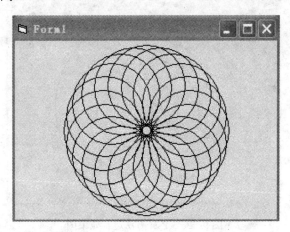

图 9-12　Circle 方法运行效果图

9.3.3　Pset 方法

Pset 方法用于在窗体、图形框或打印机的指定位置上画点，其语法格式如下：

　　　　［对象.］Pset［Step］(x,y)［,颜色］

其中，关键字 Step 采用相对坐标，表示采用当前作图位置的相对值。省略 Step 时，参数 (x,y)为所画点的绝对坐标值。

利用 Pset 方法可画任意曲线，通过循环用 Pset(x,y)在窗体上画点，采用较小的步长，就可以使离散的点连成曲线。技巧：当采用背景颜色画点时起到清除点的作用。

【例 9-7】 用 Pset 方法绘制圆的渐开线。

分析：圆的渐开线用参数方程表示。

X=a(cost+tsint)

Y= a(sint−tcost)

代码如下：

```
Private Sub Form_Click()
    ScaleMode = 6
x = Me.ScaleWidth / 2
y = Me.ScaleHeight / 2
For t = 0 To 30 Step 0.01
    xt = Cos(t) + t * Sin(t)
    yt = -(Sin(t) - t * Cos(t))
PSet (xt + x, yt + y), vbBule

Next t
End Sub
```

效果如图 9-13 所示。

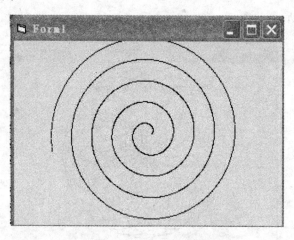

图 9-13　Pset 方法运行效果图

9.3.4 与图形操作相关的方法

1．Point 方法

Point 方法用于返回窗体或图形框上指定点的 RGB 颜色，其语法格式如下：

[对象.] Point(x,y)

如果由(x,y)坐标指定的点在对象外面，Point 方法返回-1（True）。

2. Cls 方法

CLs 方法可以清除 Form 等控件生成的图形和文本，以背景色来填充。其语法为：

［对象.］Cls

调用 CLs 之后，对象的 CurrentX 和 CurrentY 属性复位为 0。

9.4 绘图属性

9.4.1 当前坐标

窗体、图形框或打印机的 CurrentX、CurrentY 属性标示出这些对象在绘图时的当前坐标。CurrentX，CurrentY 两个属性在设计阶段不能使用。当坐标系确定后，坐标值(x,y)表示对象上的绝对坐标位置。如果加上关键字 Step，则坐标值(x,y)表示对象上的相对坐标值，即从当前坐标分别平移 x、y 个单位，其绝对坐标值为(CurrentX+x,CurrentY+y)。

9.4.2 线宽

窗体、图形框或打印机的 DrawWidth 属性给出这些对象上所画线的宽度或点的大小。DrawWidth 属性以像素为单位来度量，最小值为 1。

【例 9-8】 用 DrawWidth 属性改变直线宽度。

```
Private Sub Form_Click()
    Dim j As Integer
    CurrentX = 0                        ' 设置开始位置
    CurrentY = ScaleHeight / 2
    ForeColor = QBColor(0)              ' 设置颜色
    DrawWidth = 1                       ' 定义线的宽度为 1
    For i = 1 To 10
        DrawWidth = i * 3               ' 定义线的宽度
        Line -Step(ScaleWidth / 15, 0)  ' 画线
    Next i
End Sub
```

效果如图 9-14 所示。

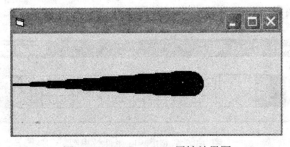

图 9-14　DrawWidth 属性效果图

9.4.3 线形

【例9-9】 通过改变 DrawStyle 属性在窗体上画出不同的线形。
代码如下:

```
Private Sub Form_Click()
    Dim j As Integer
    Print "DrawStyle    0      1      2      3      4      5      6"
    Print "线形        实线  长虚线  点线  点划线  点点划线  透明线  内实线"
    Print "图示"
    CurrentX = 600                    '设置直线的初始位置
    CurrentY = ScaleHeight / 3
    DrawWidth = 1                     '宽度为1时,DrawStyle属性才能产生效果
    For j = 0 To 6
        DrawStyle = j                 '定义线的形状
        CurrentX = CurrentX + 150
        Line -Step(600, 0),          '画线长为600的线段
    Next j
End Sub
```

效果如图 9-15 所示。

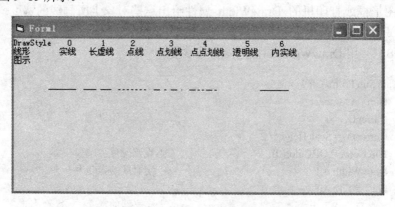

图 9-15　DrawStyle 属性效果图

9.4.4 填充

封闭图形的填充方法是由 FillStyle 和 Fillcolor 两个属性决定的。Fillcolor 指定填充图案的颜色，FillStyle 指定填充的图案，共有 8 种内部图案，属性设置填充图案如图 9-16 所示。

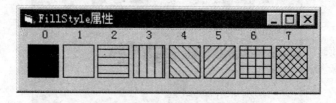

图 9-16　FillStyle 属性效果图

其中，0 为实填充，它与指定填充的图案的颜色有关，1 为透明方式。

9.4.5 色彩

Visual Basic 默认采用对象的前景色（ForeColor 属性）绘图，也可以通过以下颜色函数指定色彩。VB 提供了两种颜色函数。

1. RGB()函数

RGB 函数采用红、绿、蓝三基色原理，通过红、绿、蓝三基色混合产生某种颜色，其语法为：

RGB(红,绿,蓝)

红、绿、蓝三基色的成分使用 0~255 之间的整数。例如，RGB(0,0,0)返回黑色，而 RGB(255,255,255)返回白色，如表 9-4 所示。

表 9-4 RGB 函数取值情况

颜　色	红 色 值	绿 色 值	蓝 色 值
黑色	0	0	0
蓝色	0	0	255
绿色	0	255	0
青色	0	255	255
红色	255	0	0
洋红色	255	0	255
黄色	255	255	0
白色	255	255	255

2. QBColor()函数

QBColor 函数的语法格式为：

QBColor(颜色码)

其中，颜色码使用 0~15 之间的整数，每个代码代表一种颜色，其对应关系如表 9-5 所示。

表 9-5 QBColor 函数中颜色码与颜色对应表

颜 色 码	颜　色	颜 色 码	颜　色
0	黑	8	灰
1	蓝	9	亮蓝
2	绿	10	亮绿
3	青	11	亮青
4	红	12	亮红
5	品红	13	亮品红
6	黄	14	亮黄
7	白	15	亮白

【例 9-10】 颜色的渐变过程。

采用 RGB()函数，通过循环，每次对 RGB 函数的参数稍作变化。用线段填充矩形区域，通过改变直线的起始点坐标和 RGB 函数中三基色的成分产生渐变效果。代码如下所示：

```
Private Sub Form_Click()
        Dim j    As Integer, x As Single, y As Single
        y = Form1.ScaleHeight
        x = Form1.ScaleWidth                    '设置直线 X 方向终点坐标
        Sp = 255 / y                            '设置需改变基色的增量
        For j = 0 To y
                Line (0, j)-(x, j), RGB(j * Sp, j * Sp, j * Sp)    '画线
        Next j
    End Sub
```

读者运行此代码，观察运行效果。

9.5 应用

在图形绘制前，一般需要定义坐标系，定义坐标系通常是采用 Scale 方法。具体步骤如下所示。

1）先定义窗体或图形框的坐标系。

2）设置线形，线宽，色彩等属性，对象绘图属性的功能如表 9-6 所示。

3）确定画笔的起始点位置，给 currentX 和 currentY 赋值。

4）调用绘图方法绘制图形，利用 Line 方法和 Circle 方法及 DrawWidth、DrawStyle 和 DrawMode 属性。

表 9-6　绘图属性的功能

绘 图 属 性	用 途
AutoRedraw，ClipControls	显示处理
CurrentX，CurrentY	当前绘图位置
DrawMode，DrawStyle，DrawWidth	绘图模式，风格，线宽
FillStyle，Fillcolor	填充的图案，色彩
Forecolor，Backcolor	前景背景颜色

9.5.1 几何图形绘制

【例 9-11】 在窗体上绘制 $-2\pi \sim 2\pi$ 之间的正弦曲线，如图 9-17 所示。

分析：首先定义窗体的坐标系。绘制的正弦曲线在 $(-2\pi, 2\pi)$ 之间，考虑到四周的空隙，故 X 轴的范围可定义在 $(-8, 8)$，Y 轴的范围可定义在 $(-2, 2)$ 之间。故用 Scale(-8,2)-(8,-2)定义坐标系，绘制直线可以用 Line 方法。X 轴上坐标刻度线两端点的坐标满足 $(i,0)$-$(I,y0)$，其中 y0 为定值。可以用循环语句变量 i 的值来标记 X 轴上的坐标刻度，类似的可处理 Y 轴上的坐标刻

度。

坐标轴上坐标刻度线的数字标识，通过 CurrentX、CurrentY 属性设定当前位置，然后用 Print 输出对应的数字。正弦曲线可有若干点组成，用 Pset 的方法按 Sin() 的值画出来，为使曲线光滑，相邻两点的距离应适当减小。

程序代码如下：

```
Private Sub Form_Click()
        Const pi = 3.1415926
        Form1.Scale (-8, 2)-(8, -2)                    '定义窗体坐标系
        DrawWidth = 2                                  '设置绘图的线宽
        Line (-7.5, 0)-(7.5, 0)        '画 X 轴
        Line (0, 1.9)-(0, -1.9)        '画 Y 轴
        CurrentX = 7.5: CurrentY = 0.2: Print x         '在指定位置输出字符 X 与 Y
        CurrentX = 0.5: CurrentY = 2: Print y
        For i = -7 To 7                                 '在 X 轴上标记刻度,线长 0.1
                Line (i, 0)-(i, 0.1)
                CurrentX = i - 0.2: CurrentY = -0.1: Print i
        Next i
        Me.Scale (-2 * pi, 2)-(2 * pi, -2)              '自定义窗体绘图区域的坐标系
        For x = -2 * pi To 2 * pi Step 0.01             '在窗体上绘图区域绘制由点组成的正弦曲线
                y = Sin(x)                              '计算 Sin(x)
                PSet (x, y)                             '画一点
        Next x
End Sub
```

效果如图 9-17 所示。

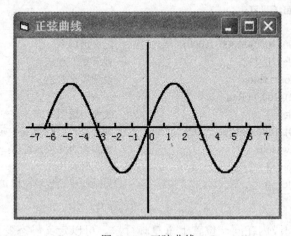

图 9-17　正弦曲线

9.5.2　简单动画设计

采用帧动画原理，即通过一系列静态图辅之以连续快速变化产生动画效果。有计划地移动一个对象（包括改变对象的形状和尺寸）来实现的。

在 VB 中，动画可在时钟控件的 Timer1-Timer 事件内实现。动画的速度使用 Timer 控件的 Interval 属性来控制。

【例9-12】 设计模拟程序行星运行，如图 9-18 所示。

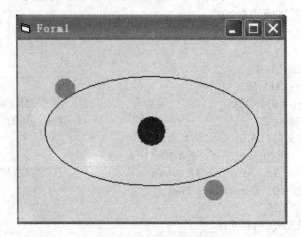

图 9-18 行星运行效果图

分析：

太阳和行星运行轨道用 Circle 语句完成。行星在轨道上运行的椭圆方程为：

$x = r_x \times \cos(alfa)$，$y = r_y \times \sin(alfa)$

其中，r_x 为椭圆 X 轴上半径，r_y 为 Y 轴下半径，alfa 为圆心角。

当窗体的 DrawMode 属性值设置为 7（Xor）或 6（Invert）后，可在相同位置上重复绘制图形，起到擦除的作用，从而可在同一位置上将行星画两次，再改变位置，产生动态效果。

```
Private Sub Form_Click()
    Cls
    Scale (-2000, 1000)-(2000, -1000)        '定义坐标系
    Me.FillStyle = 0                         '设置填充模式
    Me.FillColor = vbRed                     '设置填充颜色
    Circle (0, 0), 200, vbRed                '画太阳
    Me.FillStyle = 1                         '改变为透明方式
    Circle (0, 0), 1600, vbBlue, , , 0.5     '画行星运行轨道,长短轴比为2:1
    Form1.DrawMode = 7                       '设置为 Xor 模式或(6)
    Timer1.Enabled = True                    '启动时钟
    Me.FillStyle = 0                         '为画行星设置填充模式
End Sub
```

为了能在两个时间段内在同一位置上重复画行星，可以定义静态变量 Static 作为控制标志。在 Timer1_Time 事件内交替改变控制标志值，Timer 控件的 Interval 属性设置为 100。当控制标志值为 True 时，改变行星在轨道上的圆心角。

```
Private Sub Timer1_Timer()
    Static alfa, flag                        '定义静态变量
    flag = Not flag                          '改变控制标志值
```

```
            If flag Then alfa = alfa + 0.314        '根据控制标志值改变圆心角
            If alfa > 6.28 Then alfa = 0            '运行一周后重设圆心角为 0
            x = 1600 * Cos(alfa)                    '计算行星在轨道上的坐标
            y = 800 * Sin(alfa)                     'Y 轴上半径为 800
            Circle (x, y), 150                      '画行星
        End Sub
```

❗**注意:**

用 Circle 绘制椭圆时，长短轴比指定的总是水平长度和垂直长度的实际物理距离比，因此，设置窗体大小时，应保证 ScaleWidth 与 ScaleHeight 之比等于长短轴比。本例中按 2:1 设置窗体有效的长和宽。

9.6 习题

1. 怎样建立用户坐标系？

2. 窗体的 ScaleHeight、ScaleWidth 属性和 Height、Width 属性有什么区别？

3. RGB 函数中的参数按什么颜色排列，其有效的数值范围为多少？怎样用 RGB 函数实现色彩的渐变？

4. 怎样设置 Line 控件对象的线宽？

5. 当用 Line 方法画线之后，CurrentX 与 CurrentY 在何处？

6. 当用 Circle 方法画圆弧和扇形时，若起始角的绝对值大于终止角的绝对值，则圆弧角度在什么范围？

7. 如何绘制动画？

第10章 文 件 操 作

VB 程序运行时,数据是保存在内存中的,如果关机,数据将会丢失。若要永久存储信息,就必须将数值存储到文件中。

文件是指存储在外部介质上的数据的集合,计算机的操作系统(如 Windows XP、UNIX 等)都是以文件为单位来对数据进行管理的。

10.1 文件

10.1.1 关于文件的概念

为了有效地对数据进行存取和读取,文件中的数据必须以某种特定的格式存储,这种特定的格式就是文件的结构。下面介绍几个与文件结构相关的概念。

1. 字符

它是数据文件中的最小信息单位,如单个的字节、数字、标点符号等。

2. 字段

一般由几个字符组成的一项独立的数据,称为字段。比如学生的姓名、年龄、性别,籍贯、班级等信息都称为字段。

3. 记录

由若干个字段组成的一个有意思的逻辑单位,称为记录。如学生的若干个字段就组成了一个学生的记录。

4. 文件

由若干个相关记录的集合组成的逻辑单位,称为文件。

10.1.2 文件的分类

文件有以下两种分类方法。

按文件内容分:程序文件、数据文件。

按存取方式分:顺序文件、随机文件、二进制文件。

顺序文件的主要特征:普通的纯文本文件。查找数据必须按记录顺序进行。不能同时进行读写操作。

随机文件的主要特征:以固定长度的记录为单位进行存储。可以按任意顺序访问其中的数据。可以同时进行读写操作。不能用字处理软件查看。

二进制文件的主要特征:以字节为单位进行访问。

10.2　文件操作

10.2.1　打开和关闭文件

1．顺序文件

打开顺序文件，使用 Open 语句。它的格式如下：

Open pathname For [Input |Output |Append] As [#]filenumber [Len = buffersize]

说明：

1）参数 pathname 表示要打开的文件名，文件名可以包含驱动器和目录。

2）Input、Output 和 Append 用于设置顺序文件的打开方式。

其中，Input 表示从打开的文件中读取数据。此时，文件必须存在，否则会产生错误。

Output 表示向打开的文件中写入数据。以这种方式打开文件时，文件中原有的数据将被覆盖，新的数据将从文件开始写入。如果文件不存在，则创建一个新文件。

Append 表示向打开的文件中添加数据。此时，文件中原有的数据将被保留，新的数据将以文件为开始进行添加。如果文件不存在，则创建一个新文件。

3）As[#]filenumber 子句用于为打开的文件指定文件号。对文件进行读写操作时，要用文件号表示该文件。文件号是介于 1~511 之间的整数，既可以是数字，又可以是变量，也可以省略不用。

4）当在文件与程序之间复制数据时，Len=buffersize 子句将指定缓冲区的字符数。

例如：

```
Open App.Path + "\test.dat" For Output As 1
'在当前应用程序所在目录下创建了一个名为 test.dat 的文本文件，分配文件号为 1
Open App.Path + "\test.dat" For Input As [#]filenumber
'从文本文件中读取数据
Open App.Path + "\test.dat" For Append As [#]filenumber
'向文本文件中添加数据
```

2．随机文件

当要处理只包含文本的文件时，如由文本编辑器 NotePad 创建的文件，使用顺序文件较好。但是，如果文件中有记录型的数据，或者是文件存储数据较多，则适合用随机文件。

以随机存取（Random Access）方式存取的文件称为随机文件。随机文件由一组长度相等的记录组成。要读第 100 个记录，可按记录号 100 直接读取，如图 10-1 所示。

#1 记录 1	#2 记录 2	**…**	#N 记录 N

图 10-1　随机文件

【例 10-1】　定义如下的记录，把这些记录产生的文件存放在随机文件中。

代码如下:

```
Type Student            '定义学生类型
    No As Integer
    Name As String * 20
    age As Integer
End Type
Dim Stud As Student    '定义一个学生类型的变量
```

随机文件中所有的数据都将保存到若干个结构为 Student 类型的记录中，而从随机文件中读出的数据则可以存放到变量 Stud 中。

随机文件的打开方式如下所示:

Open filename For Random as [#]filenumber Len = Reclength

说明:

1）参数 filename 和 filenumber 分别表示文件名或文件号。

2）关键字 Random 表示打开的是随机文件。

3）Len 子句用于设置记录长度，长度由参数 Reclength 指定。Reclength 的值必须大于 0，而且必须与定义的记录结构的长度一致。计算记录长度的方法是将记录结构中每个元素的长度相加。例如前面声明的 Student 的长度应该是 2+20+2=24 字节。

打开一个记录类型为 Student 的随机文件的方法是:

Open "c:\Student.txt " For Random As #1 Len = 25

3．二进制文件

打开二进制文件的语法格式如下:

Open pathname For Binary As [#]filenumber

说明:

1）参数 filename 和 filenumber 分别表示文件名或文件号。

2）关键字 Binary 表示打开的是二进制文件。

3）对于二进制文件，不能指定字节长度。每个打开的二进制文件都有一个自己的指针，文件指针是一个数字值，指向下一次读写操作的文件中的位置。二进制文件中的每个"位置"对应一个数据字节，因此有 n 个字节的文件，就有 1～n 个位置。

10.2.2　读文件

1．顺序文件

顺序文件的读取有 3 种方式。

（1）Line Input # 语句

该语句从打开的顺序文件中读取一行数据。这里的一行指的是从当前指针位置开始到回车符或回车换行符之间的所有数据。Line Input # 语句的语法格式如下:

Line Input # 文件号,变量号

说明:"文件号"是打开文件时所用的文件号;"变量号"是用来存放读出数据的一个或

多个变量，如果有多个变量，中间用空格分割开。Input# 语句为参数列表中的每一个变量读取文件的一个域，并将读出的域存入变量中。该语句只能顺序地从第一个域开始，直到读取想要的域。

【例10-2】 将文件中的内容显示到窗体上的文本框中。

代码如下：

```
Dim strLine As String
Open "c:\vb\test.txt" For Input As #1
Do Until EOF(1)
    Line Input #1, strLine
    text1.Text = text1.Text + strLine + Chr(13) + Chr(10)
Loop
Close #1
```

（2）Input 函数

Input 函数从顺序文件中一次读取指定长度的字符串。具体地说，就是从文件的当前位置开始，读取指定个数的字符。Input 函数可以读取包括换行符、回车符和空格符等在内的各种字符。语法格式如下所示：

```
变量 = Input(串长度,文件号)
```

例如，从一个打开文件中读取 12 个字符并复制到变量 file 中，代码如下：

```
file = Input(12,filenum)
```

如果要将整个文件复制到变量，请使用 InputB 函数将字节从文件复制到变量。由于 InputB 函数返回一个 ASCII 字符串，因此必须用 StrCopy 函数将 ASCII 字符串转换为 Unicode 字符串，代码如下：

```
file = StrCopy (Input (LOF(filenanum),filenum),vbUnicode)
```

（3）Input # 语句

Input #语句从文件中同时向多个变量内读入数据，读入的数据可以是不同的数据类型。语法格式如下所示：

```
Input # 文件号, 变量列表
```

【例10-3】 在文件 student.txt 中写入数据。

```
Open "student.txt" For Output As #filenum
Write #filenum, "张三", "高中", 16
Write #filenum, "李四", "大学", 18

Dim name As String, grade As String, age As Integer
Dim name1 As String, grade1 As String, age1 As Integer
Open "student.txt" For Input As #filenum
Input #filenum, name, grade, age
Input #filenum, name1, grade1, age1
```

Close #filenum

执行之后，变量的值分别为：

name= "张三" , grade = "高中" ,age =14
name1="李四" ,grade1 = "大学" ,age1 =18

2．随机文件

读取随机文件可以使用 Get # 语句，数据从文件的一个指定记录中读出后，存入一个用户自定义的变量中。

语法格式：

Get # FileNum ,[RecNum],UserType

说明：

1）FileNum 是要打开的文件号；RecNum 是要读取的记录号，若省略，则读取下一个记录。

2）UserType 是一个用来存放读出数据的用户自定义的数据类型变量。

例如：

Get # 1,5,Student   '该语句读取文件号为 1 的文件中的第 5 条记录

3．二进制文件

读写二进制文件的方法和读写随机文件的方法基本相同，语句如下。

格式：Get [#]fileNumber ,[Pos], Var

功能：用二进制方式，从文件中指定的位置开始读取所给变量长度的数据。

说明：

1）FileNumber 是以二进制方式打开的文件号。

2）Pos 用来指定读写操作发生时的字节位置，若省略，则使用当前文件指针位置。

3）Var 是用来存放读出的数据的变量。该语句会自动根据 Var 变量包含的字节长度读取适当的文件，如果 Var 是一个可变长度的字符串变量，则传送的字节数等于 Var 中目前的字节数。对于文件长度的判断我们可以使用 Lof()函数，Eof()函数检查文件的结尾位置。

【例 10-4】 复制 studert.txt 文件内容到 student1.txt 文件中。

```
Dim ar As String * 1, i As Integer
Open "c:\student.txt" For Binary As #1
Open "c:\student2.txt" For Binary As #2
For i = 1 To LOF(1)
    Get #1, , ar
    Put #2, , ar
Next i
Close #1, #2
```

10.2.3 写文件

1．顺序文件

往顺序文件中写入内容，可以用 Write # 和 Print #语句实现，语法格式如下：

Print # 的语法格式:
Print # 文件号,变量列表

例如，将文本框中的文本写到文件中，代码如下:

```
Open "file.txt" For Output As #filenum
Input #filenum, text1.text
        Write # 语句的语法格式:
Write # 文件号,变量列表
```

说明：用 Write # 语句写入的信息便于以后用 Input #语句来读取数据，因为 Write #语句自动将写入到文件中的信息用逗号分开，并为字符串数据加上双引号。

例如:

```
Open "student.txt" For Output As #filenum
Write #filenum, "张三", "初一年级", 14
Write #filenum, "李四", "职业高中", 18
```

2. 随机文件

向随机文件中写入数据，使用 Put＃语句，语法格式如下:

```
Put [#] FileNum ,[RecNum],UserType
```

说明:

1）FileNum 是要打开的文件号；RecNum 是要写入的记录号，若省略，则再上一次用 Get 和 Put 语句所读写过的记录的后一条记录中写入，如果没有执行过 Get 和 Put 语句，就从第一条记录开始。

2）UserType 是包含要写入数据的用户自定义的数据类型变量。

例如，在 student.txt 文件中的第 5 个记录写入数据，代码如下:

```
stud.No = 0301
stud.Name = "王五"
stud.Age =20
Put #1 ,5,stud      '第 5 个记录写入数据
```

Lof()函数得到文件的长度，Len()函数返回每个记录的长度，可以通过文件的长度除以给定记录的长度得到文件中的记录个数，确定随机文件总共包含多少条记录。代码如下:

```
Nextrec= (Lof(1)\Len(UserType))+1
Put #1,Nextrec,UserType
```

3. 二进制文件

下面以二进制方式写入文件的语句格式及其说明。

格式:

```
Put [#]fileNumber ,[Pos], Var
```

功能：用二进制方式，从文件中指定的位置开始写入所给变量长度的数据。

说明：

1）FileNumber 是以二进制方式打开的文件号。

2）Pos 用来指定写操作发生时的字节位置，若省略，则使用当前文件指针位置。

3）Var 是用来存放写入数据变量。该语句会自动根据 Var 变量包含的字节长度写入文件，如果 Var 是一个可变长度的字符串变量，则传送的字节数等于 Var 中目前的字节数。

10.3　综合应用

【例 10-5】　问题描述：建立一个学生通讯管理的应用，完成增加学生、删除学生和查找学生通讯信息等功能，并且能够对文件进行备份。

分析：具体步骤如下。

步骤一：建立一个标准模块 stumod.bas。

```
Option Base 1

Public sum As Integer
Public stu() As student
Type student
    name As String * 10
    sex As String * 1
    tele As Long
    qq As String * 10
    school As String * 10
End Type
```

步骤二：建立 MDI 窗体，如图 10-2 所示。

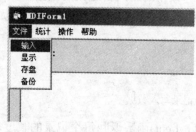

图 10-2　操作主界面

事件过程代码如下：

```
Dim tmp As student

Rem 备份操作
Private Sub back_Click()
    Dim fn1%, fn2%
    Dim ch As Byte
    fn1 = FreeFile
    Filesource = InputBox("请输入要备份的文件名称")
```

```
    Open Filesource For Binary As fn1
    filebak = Left(Filesource, Len(Filesource) - 4) & Date & ".bak"
    fn2 = FreeFile
    Open filebak For Binary As fn2

    Do While Not EOF(1)
        Get #fn1, , ch
        Put #fn2, , ch
    Loop

    Close #fn1, #fn2

    MsgBox "备份成功,文件备份到" & filebak
End Sub

Rem  根据姓名删除学生操作
Private Sub del_Click()
    delnm = Trim(InputBox("请输入删除找学生的姓名"))

    MsgBox delnm
    For i = 1 To sum
            If Trim(stu(i).name) = delnm Then Exit For
    Next i

    If i > sum Then MsgBox "没有该学生,不能删除": Exit Sub

    For k = i + 1 To sum
        stu(k - 1) = stu(k)
    Next k
    sum = sum - 1
    ReDim Preserve stu(sum)
    MsgBox "已经删除" & delnm & "学生信息"
End Sub
Rem  根据学生姓名的查找操作
Private Sub fnd_Click()
    find = Trim(InputBox("请输入要查找学生的姓名"))

    For i = 1 To sum
        With stu(i)
        If Trim(.name) = find Then
            MsgBox "找到了,该学生信息为:" & .name & "   " & .sex & "   " & .qq & "   " & .tele
            & "   " & .school
            Exit Sub
        End If
        End With
    Next i
```

```
        MsgBox "没有找到"
End Sub


Rem  显示总人数
Private Sub getsum_Click()
        MsgBox "有" & sum & "人"
End Sub


Rem  进入输入窗体
Private Sub input_Click()
    inputfrm.show
End Sub


Rem  从文件中读取学生，可以选择不同的读取方法
Private Sub MDIForm_Load()
    read2
End Sub


Rem  保存文件
Private Sub save_Click()
    Rem save1
    save2
End Sub


Rem  显示所有学生的通讯信息
Private Sub show_Click()
    List1.Clear

    List1.AddItem "姓名" & "        " & "性别" & "    " & "QQ" & "      " & "电话" & "        " & "学校"
    For i = 1 To sum
        With stu(i)
        List1.AddItem .name & "      " & .sex & "        " & .qq & "        " & .tele & "          " & .school
        End With
    Next i
End Sub


Rem  以随机文件的方式进行保存
Sub save1()
        Open "randstu.dat" For Random As #1 Len = Len(tmp)
            For i = 1 To sum
                Put #1, i, stu(i)
            Next i
        Close #1
```

178

```
        MsgBox "random 文件已经保存"
End Sub


                Rem  以文本文件的方式进行保存
Sub save2()
        Open "ascstu.dat" For Output As #1
            For i = 1 To sum
                With stu(i)
                    Write #1, .name, .sex, .qq, .tele, .school
                End With
            Next i
        Close #1
        MsgBox "ascii 文件已经保存"
End Sub


Rem  以随机文件进行读取
Sub read1()
 Open "randstu.dat" For Random As #1 Len = Len(tmp)
        sum = LOF(1) / Len(tmp)
        ReDim stu(sum)


        For i = 1 To sum
            Get #1, i, stu(i)
        Next i
    Close #1
End Sub


Rem  以文本文件方式进行读取
Sub read2()

    Open "ascstu.dat" For Input As #1
        Do While Not EOF(1)
            sum = sum + 1
            ReDim Preserve stu(sum)
            With stu(sum)
                Input #1, .name, .sex, .qq, .tele, .school
            End With
        Loop

    Close #1
End Sub
```

步骤三：输入窗体，如图 10-3 所示。

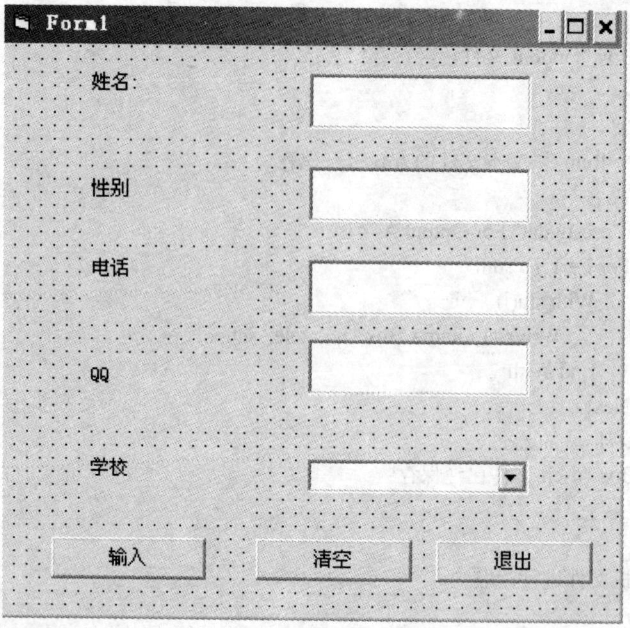

图 10-3 输入窗体

事件过程代码如下：

```
Rem    输入学生通讯信息
Private Sub Command1_Click()
    Rem add the date into file
    sum = sum + 1
    ReDim Preserve stu(sum)

    With stu(sum)
        .name = Text1: .sex = Text2: .qq = Text3: .tele = Text4: .school = Combo1
    End With

    Command2_Click

End Sub

Rem  清除出入框中的信息
Private Sub Command2_Click()
    Rem clear the data in the textbox

    Text1 = "": Text2 = "": Text3 = "": Text4 = "": Combo1 = ""
End Sub

Rem  卸载窗体
Private Sub Command3_Click()
    Unload Me
End Sub
```

例 10-5 作为一个简单的学生通讯录的管理系统，完成了增加学生、删除学生和查找学生通讯信息等功能，并且能够对文件进行备份。

10.4 习题

1. 什么是文件？文本文件和二进制文件的区别是什么？
2. VB 把文件分成几种类型，每一种类型的特点是什么？
3. 顺序文件的读写函数有哪些，分别解释其功能和参数。
4. 编写程序，使用二进制文件读写，实现磁盘文件拷贝的 VB 程序。
5. 改写综合应用中的学生通讯管理系统，在学生的自定义类型中添加"家庭地址"和"email"属性，实现该例题中的相关需求。

第 11 章　VB 数据库编程

数据库技术是计算机应用技术的一个重要部分。VB 提供了强有力的数据库存储能力，将 Windows 的各种特性与强大的数据库管理功能有机地结合在一起。本章介绍数据库的基本概念及访问数据的基本方法。

11.1　数据库设计基础

11.1.1　数据库的概念

简单的说，按照数据结构来组织、存储和管理数据的仓库就是数据库。例如，人事部门将职工的基本情况（职工号、姓名、年龄、性别、籍贯、工资、简历等）存放在一张表中。这张表就可以看作一个数据库，可以根据需要随时查询某职工的基本情况，也可以查询工资在某个范围内的职工人数等信息。

11.1.2　关系模型

关系模型将数据结构归结为简单的二元关系（即二维表格形式）。

例如某学校的学生关系就是一个二元关系，如表 11-1 所示。这个表格简单地反映出该学生的一些简单状况。

表 11-1　表的结构

name	sex	qq	tele	School
周黎明	男	9828322	88765238	西安交通大学
何明明	女	8876542	99887645	山西师范大学

二维表中每一行表示一个记录值，每一列表示一个属性（即字段或数据项）。作为一个关系的二维表，必须满足以下条件。

1）表中每一列必须是基本数据项（即不可再分解）。

2）表中每一列必须具有相同的数据类型（例如字符型或数值型）。

3）表中每一列的名称必须是唯一的。

4）表中不应有内容完全相同的行。

5）行的顺序与列的顺序不影响表格中所表示的信息的含义。

由关系数据结构组成的数据库系统被称为关系数据库系统。在关系数据库中，对数据的操作几乎全部建立在一个或多个关系表格上，通过对这些关系表格的分类、合并、连接或选取等运算来实现数据的管理。

11.1.3　数据库的操作

下面介绍简单的关系型数据库 Access。Access 是 Office 系列软件中用来专门管理数据库的应用软件，作为一个功能强大而且易于使用的桌面关系型数据库管理系统和应用程序生成器。Access 使用标准的结构化查询语言（Structured Query Language，SQL）作为它的数据库语言，提供强大的数据处理能力。

Access 数据库中包含表、查询、窗体、报表、宏、模块及数据访问页。不同于传统的桌面数据库（dBase、FoxPro、Paradox），Access 数据库使用单一的*.mdb 文件管理所有的信息。

Access 创建数据库的具体步骤如下所示。

1．创建数据库

在 Access 中可以按下列步骤来创建数据库。

1）创建数据库，如图 11-1 所示。

2）创建表，通过设计器或者向导都可以创建表，如图 11-2 所示。

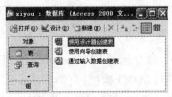

图 11-1　创建数据库

图 11-2　创建表

2．对表进行操作

对表进行增、删、改、查的操作，如图 11-3 所示。

图 11-3　对表进行操作

11.2　ADO 数据控件

11.2.1　ADO 对象模型

ADO（ActiveX Data Object）数据访问接口是 Microsoft 处理数据库信息的最新技术。它是 ActiveX 对象，由 3 个可编程的分层对象 Connection、Command 和 Recordset 对象，以及几个集合对象 Errors、Parameters 和 Fields 等组成，如图 11-4 所示。

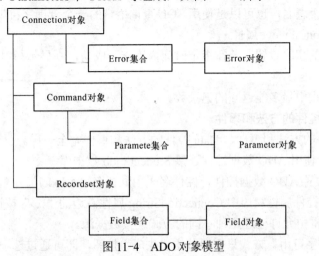

图 11-4　ADO 对象模型

ADO 对象的属性如表 11-2 所示。

表 11-2　ADO 对象描述

对 象 名	描 述
Connection	连接数据来源
Command	从数据源获取所需数据的命令信息
Recordset	所获得的一组记录组成的记录集
Error	在访问数据时，由数据源所返回的错误信息
Parameter	与命令对象有关的参数
Field	包含了记录集中某个字段的信息

11.2.2　使用 ADO 数据控件

ADO 控件的使用，必须先通过"工程"→"部件"命令选择"Microsoft ADO Data Control 6.0（OLEDB）"选项，将 ADO 数据控件添加到工具箱。ADO 数据控件与 Visual　Basic 的内部 Data 控件很相似，它允许使用 ADO 数据控件的基本属性快速创建与数据库的连接。

1．ADO 数据控件的基本属性

（1）ConnectionString 属性

ADO 控件没有 DatabaseName 属性，它使用 ConnectionString 属性与数据库建立连接。该属性包含了用于与数据源建立连接的相关信息，ConnectionString 属性带有 4 个参数，如表 11-3 所示。

表 11-3　ConnectionString 属性参数

参 数	描 述
Provide	指定数据源的名称
FileName	指定数据源所对应的文件名
RemoteProvide	在远程数据服务器打开一个客户端时所用的数据源名称
RemoteServer	在远程数据服务器打开一个主机端时所用的数据源名称

（2）RecordSource 属性

RecordSource 确定具体可访问的数据，这些数据构成记录集对象 Recordset。该属性值可以是数据库中的单个表名，也可以是使用 SQL 查询语言的一个查询字符串。

（3）ConnectionTimeout 属性

用于数据连接的超时设置，若在指定时间内连接不成功，则显示超时信息。

（4）MaxRecords 属性

定义从一个查询中最多能返回的记录数。

2．ADO 数据控件的方法和事件

ADO 数据控件的方法和事件与 Data 控件的方法和事件完全一样。

【例 11-1】　使用 ADO 数据控件连接 Student.mdb 数据库。

1）在窗体上放置 ADO 数据控件，控件名采用默认名"Adodc1"。

2）单击 ADO 控件属性窗口中 ConnectionString 属性右边的"…"按钮，弹出"属性页"对话框。在该对话框中允许通过三种不同的方式连接数据源。

● "使用连接字符串"方式只需要单击"生成"按钮，即可通过选项设置自动产生连接

字符串。

- “使用 Data Link 文件”表示通过一个连接文件来完成。
- “使用 ODBC 数据资源名称”可以通过下拉式列表框，选择某个创建好的数据源名称（DSN），作为数据来源对远程数据库进行控制。

3）采用“使用连接字符串”方式连接数据源。单击“生成”按钮，打开“数据链接属性”对话框。在“提供者”选项卡内选择一个合适的 OLE DB 数据源。然后单击“下一步”按钮或打开“连接”选项卡，在对话框内指定数据库文件。为保证连接有效，可单击“连接”选项卡右下方的“测试连接”按钮，如果测试成功则关闭 ConnectionString 属性页。

4）单击 ADO 控件属性窗口中 RecordSource 属性右边的“...”按钮，弹出记录源属性页对话框。在“命令类型”下拉式列表框中选择“2-adCmdTable”选项，在“表或存储过程名称”下拉式列表框中选择 Student.mdb 数据库中的“基本情况”表，关闭记录源属性页。此时，已完成了 ADO 数据控件的连接工作。

11.2.3　ADO 控件的两个属性

ADO 数据控件本身不能直接显示记录集中的数据，必须通过其他的控件来实现。与 ADO 数据控件绑定的控件有文本框、标签、图像框、图形框、列表框、组合框、复选框、网格、DB 列表框、DB 组合框、DB 网格和 OLE 容器等控件。

将这些控件绑定在 ADO 上，必须设置如下两个属性。

（1）DataSource 属性

DataSource 属性通过指定一个有效的数据控件连接到一个数据库上。

（2）DataField 属性

DataField 属性设置数据库有效的字段与绑定控件建立联系。

绑定控件、数据控件和数据库三者的关系如图 11-5 所示。

图 11-5　绑定控件、数据控件和数据库三者的关系

当绑定控件与数据控件绑定后，Visual Basic 将当前记录的字段值赋给控件。如果修改了绑定控件内的数据，只要移动记录指针，修改后的数据会自动写入数据库。数据控件在装入数据库时，它把记录集的第一个记录作为当前记录。当数据控件的 BofAction 属性值设置为 2 时，记录指针移过记录集结束位，数据控件会自动向记录集加入新的空记录。

随着 ADO 对象的引入，Visual Basic 6.0 提供了一些新的控件来绑定 ADO 数据控件。这些控件有 DataGrid、DataCombo、DataList、DataReport、MSHFlexGrid、MSChart 控件和 MonthView 等。

11.3　数据库记录集对象

11.3.1　记录集的属性和方法

由 RecordSource 访问的数据构成的记录集 Recordset 也是一个对象，具有如下常用的属性和方法。

1. AbsolutePosition 属性

AbsolutePosition 返回当前指针值，如果是第 1 条记录，其值为 0，该属性为只读属性。

2. Bof 和 Eof 的属性

Bof 判定记录指针是否在首记录之前，若 Bof 为 True，则当前位置位于记录集的第 1 条记录之前。与此类似，Eof 判定记录指针是否在末记录之后。

3. Bookmark 属性

Bookmark 属性的值采用字符串类型，用于设置或返回当前指针的标签。在程序中可以使用 Bookmark 属性重定位记录集的指针，但不能使用 AbsolutePostion 属性。

4. Nomatch 属性

在记录集中进行查找时，如果找到相匹配的记录，则 Recordset 的 NoMatch 属性为 False，否则为 True。该属性常与 Bookmark 属性一起使用。

5. RecordCount 属性

RecordCount 属性对 Recordset 对象中的记录计数，该属性为只读属性。在多用户环境下，RecordCount 属性值可能不准确，为了获得准确值，在读取 RecordCount 属性值之前，可使用 MoveLast 方法将记录指针移至最后一条记录上。

6. Move 方法

使用 Move 方法可代替对数据控件对象的 4 个箭头按钮的操作遍历整个记录集。5 种 Move 方法如下。

1）MoveFirst 方法：移至第 1 条记录。

2）MoveLast 方法：移至最后一条记录。

3）MoveNext 方法：移至下一条记录。

4）MovePrevious 方法：移至上一条记录。

5）Move [n] 方法：向前或向后移 n 条记录，n 为指定的数值。如下所示：

【例 11-2】 Move 方法。

```
Adodc1.Recordset.MoveFirst          '移至第 1 条记录
Adodc1.Recordset.MoveLast           '移至最后一条记录

Adodc1.Recordset.MovePrevious       '在当前的记录前移一条记录
If Adodc1.Recordset.BOF   Then      '判断是否越界
Adodc1.Recordset.MoveFirst
End if

Adodc1.Recordset.MoveNext           '在当前的记录后移一条记录
If Adodc1.Recordset.EOF Then Adodc1.Recordset.MoveLast
```

7. Find 方法

使用 Find 方法可在指定的 Dynaset 或 Snapshot 类型的 Recordset 对象中查找与指定条件相符的一条记录，并使之成为当前记录。4 种 Find 方法如下。

1）FindFirst 方法：从记录集的开始处查找满足条件的第 1 条记录。

2）FindLast 方法：从记录集的尾部向前查找满足条件的第 1 条记录。

3）FindNext 方法：从当前记录开始查找满足条件的下一条记录。

4）FindPrevious 方法：从当前记录开始查找满足条件的上一条记录。

4 种 Find 方法的语法格式相同：

数据集合.Find 方法　条件

搜索条件是一个指定字段与常量关系的字符串表达式。在构造表达式时，除了用普通的关系运算外，还可以用 Like 运算符。

【例 11-3】　Find 方法。

1）Adodc1.Recordset.FindFirst　QQ='1799999'

表示在由 Adodc1 数据控件所连接的数据库 xiyou 的记录集内查找 QQ 号为"1799999"的第 1 条记录。"QQ"为数据库 stu 记录集中的字段名，在该字段中存放 QQ 号数据信息。

2）在记录集内查姓名名称中带有"华"字的姓名，代码如下：

Adodc1.Recordset.FindFirst name Like "*华*"

字符串"*华*"匹配字段姓名中带有"华"字的所有姓名的字符串。

需要指出的是，Find 方法在找不到相匹配的记录时，当前记录保持在查找的始发处，NoMatch 属性为 True。如果 Find 方法找到相匹配的记录，则记录定位到该记录，Recordset 的 NoMatch 属性为 False。

11.3.2　ADO 控件的使用

数据库中数据记录的增、删、改操作需要使用 ADO 控件的 AddNew、Delete、Edit、Update 和 Refresh 方法。语法格式如下：

数据控件.记录集.方法名

1. 增加记录 AddNew

AddNew 方法在记录集中增加新记录。增加记录的步骤如下。

1）调用 AddNew 方法。

2）给各字段赋值。给字段赋值的格式为：

Recordset.Fields("字段名")=值

3）调用 Update 方法，确定所做的添加，将缓冲区内的数据写入数据库。

❗注意：*如果使用 AddNew 方法添加新的记录，但是没有使用 Update 方法而移动到其他记录，或者关闭记录集，那么所做的输入将全部丢失，而且没有任何警告。当调用 Update 方法写入记录后，记录指针自动返回到添加新记录前的位置上，而不显示新记录。为此，可在调用 Update 方法后，使用 MoveLast 方法将记录指针再次移到新记录上。*

2. 删除记录 Delete

从记录集中删除记录的操作分为 3 步。

1）定位被删除的记录使之成为当前记录。

2）调用 Delete 方法。

3）移动记录指针。

❗**注意**：在使用 Delete 方法时，当前记录立即删除，不加任何的警告或者提示。删除一条记录后，被数据库所约束的绑定控件仍旧显示该记录的内容。因此，用户必须移动记录指针刷新绑定控件，一般采用移至下一条记录的处理方法。在移动记录指针后，应该检查 Eof 属性。

3. 编辑记录 Edit

数据控件自动提供了修改现有记录的能力，当直接改变被数据库所约束的绑定控件的内容后，需单击数据控件对象的任一箭头按钮来改变当前记录，确定所做的修改。也可通过程序代码来修改记录，使用程序代码修改当前记录的步骤如下。

1）调用 Edit 方法。
2）给各字段赋值。
3）调用 Update 方法，确定所做的修改。

❗**注意**：如果要放弃对数据的所有修改，可用 Refresh 方法重读数据库，没有调用 Update 方法，数据的修改没有写入数据库，所以这样的记录会在刷新记录集时丢失。

11.4 综合应用

【**例 11-4**】 综合应用：学生通讯录管理系统，主要实现查找、增加、删除、修改等功能，学生的相关信息主要包含姓名、性别、qq 、电话和所在学校等。

分析：具体步骤如下。
步骤一：建立数据库 xiyou 并且建立 stu 表，如表 11-4 所示。
步骤二：建立主窗体，如图 11-6 所示。

表 11-4　学生表

列名	数据类型	长度	允许空
name	char	10	
sex	char	4	√
qq	char	10	√
tele	bigint	8	√
school	char	10	☑

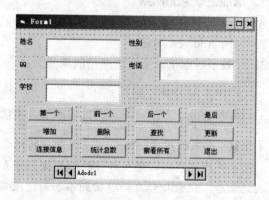

图 11-6　主窗体

步骤三：设置 ADODC1 的属性。
1）选择驱动程序，选择 Microsoft Jet 4.0 OLE DB Provider，如图 11-7 所示。
2）下一步，选择数据库，如图 11-8 所示。

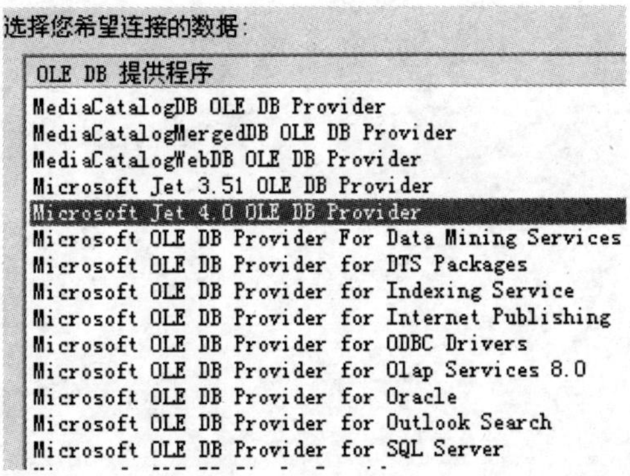

选择您希望连接的数据:
OLE DB 提供程序
MediaCatalogDB OLE DB Provider
MediaCatalogMergedDB OLE DB Provider
MediaCatalogWebDB OLE DB Provider
Microsoft Jet 3.51 OLE DB Provider
Microsoft Jet 4.0 OLE DB Provider
Microsoft OLE DB Provider For Data Mining Services
Microsoft OLE DB Provider for DTS Packages
Microsoft OLE DB Provider for Indexing Service
Microsoft OLE DB Provider for Internet Publishing
Microsoft OLE DB Provider for ODBC Drivers
Microsoft OLE DB Provider for Olap Services 8.0
Microsoft OLE DB Provider for Oracle
Microsoft OLE DB Provider for Outlook Search
Microsoft OLE DB Provider for SQL Server

图 11-7　选择驱动程序

指定下列设置以连接到 Access 数据:
1. 选择或输入数据库名称(D):
D:\DB\xiyou.mdb
2. 输入登录数据库的信息:
用户名称(N):
密码(P):
空白密码(B)
允许保存密码(S)

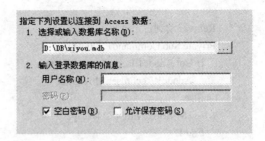

图 11-8　选择数据库

3）建立如下的连接，如图 11-9 所示。

属性页
通用
身份验证
记录源
颜色
字体
连接资源
使用 Data Link 文件(L)
浏览(B)...
使用 ODBC 数据资源名称(D)
新建(W)...
使用连接字符串(C)
Provider=Microsoft.Jet.OLEDB.4.0;Data Sou
生成(U)...
其他属性(A):
确定
取消
应用(A)
帮助

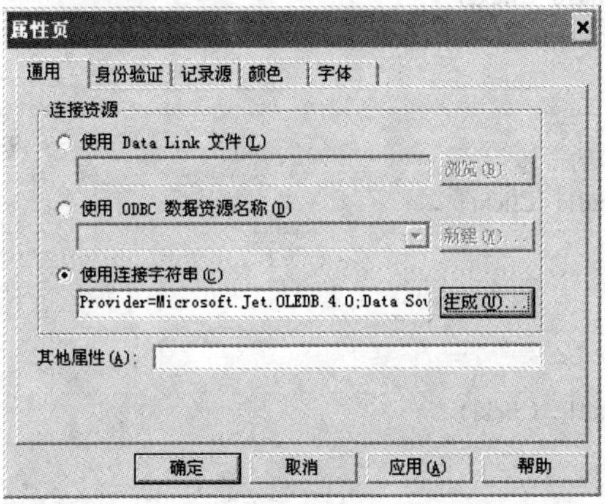

图 11-9　修改数据库连接信息

4）修改记录源，选择 xiyou 数据库中的 stu 表，如图 11-10 所示。

属性页
通用
身份验证
记录源
颜色
字体
记录源
命令类型
2 - adCmdTable
表或存储过程名称
stu
命令文本 (SQL)
确定
取消
应用(A)
帮助

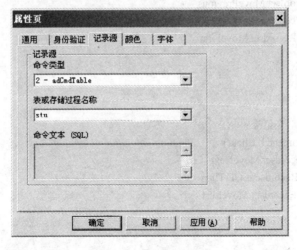

图 11-10　修改记录源

代码如下：

```
Dim ins%, del%

Rem  移动到首记录
Private Sub Command1_Click()
    If Not Adodc1.Recordset.BOF Then
        Adodc1.Recordset.MoveFirst
    Else
        MsgBox "Empty Message!!!"
    End If
End Sub

Rem  统计学生个数
Private Sub Command10_Click()
        MsgBox Adodc1.Recordset.RecordCount
End Sub

Rem  查看所有学生的窗体
Private Sub Command11_Click()
    Form2.Show
End Sub

Rem  推出程序
Private Sub Command12_Click()
    End
End Sub

Rem  移动到前一个记录
Private Sub Command2_Click()
        Adodc1.Recordset.MovePrevious
    If Adodc1.Recordset.BOF Then
        Adodc1.Recordset.MoveFirst
    End If

End Sub

Rem  移动到下一个记录
Private Sub Command3_Click()
        Adodc1.Recordset.MoveNext
    If Adodc1.Recordset.EOF Then
        Adodc1.Recordset.MoveLast
    End If
End Sub

Rem  移动到最后一个记录
Private Sub Command4_Click()
```

```
        If Not Adodc1.Recordset.EOF Then
            Adodc1.Recordset.MoveLast
        Else
            MsgBox "End of the recordset"
        End If
    End Sub


    Rem 增加操作
    Private Sub Command5_Click()
        Adodc1.Recordset.AddNew
        MsgBox "please input the student message! and press update to submit"
        ins = 1: Command5.Enabled = False
        Command8.Enabled = True


    End Sub


    Rem 删除操作
    Private Sub Command6_Click()
        If Adodc1.Recordset.RecordCount > 0 Then
            Adodc1.Recordset.Delete
            Adodc1.Recordset.MoveNext
        Else
            MsgBox "not data to delete"
            Exit Sub
        End If

        If Adodc1.Recordset.EOF And Not Adodc1.Recordset.EOF Then
            Adodc1.Recordset.MoveLast
            MsgBox "please press update button to delete this record"
            del = 1: Command6.Enabled = False
            Command8.Enabled = True
        End If


    End Sub

    Rem 根据姓名的查找操作
    Private Sub Command7_Click()
        Dim name$
        name = Trim(InputBox("please input the student name"))
        Adodc1.Recordset.Find "name=" & "'" & name & "'"
        If Not Adodc1.Recordset.EOF Then
    MsgBox Adodc1.Recordset.Fields("name")&" " & Adodc1.Recordset.Fields("tele")
        Else
            MsgBox "no this student"
        End If
    End Sub
```

```
Rem  更新操作
Private Sub Command8_Click()
    Adodc1.Recordset.Update
    If ins = 1 Then
        ins = 0: Command5.Enabled = True
    ElseIf del = 1 Then
        del = 0: Command6.Enabled = True
    End If
    Command8.Enabled = False

End Sub


Rem  输出 ADODC1 的连接字符串
Private Sub Command9_Click()
    MsgBox Adodc1.ConnectionString
End Sub


Rem  使 Command8 不可用
Private Sub Form_Load()
    Command8.Enabled = False
End Sub
```

步骤四：建立显示所有数据的窗体，添加 ActiveX 控件 DataGrid，如图 11-11 所示。

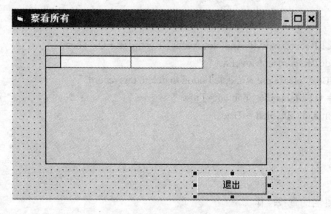

图 11-11　显示所有学生信息

```
Rem  卸载窗体
Private Sub Command1_Click()
    Unload Me
End Sub
Rem  初始化网格的 DataSource 属性
Private Sub Form_Load()
    Set DataGrid1.DataSource = mainFrm.Adodc1.Recordset
End Sub
```

例 11-4 是一个基于关系数据库的简单学生通讯管理系统，虽然短小，但是包含了数据库的相关操作。读者可以与第 10 章"文件操作"中介绍的基于文件的学生通讯管理系统进行比较，看看两种方式的优缺点。

11.5　习题

1. 什么是关系数据库？　如何在 Access 中建立数据库，并进行增、删、改、查操作？
2. 什么是数据绑定？数据绑定的作用是什么？
3. ADO 组件的作用是什么？如何使用 ADO 组件进行数据库的连接？
4. 结合 ADO 组件功能，说明如何使用 ADO 组件实现软件的增、删、改、查功能？

第12章 综合实例——学生信息管理系统

本章以一个基于 VB 的综合实例——学生信息管理系统，引入了软件工程思想，详细讲述了软件开发中的系统需求分析、设计、编码和测试，目的是让学生了解一个完整的软件开发过程。

12.1 引言

随着学校规模的不断扩大，学生数量急剧增加，教学任务也越来越繁重，在计算机日益普及的今天，为了方便学校的管理，提高学生信息管理效率，因此，设计了基于 VB 的学生信息管理系统。

12.2 功能需求

学生成绩管理系统是一个小型管理软件，有 5 大功能模块：系统管理、学籍管理、课程管理、班级管理和成绩管理，如图 12-1 所示。

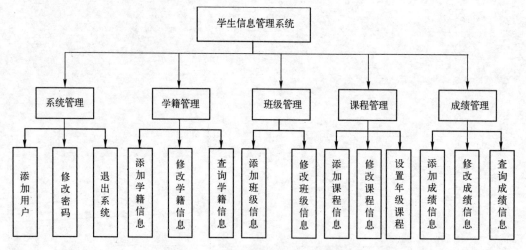

图 12-1 学生成绩管理系统功能分解图

12.2.1 系统管理

系统管理是学生成绩管理系统使用的创建、修改和更新重要参数的重要功能。这些参数包括：系统中使用的各种标码参数、系统环境参数、系统通用变量参数和系统密码参数等。例如，系统有不同的使用者（学生、教师、教务管理人员等），他们所需要操作和管理的内容及使用的权限有所不同，其中，学生只能查询信息及选修课程；教师可以查询信息及添加、修改学生成绩；教务管理人员可以进行一切操作，因此，需要将使用者进行分类，并给不同的用户分配权限。

12.2.2 学籍管理

学籍管理功能完成对学生基本信息、注册信息、学习成绩信息、学生异动信息的登录、修改、查询、统计、处理，以及打印输出等相关表格的管理。新生登录及学号分配、老生学期注册、学生异动情况（休学、复学、退学、转学、开除学籍）处理等，都是本部分的主要操作。

12.2.3 课程管理

课程管理功能包括课程设置、教师信息、教学计划、课程评估等的录入、修改、查询、统计和打印等功能。具有添加课程信息、修改课程信息、查询课程信息和设置年级课程信息等功能。

12.2.4 班级管理

班级管理功能完成对学生班级信息的添加、修改、查询、统计和备份等操作。

12.2.5 成绩管理

成绩管理功能完成各门课程学习成绩的录入、修改和删除，以及成绩的查询、统计和备份等操作。

12.3 数据描述

12.3.1 数据流图

学生信息管理系统几大功能之间的联系采用数据流图（Data Flow Digram）描述，如图12-2所示。

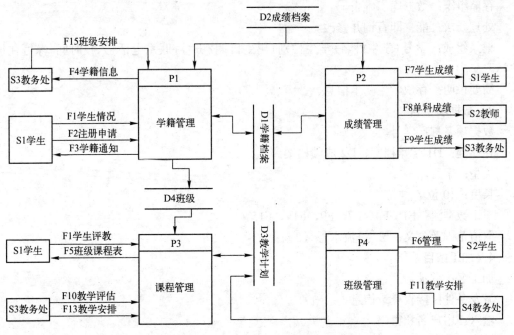

图 12-2 学生信息管理系统的数据流图

12.3.2 数据字典

数据字典（DD）用于解释数据流图（DFD）中的数据元素信息，下面对数据流、数据存储和数据加工进行描述。

1. 数据流条目

1）条目名：学生基本信息编号。

编号：F1。

来源：学生 S1。

去处：学籍查询和归档 D1。

数据流结构：学号+学生姓名+学生性别+出生日期+班号+联系电话+入校时间+家庭住址+注释。

简要说明：需在学生档案中记录的个人信息。

2）条目名：班级信息。

编号：F15。

来源：教务管理人员 S3。

去处：课程安排和归档。

数据流结构：班号+年级+班主任+专业。

简要说明：需要在班级信息表中记录此信息。

2. 数据存储条目

数据存储名称：学生基本信息表。

主键编号：学号。

辅键：班号。

存储组织：数据库二维表。

处理要求：能立即查询并修改。

记录组成：学号+学生姓名+学生性别+出生日期+班号+联系电话+入校时间+家庭住址+注释。

简要说明：存放学生基本信息。

3. 数据项条目

数据项名称：学号。

存储处：D1 学籍档案、D2 成绩档案。

类型：字符。

长度：10 位。

属于数据流：F1～F4、F7～F9、F14、F15。

取值范围及含义：班号+流水号（2 位）。

4. 加工条目

加工名：登录。

激发条件：接收登录信息。

输入：用户名和密码。

输出：认定合格的用户信息。

加工逻辑：根据输入的用户名和密码。

```
If 用户名 And 密码 Then
    进入系统主界面
Else
    输入错误，重新验证或退出
End If
```

12.4 数据库设计

根据学生信息管理的需求分析，在 Access 中设计如下数据库表：User_Info 用户信息表、Class_Info 班级信息表、Course_Info 课程基本信息表、Gradecourse_Info 年级课程设置表、Student_Info 学生基本信息表、Result_Info 学生成绩信息表。

限于篇幅，下面仅给出 User_Info 用户信息表、Student_Info 学生基本信息表和 Result_Info 学生成绩信息表，如表 12-1～表 12-3 所示。

表 12-1　User_Info 用户信息表

列　　名	数 据 类 型	可 否 为 空	说　　明
user_ID	INT(6)	NOT NULL	用户名（主键）
user_PWD	INT(10)	NOT NULL	用户密码
user_Des	VARCHAR(200)	NULL	用户描述

表 12-2　Student_Info 学生基本信息表

列　　名	数 据 类 型	可 否 为 空	说　　明
student_No	INT(8)	NOT NULL	学生学号（主键）
student_Name	CHAR(10)	NOT NULL	学生姓名
student_Sex	CHAR(2)	NULL	学生性别
born_Date	DATETIME(8)	NULL	出生日期
class_No	INT(8)	NOT NULL	班号（辅键）
tele_Number	CHAR(10)	NULL	联系电话
ru_Date	DATETIME(8)	NOT NULL	入校日期
address	VARCHAR(50)	NULL	家庭住址
comment	VARCHAR(200)	NULL	描述

表 12-3　Result_Info 成绩信息表

列　　名	数 据 类 型	可 否 为 空	说　　明
student_No	INT(8)	NOT NULL	学生学号（主键）
student_Name	CHAR(10)	NOT NULL	学生姓名
class_No	INT(8)	NOT NULL	班号（辅键）
course_Name	CHAR(10)	NULL	课程
result	DATETIME(8)	NULL	成绩
exam_No	INT(8)	Not NULL	考试编号

12.5 功能模块设计

学生信息管理系统包含 5 大功能模块，VB 6.0 中的实现如图 12-3 所示。

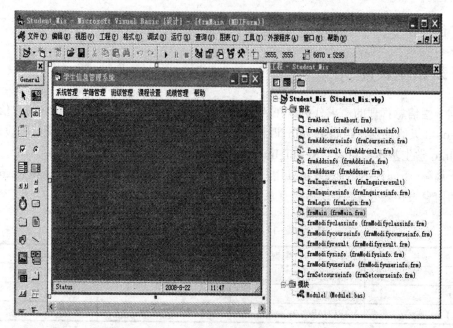

图 12-3 学生信息管理系统总体结构图

12.5.1 标准模块

标准模块（.bas）类似于一个联系库，它将应用程序中多个窗体文件（.frm）联系在一起，主要是存放多个窗体共享的代码（通用过程）。

学生信息管理系统用模块文件 Model1.bas 实现链接后台 Access 数据库和全局变量的初始设置的功能，可参照 11.4 节。

代码如下：

```
Public fMainForm As frmMain          '定义模块级变量
Public UserName As String


Sub Main()
    Dim fLogin As New frmLogin
    fLogin.Show vbModal
    If Not fLogin.OK Then             '登录失败退出程序
        End
    End If
    Unload fLogin
    Set fMainForm = New frmMain
    fMainForm.Show
```

```vb
End Sub

Public Function ConnectString()    As String              '返回数据库的连接符
    ConnectString = "FileDSN=123.dsn;UID=sa;PWD="
End Function

Public Function ExecuteSQL(ByVal sql    As String, MsgString As String) _
    As ADODB.Recordset                          '执行 SQL 语句，返回记录集
    Dim cnn As ADODB.Connection
    Dim rst As ADODB.Recordset
    Dim sTokens() As String

    On Error GoTo ExecuteSQL_Error                  '如果有错误，跳转到 ExecuteSQL_Error 处
    sTokens = Split(sql)
    Set cnn = New ADODB.Connection
    cnn.Open ConnectString
    If InStr("INSERT,DELETE,UPDATE",    UCase$(sTokens(0))) Then
        cnn.Execute sql
        MsgString = sTokens(0) &    " query successful"
    Else
        Set rst = New ADODB.Recordset
        rst.Open Trim$(sql), cnn, adOpenKeyset, adLockOptimistic
        '记录集移至最后，得到记录总数
        Set ExecuteSQL = rst
        MsgString = "查询到" & rst.RecordCount & " 条记录  "
    End If
ExecuteSQL_Exit:
    Set rst = Nothing
    Set cnn = Nothing
    Exit Function

ExecuteSQL_Error:
    MsgString = "查询错误: " &    Err.Description
    Resume ExecuteSQL_Exit
End Function

Public Function Testtxt(txt As String) As Boolean    '字符进行判断的函数
    If Trim(txt) = "" Then
        Testtxt = False
    Else
        Testtxt = True
    End If
End Function
```

下面针对系统管理模块和课程管理模块进行介绍。

12.5.2 系统管理模块

系统管理模块主要实现以下功能：添加用户、修改密码和退出系统。下面针对添加用户功能模块进行详细介绍。

首先，输入的用户名为空或者有重复就判断错误。若用户名输入正确，需要两次输入密码一致，则添加此用户为新记录，更新数据库，最后输出成功。若用户要修改密码，先输入旧密码，再进行新密码的输入，然后更新数据库，如图12-4所示。

代码如下所示：

图 12-4 "添加用户"功能窗体

```
Public intauth As Integer

Private Sub Form_Load()
    Combo1.AddItem "教务处"
    Combo1.AddItem "学生"
    Combo1.AddItem "老师"
    Combo1.Text = " "
End Sub

Private Sub cmdCancel_Click()
    Unload Me
End Sub

Private Sub cmdOK_Click()
    Dim txtSQL As String
    Dim mrc As ADODB.Recordset
    Dim MsgText As String

    If Trim(Text1(0).Text) = "" Then
        MsgBox "请输入用户名称！", vbOKOnly + vbExclamation, "警告"
        Exit Sub
        Text1(0).SetFocus
    Else
        txtSQL = "select * from user_Info "
        Set mrc = ExecuteSQL(txtSQL, MsgText)
        While (mrc.EOF = False)
            If Trim(mrc.Fields(0)) = Trim(Text1(0)) Then
                MsgBox "用户已经存在，请重新输入用户名！", vbOKOnly + vbExclamation, "警告"
                Text1(0).SetFocus
                Text1(0).Text = ""
                Text1(1).Text = ""
                Text1(2).Text = ""
                Exit Sub
            Else
```

```vb
                mrc.MoveNext
            End If
        Wend
    End If


    If Trim(Text1(1).Text) <> Trim(Text1(2).Text) Then
        MsgBox "两次输入密码不一样，请确认！", vbOKOnly + vbExclamation, "警告"
        Text1(1).SetFocus
        Text1(1).Text = ""
        Text1(2).Text = ""
        Exit Sub


    Else
        If Text1(1).Text = "" Then
            MsgBox "密码不能为空！", vbOKOnly + vbExclamation, "警告"
            Text1(1).SetFocus
            Text1(1).Text = ""
            Text1(2).Text = ""
    Else
        If Combo1.Text = " " Then
        MsgBox "请选择权限!", vbExclamation
        Combo1.SetFocus

        Exit Sub
        Select Case Combo1.Text

            Case "教务处"
            intauth = 3
            Case "老师"
            intauth = 2
            Case "学生"
            intauth = 1
    End Select
    Else
            mrc.AddNew
            mrc.Fields(0) = Trim(Text1(0).Text)
            mrc.Fields(1) = Trim(Text1(1).Text)
            mrc.Update
            mrc.Close
    End If

    End If
End If
    MsgBox "添加用户成功！", vbOKOnly + vbExclamation, "添加用户"
End Sub
```

12.5.3 课程管理模块

课程管理模块主要实现以下功能：添加课程信息、修改课程信息、查询课程信息和设置年级课程信息。

（1）添加课程功能模块

首先输入要添加的课程，系统判断学号是否重复，日期格式是否正确，如果信息不对就判断为错误，进行错误处理，返回错误信息；如果正确，就添加新记录，更新数据库，并输出添加成功信息。

（2）修改课程功能模块

根据用户输入的信息找到所需要修改的记录，进行修改后，判断新信息是否完整，学号是否重复，日期格式是否正确，若不正确就返回错误信息，若都正确就确认修改记录，更新数据库，输出修改成功信息，如图 12-5 所示。

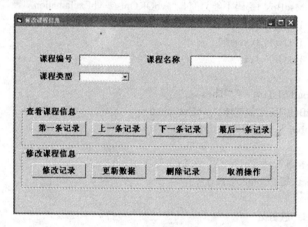

图 12-5　修改课程信息

（3）设置年级课程信息功能模块

此模块用于对大学四年的每个年级进行课程的分配，如图 12-6 所示。

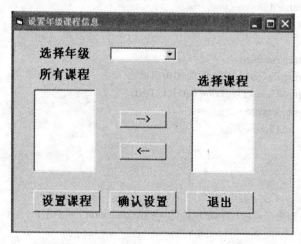

图 12-6　设置年级课程信息

下面就修改课程功能模块和设置年级课程信息功能模块的 VB 实现进行详细介绍。

修改课程信息功能模块，VB 代码如下：

```vb
Dim mrc As ADODB.Recordset
Dim myBookmark As Variant
Dim mcclean As Boolean

Private Sub cancelCommand_Click()
    If Not mcclean Then
        Frame2.Enabled = True
        firstCommand.Enabled = True
        previousCommand.Enabled = True
        nextCommand.Enabled = True
        lastCommand.Enabled = True

        txtCourseno.Enabled = False
        txtCoursename.Enabled = False
        comboCoursetype.Enabled = False
        txtCoursedes.Enabled = False

        mrc.Bookmark = myBookmark
        Call viewData
    Else
    MsgBox "什么都没有修改！", vbOKOnly + vbExclamation, "警告"
    End If
End Sub

Private Sub deleteCommand_Click()
    myBookmark = mrc.Bookmark
    str2$ = MsgBox("是否删除当前记录？", vbOKCancel, "删除当前记录")
    If str2$ = vbOK Then
        mrc.MoveNext
        If mrc.EOF Then
            mrc.MoveFirst
            myBookmark = mrc.Bookmark
            mrc.MoveLast
            mrc.Delete
            mrc.Bookmark = myBookmark
            Call viewData
        Else
            myBookmark = mrc.Bookmark
            mrc.MovePrevious
            mrc.Delete
            mrc.Bookmark = myBookmark
            Call viewData
        End If
```

```vb
                Else
                    mrc.Bookmark = myBookmark
                    Call viewData
                End If
        End Sub

        Private Sub editCommand_Click()
            mcclean = False
            Frame2.Enabled = False
            firstCommand.Enabled = False
            previousCommand.Enabled = False
            nextCommand.Enabled = False
            lastCommand.Enabled = False

            txtCourseno.Enabled = True
            txtCoursename.Enabled = True
            comboCoursetype.Enabled = True
            txtCoursedes.Enabled = True

            comboCoursetype.AddItem "必修"
            comboCoursetype.AddItem "考查"
            myBookmark = mrc.Bookmark
        End Sub

        Private Sub firstCommand_Click()
            mrc.MoveFirst
            Call viewData
        End Sub

        Private Sub Form_Load()
            Dim txtSQL As String
            Dim MsgText As String

            txtCourseno.Enabled = False
            txtCoursename.Enabled = False
            comboCoursetype.Enabled = False
            txtCoursedes.Enabled = False

            txtSQL = "select * from course_Info "
            Set mrc = ExecuteSQL(txtSQL, MsgText)
            mrc.MoveFirst
            Call viewData
            myBookmark = mrc.Bookmark
            mcclean = True
        End Sub
```

```vb
Public Sub viewData()
    txtCourseno.Text = mrc.Fields(0)
    txtCoursename.Text = mrc.Fields(1)
    comboCoursetype.Text = mrc.Fields(2)
    txtCoursedes.Text = mrc.Fields(3)

End Sub

Private Sub lastCommand_Click()
    mrc.MoveLast
    Call viewData
End Sub

Private Sub nextCommand_Click()
    mrc.MoveNext
    If mrc.EOF Then
        mrc.MoveFirst
    End If
    Call viewData
End Sub

Private Sub previousCommand_Click()
    mrc.MovePrevious
    If mrc.BOF Then
        mrc.MoveLast
    End If
    Call viewData
End Sub

Private Sub updateCommand_Click()
    Dim txtSQL As String
    Dim MsgText As String
    Dim mrcc As ADODB.Recordset

    If mcclean Then
        MsgBox "请先修改课程信息", vbOKOnly + vbExclamation, "警告"
        Exit Sub
    End If

    If Not Testtxt(txtCourseno.Text) Then          '调用 Testtxt()函数
        MsgBox "请输入课程编号！", vbOKOnly + vbExclamation, "警告"
        txtCourseno.SetFocus
        Exit Sub
    End If

    If Not IsNumeric(Trim(txtCourseno.Text)) Then
```

```
            MsgBox "课程编号请输入数字！", vbOKOnly + vbExclamation, "警告"
            txtCourseno.SetFocus
            Exit Sub
        End If

        If Not Testtxt(txtCoursename.Text) Then
            MsgBox "请输入课程名称！", vbOKOnly + vbExclamation, "警告"
            txtCoursename.SetFocus
            Exit Sub
        End If

        If Not Testtxt(comboCoursetype.Text) Then
            MsgBox "请选择课程类型！", vbOKOnly + vbExclamation, "警告"
            comboCoursetype.SetFocus
            Exit Sub
        End If

        If Not Testtxt(txtCoursedes.Text) Then
            MsgBox "请输入课程描述信息！", vbOKOnly + vbExclamation, "警告"
            txtCoursedes.SetFocus
            Exit Sub
        End If

        mrc.Delete
txtSQL = "select * from course_Info where course_No = '" & Trim(txtCourseno.Text) & "'"
        Set mrcc = ExecuteSQL(txtSQL, MsgText)
        If mrcc.EOF = False Then
            MsgBox "课程编号重复，请重新输入！", vbOKOnly + vbExclamation, "警告"
            mrcc.Close
            txtCourseno.SetFocus
        Else
            mrcc.Close
            mrc.AddNew
            mrc.Fields(0) = Trim(txtCourseno.Text)
            mrc.Fields(1) = Trim(txtCoursename.Text)
            mrc.Fields(2) = Trim(comboCoursetype.Text)
            mrc.Fields(3) = Trim(txtCoursedes.Text)
            mrc.Update
            MsgBox "修改课程信息成功！", vbOKOnly + vbExclamation, "警告"
            mrc.Bookmark = myBookmark
            Call viewData
            Frame2.Enabled = True
            firstCommand.Enabled = True
            previousCommand.Enabled = True
            nextCommand.Enabled = True
            lastCommand.Enabled = True
```

```
            txtCourseno.Enabled = False
            txtCoursename.Enabled = False
            comboCoursetype.Enabled = False
            txtCoursedes.Enabled = False

            mcclean = True
        End If
    End Sub
End Sub
```

设置年级课程信息功能模块，VB 代码如下：

```
    Option Explicit
    Dim flagSet As Boolean
    Dim flagGrade As Boolean

    Private Sub cmdAdd_Click()
        If listAllcourse.ListIndex <> -1 Then
            listSelectcourse.AddItem listAllcourse.List(listAllcourse.ListIndex)

        End If
    End Sub

    Private Sub cmdDelete_Click()
        If listSelectcourse.ListIndex <> -1 Then
            listSelectcourse.RemoveItem listSelectcourse.ListIndex
        End If
    End Sub

    Private Sub cmdExit_Click()
        Unload Me
    End Sub

    Private Sub cmdModify_Click()
        Dim i As Integer
        Dim mrc As ADODB.Recordset
        Dim mrcc As ADODB.Rccordset
        Dim txtSQL As String
        Dim MsgText As String
        Dim myBookmark As Variant

        If Not Testtxt(comboGrade.Text) Then
            MsgBox "请先选择年级！", vbOKOnly + vbExclamation, "提示"
            Exit Sub
        End If

        If Not Testtxt(listSelectcourse.List(0)) Then
```

```
            MsgBox "请选择课程！", vbOKOnly + vbExclamation, "提示"
            Exit Sub
        End If


txtSQL = "select * from gradecourse_Info where grade = '" & Trim(comboGrade.Text) & "'"
        Set mrc = ExecuteSQL(txtSQL, MsgText)
        If mrc.EOF Then
            For i = 1 To listSelectcourse.ListCount
                mrc.AddNew
                mrc.Fields(0) = comboGrade.Text
                mrc.Fields(1) = listSelectcourse.List(i - 1)
                mrc.Update
            Next i
            mrc.Close
            MsgBox "课程设置成功！", vbOKOnly + vbExclamation, "提示"

        Else
            mrc.Close
txtSQL = "delete    from gradecourse_Info where grade = '" & Trim(comboGrade.Text) & "'"
            Set mrcc = ExecuteSQL(txtSQL, MsgText)
            txtSQL = "select * from gradecourse_Info "
            Set mrcc = ExecuteSQL(txtSQL, MsgText)
            For i = 1 To listSelectcourse.ListCount
                mrcc.AddNew
                mrcc.Fields(0) = comboGrade.Text
                mrcc.Fields(1) = listSelectcourse.List(i - 1)
                mrcc.Update
            Next i
            mrcc.Close
            MsgBox "课程设置成功！", vbOKOnly + vbExclamation, "提示"
        End If
End Sub

Private Sub cmdSet_Click()
    Dim mrc As ADODB.Recordset
    Dim txtSQL As String
    Dim MsgText As String

    listAllcourse.Enabled = True
    listSelectcourse.Enabled = True
    cmdModify.Enabled = True

    txtSQL = "select * from course_Info "
    Set mrc = ExecuteSQL(txtSQL, MsgText)
    While (mrc.EOF = False)
        listAllcourse.AddItem mrc.Fields(1)
```

```
                mrc.MoveNext
            Wend
            mrc.Close
            flagSet = True
    End Sub

    Private Sub comboGrade_Click()
        Dim mrc As ADODB.Recordset
        Dim txtSQL As String
        Dim MsgText As String
        Dim i As Integer


        listSelectcourse.Clear
        txtSQL = "select * from gradecourse_Info where grade = '" & comboGrade.Text & "'"
        Set mrc = ExecuteSQL(txtSQL, MsgText)
        If Not mrc.EOF Then
            For i = 1 To mrc.RecordCount
                listSelectcourse.AddItem mrc.Fields(1)
                mrc.MoveNext
            Next i
        End If
        mrc.Close
    End Sub

    Private Sub Form_Load()
        flagSet = False
        flagGrade = False
        listAllcourse.Enabled = False
        listSelectcourse.Enabled = False
        cmdModify.Enabled = False
        comboGrade.AddItem "大学一年级"
        comboGrade.AddItem "大学二年级"
        comboGrade.AddItem "大学三年级"
        comboGrade.AddItem "大学四年级"
    End Sub

    Private Sub listAllcourse_Click()
        If listAllcourse.ListIndex <> -1 Then
            listSelectcourse.ListIndex = -1
        End If
    End Sub

    Private Sub listSelectcourse_Click()
        If listSelectcourse.ListIndex <> -1 Then
            listAllcourse.ListIndex = -1
```

```
        End If
      End Sub
```

12.6 软件测试

12.6.1 测试概述

为了测试本系统所实现的功能及操作，设计了一些测试用例。测试用例的设计选取一些具有典型特点的、具体的学生信息，进行详细全面的数据测试。例如，不同家庭住址、不同专业的学生；同一家庭住址、不同专业的学生；同一家庭住址、同一专业的学生等。在模拟测试阶段，可以输入一些有一定编排规律的简单的数字、符号，检查对应的输出结果是否正确。

下面就学生信息管理系统的某些模块给出测试的流程。

（1）"添加学籍信息"模块

在"学籍管理"栏中选择"添加学籍信息"，在"添加学籍信息"对话框中填写各项信息，如图12-7所示。

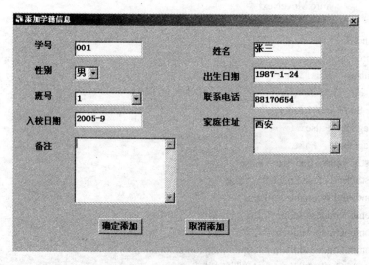

图 12-7 添加学籍信息

单击"确定添加"按钮，弹出如图12-8所示的提示对话框。

图 12-8 提示数据有错信息

修改"入校日期"为2005-9-1，则出现如图12-9所示的对话框。

图 12-9　提示数据成功信息

（2）"添加成绩信息"模块

在"成绩管理"栏中选择"添加成绩信息"，在"添加成绩信息"对话框中填写各项信息，如图 12-10 所示。

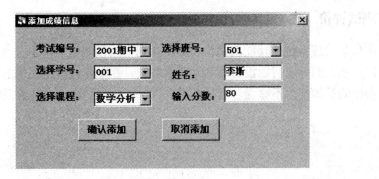

图 12-10　添加成绩信息

（3）用户权限

用户登录界面如图 12-11 所示，输入用户名称和用户密码，若密码正确则进入该系统，若密码不正确则应提示密码错误，如图 12-12 所示。

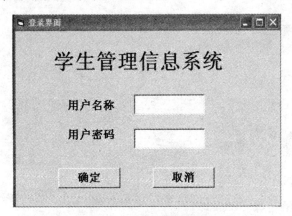

图 12-11　系统登录界面

图 12-12　输入密码错误的提示信息

如果连续 3 次输入密码都不正确，表明该用户没有使用权限，系统会弹出"警告"对话框，如图 12-13 所示。

图 12-13　连续 3 次输入密码错误后的提示信息

12.6.2　测试评价

对学生信息管理系统的功能测试均与测试计划中的预期结果基本一致。但由于开发小组的水平有限，系统的权限问题没有得到彻底的解决，在操作过程中系统的健壮性不够强，对一些非法操作的抵御能力不够强，运行会出现错误，还需要进一步完善系统。

第13章 实 验 指 导

13.1 实验一 Visual Basic 环境

1. 实验目的

1）掌握 Visual Basic 安装、启动和退出的方法。

2）熟悉 Visual Basic 的集成开发环境。

3）掌握 Visual Basic 程序设计的基本步骤。

2. 实验内容

1）启动 Visual Basic，然后创建一个"标准 EXE"工程。了解 Visual Basic 集成开发环境下各组成部分及其作用。

【要求】

● 在集成开发环境中分别寻找"窗体窗口"、"属性窗口"、"工程资源管理器"、"窗体布局窗口"、"工具箱窗口"，熟悉它们的默认位置。

● 在"视图"或"工程资源管理器"中切换显示"代码窗口"和"窗体窗口"。

● 在"视图"菜单中单击"立即窗口"，观察刚刚显示弹出的"立即窗口"。

● 尝试分别将各部分关闭，然后再用"视图"菜单中对应的菜单命令将其显示。

2）设计一个窗体，包含两个标签和两个文本框，若在"输入"框中输入任意文字，将在"显示"框中同时显示相同的文字，如图 13-1 所示。

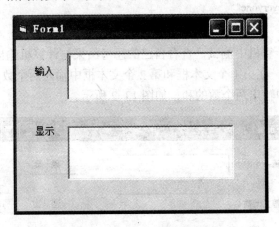

图 13-1 实验 1-2 程序运行界面

3）编写一个简单的应用程序。要求窗体的标题为"VB 实验"；窗体中有一个标题为"显示"的按钮；单击该按钮后在窗体上显示蓝色的"西安邮电学院"。

【步骤】

● 设计应用程序的界面。

- 设置对象的属性。
- 编写事件代码。
- 程序的运行及保存。

13.2 实验二 数据类型、运算符和表达式

1. 实验目的

1）掌握 Visual Basic 数据类型的基本概念。

2）掌握变量和常量的命名规则。

3）掌握正确书写 VB 运算符和表达式。

2. 实验内容

1）思考如下程序的输出结果。

```
Private Sub Form_Click()
    Dim str As String, i As Integer
    str = "hello"
    i = 100
    Print 2 & 3
    Print 2 + 3
    Print 2 + "3"
    Print str & " everyone"
    Print str + " everyone"
    Print str & i
    Print str + i
    Print i & " everyone"
    Print i + " everyone"
End Sub
```

先思考，然后在计算机中测试，查看自己的思考结果与计算机输出的结果是否相同。

2）编写一个程序，在第 1 个文本框和第 2 个文本框中输入两个数，并单击"确定"按钮后，在第 3 个文本框中输出两个数的和，如图 13-2 所示。

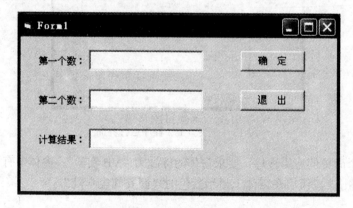

图 13-2 实验 2-2 程序运行界面

214

13.3 实验三 顺序结构程序设计

1. 实验目的

1）掌握赋值语句和常用函数的正确使用方法。

2）掌握输入、输出函数的基本使用方法。

2. 实验内容

1）假设有变量 a=2、b=3、c=4、d=5、e=6，编写程序，计算表达式 a+b>c and d*a=e 的值，将结果打印在窗体上。

【提示】

注意复合表达式的运算顺序。

2）编写程序，界面如图 13-3 所示。使得单击一次按钮可以产生一个[60,90]之间的随机数并显示在标签 1 上，再求出该数的正弦值，将结果写在标签 2 上。

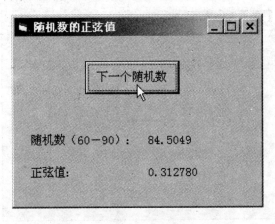

图 13-3 实验 3-2 程序运行界面

【提示】

● 使用 Rnd 函数产生随机数。注意，为了防止两次运行程序的随机数序列相同，调用 Rnd 之前先用 Randomize 语句进行初始化。

● 产生某闭区间内的随机数的公式为：(上限−下限+1)*rnd+下限。

● 求正弦值函数为：sin()。

3）在窗体上设计两个标签，两个文本框，三个按钮，为这些控件设置相应的属性，程序运行界面如图 13-4 所示，要求如下：

第一个文本框用来接收输入一个大写英文字母，单击按钮一，在第二个文本框中输出其相应的小写英文字母。

第二个文本框用来接收输入一个小写英文字母，单击按钮二，在第一个文本框中输出其相应的大写英文字母。

单击按钮三，清除文本框一和文本框二中的内容。

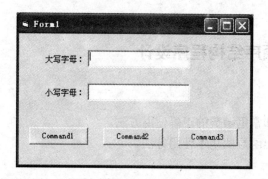

图 13-4　实验 3-3 程序运行界面

4）编写计算圆面积和球体积的程序，程序运行界面如图 13-5 所示。要求输出结果只保留四位小数。如果半径的输入不合法，例如含有非数值字符，应该用 MsgBox 报告输入错误，并在错误信息得到用户确认（单击 MsgBox 对话框上的"确定"按钮）之后，将输入焦点转移到输入半径的文本框中，且将当前的非法输入自动选定，反白显示。

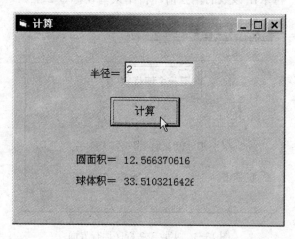

图 13-5　实验 3-4 程序运行界面

【提示】
- 判断输入值是否为数值类型可用函数 IsNumber()。
- VB 大部分数据类型之间在适当的时候会自动相互转换，此谓隐式转换。例如，文本框的 Text 属性为字符串类型，当用 Text 属性值直接参加算术运算时，Text 属性值先会自动转换为数值类型，然后再参加算术运算。但是当 Text 属性值含有非数字字符时，会产生"类型不匹配"的运行错误，因此有些情况下采用显示转换更为安全妥当。当字符串类型向数值类型转换时用函数 Val()；而当数值类型向字符串类型转换时，可以用 Str()函数或格式化函数 Format()。

13.4　实验四　选择结构程序设计

1. 实验目的
1）掌握逻辑表达式的正确书写方法。

2）掌握 if 语句的单分支、双分支结构的使用方法。

3）掌握 select 语句的多分支条件语句结构的使用方法。

4）掌握嵌套选择结构的使用方法。

2．实验内容

1）输入一个正整数，编写程序判断该数是奇数还是偶数，界面如图 13-6 所示。

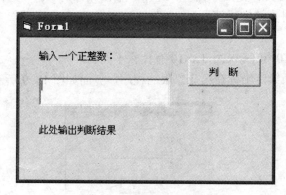

图 13-6　实验 4-1 程序运行界面

输入一个奇数后的输出结果界面如图 13-7 所示。

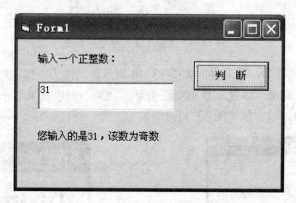

图 13-7　输入奇数后的运行界面

输入一个偶数后的输出结果界面如图 13-8 所示。

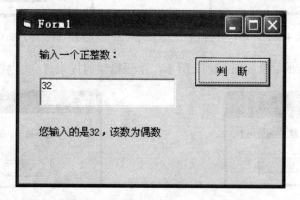

图 13-8　输入偶数后的运行界面

2）有数学分段函数：

$$y = \begin{cases} x & (x < 1) \\ 3x - 2 & (1 \leqslant x < 10) \\ 4x - 12 & (x \geqslant 10) \end{cases}$$

编写一个程序，实现如下功能：输入 x 值后，输出相应的 y 值。要求用"If…ElseIf…EndIf"和"Select Case"两种方法完成该题目。

【提示】

注意区分 1≤x<10 和 1<=x And x<10 有什么不同。

3）编写一个判断给定坐标在第几象限的程序，界面如图 13-9 所示。

图 13-9　实验 4-3 程序运行界面

4）设计一个登录界面，登录界面如图 13-10 所示，功能为：输入账号和密码；根据密码判断是否可以登录，如果可以登录显示欢迎信息，如果不可以登录显示错误提示信息。

用户名为空时的提示信息如图 13-11 所示。

图 13-10　实验 4-4 程序运行界面

图 13-11　用户为空的运行界面

成功登录后的提示信息如图 13-12 所示，密码错误的提示信息如图 13-13 所示。

图 13-12　成功登录的运行界面

图 13-13　密码错误的运行界面

13.5 实验五 循环结构程序设计

1. 实验目的

1）了解循环的基本概念，掌握分析实际问题中循环结构的方法。

2）掌握 For 循环。

3）掌握 Do ... While、Do Until ... Loop 等循环，注意区分循环的差异。

4）掌握如何利用循环条件来控制循环，防止死循环的出现。

5）掌握多重循环的设计方法，以及循环语句与分支语句的配合使用方法。

2. 实验内容

1）编写一个程序，当程序运行时，单击窗体后，用单循环在窗体上输出规则字符图形，如图 13-14 所示。

【提示】

使用 String()函数，String()函数可以重复显示某个字符串。例如，String(4,"*")可以生成 4 个连续的"*"，即"****"。

2）编写程序，在窗体上实现如图 13-15 所示的图形。

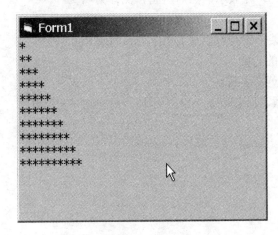

图 13-14 实验 5-1 程序运行界面　　　　图 13-15 实验 5-2 程序运行界面

【提示】

● 注意观察图形的规律：第 I 行在输出时是 m 个空格+n 个字符 x，其中 m、n、x 均和 I 有关系。

● 配合 Print 方法使用 Spc(n)函数，其作用是产生 n 个连续的空格。

● 使用 Str()函数和 Trim()函数。Str(f)函数是将数值 f 转换为相同形式的字符串；Trim(s)函数可将字符串 s 的最前和最后的空格（称为前导和后导空格，可为多个空格）剪切掉，字符串中的空格不受影响。当 I 为 7 时，Trim(Str(I))则是字符串"7"。

● 结合上述情况，当 I 为 1 时，String(2*I+1,Trim(Str(I)))则生成字符串"111"。

3）编写程序，求

$$\sum_{x=1}^{20} 2x^2 + 3x + 1$$

将结果打印在窗体上。

4）计算 $S = 1 + \dfrac{1}{2^2} + \dfrac{1}{3^2} + \dfrac{1}{4^2} + \cdots + \dfrac{1}{n^2}$ 的值，当第 i 项 $\dfrac{1}{i^2} \leqslant 10^{-5}$ 时结束。

5）打印 1～1000 中所有能被 3 和 7 同时整除的奇数。

6）打印 1～100 以内所有的素数。

7）循环密文。现有一个字符串，将该字符串内的每个英文字符都改为其后（前）的第 n 个字符，非英文字符的符号保持不变，修改之后的字符串即为密文，而修改之前的字符串称为明文。当修改后的字符超出了"a"～"z"或"A"～"Z"字符序列范围后，应将其循环回字符序列的最开始或最末尾。例如，n＝4 时，"a"译为"e"，"w"译为"a"，"May！"就被译为"Qec！"。反之，当知道 n（正为向后，负为向前）后，即可恢复密文为可读文本。

给定一个任意由纯英文字符（ASCII 字符）和标点符号组成的字符串，例如"I Love This Computer Game！"，将其转换为密文（n 自己给定）并显示，然后再将密文译为明文。

【提示】

- 加密需逐个字符进行。获取字符串中的某个字符可以从 Left()、Mid()或 Right()等函数里选取一个；Len()函数可以返回字符串的长度。
- 应该判断从字符串中获取的字符是否为英文字符。
- 获取某字符的 ASCII 码值使用 Asc()函数，而获取某 ASCII 码值所对应的字符应使用 Chr()函数。

13.6　实验六　数组及其应用

1. 实验目的

1）掌握数组的基本概念。

2）掌握数组的声明和数组元素的引用方法。

3）掌握静态数组和动态数组的区别，在使用时有何差别。

4）掌握如何利用数组解决与数组相关的常用算法。

5）掌握控件数组。

6）掌握自定义类型的使用。

2. 实验内容

1）用数组保存随机产生的 10 个介于 20～50 之间的整数，求其中的最大数、最小数和平均值，然后将 10 个随机数和其最大数、最小数及平均值显示在窗体上。

2）随机产生 10 个介于 0～100 之间的整数，分别用选择法和冒泡法对其进行排序。

3）有矩阵 *A*，用二维数组求其转置矩阵 *B*。要求将两矩阵按照矩阵样式显示。

$$A = \begin{bmatrix} 1 & 2 & 3 \\ 4 & 5 & 6 \end{bmatrix}, \quad B = \begin{bmatrix} 1 & 4 \\ 2 & 5 \\ 3 & 6 \end{bmatrix}$$

【提示】

所谓转置，即：b(i,j)=a(j,i)。

4）有 3×4 矩阵 *A*，求其中值最大和值最小的那两个元素的值，以及它们所在的行号和

列号。其中，$A = \begin{bmatrix} 1 & 4 & 7 & 2 \\ 9 & 7 & 6 & 8 \\ 0 & 5 & 3 & 7 \end{bmatrix}$。

5）输入一个正整数，将该正整数从数组中删除，
如果该正整数不在数组中则报错，否则删除该正整数，
例如：原数组为 1、2、3、4、5、6、7、8、9，如果
输入 0，因为该正整数不在数组中，则报错，如图 13-16
所示。

图 13-16 实验 6-5 程序运行界面

如果输入 5，则删除该数，数组变为：1、2、3、4、6、7、8、9。

6）在窗体上显示 4×4 矩阵 $\begin{bmatrix} 31 & 33 & 35 & 37 \\ 41 & 43 & 45 & 47 \\ 51 & 53 & 55 & 57 \\ 61 & 63 & 65 & 67 \end{bmatrix}$，将此 4×4 矩阵存储于一个一维数组中，

并将其改为一维数组输出。

7）列表框和组合框控件的使用。

编写程序。要求：程序运行初期，在窗体左边的列表框中生成 10 个由小到大排列的 10～
100 之间的随机整数，如图 13-17 所示。单击窗体中的"右移"按钮，则左边列表框的 10 个
数移动到右边的列表框中，并由大到小排列，此时"左移"按钮变为有效，如图 13-18 所示。
单击"左移"按钮，右边列表框中的数又被移到左边的列表框中。单击"退出"按钮或按〈ESC〉
键，可退出程序。

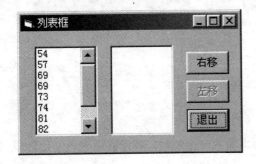

图 13-17 实验 6-7 程序运行界面 1

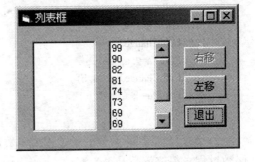

图 13-18 实验 6-7 程序运行界面 2

【提示】

● 将列表框的 Sorted 属性设置为 True，可使列表框中的项目从小到大排序。

- 使用"For 循环变量=初值 To 终值…Next 循环变量"可实现循环功能。
- 可使用语句 Randomize 和函数 Rnd()产生随机数。
- 移动列表框中的数,相当于将第一个列表框内容通过列表框的 AddItem 方法加入到第二个列表框中,然后通过列表框的 RemoveItem 方法将第一个列表框中的内容删除。

13.7 实验七 过程和函数

1. 实验目的

1)掌握过程、函数的概念和使用方法。

2)掌握形参和实参的概念,以及在调用过程时两者的对应关系。

3)掌握数值传递和地址传递,并注意区分这两种参数传递方式。

4)掌握变量、过程的作用域。

2. 实验内容

1)只有一个窗体的应用程序,如果在代码窗口中输入以下代码,则当程序运行时在窗体上单击会看到什么现象?要求先分析后实验。

```
Private Sub Change1(ByVal x As Integer, ByVal y As Integer)
    Dim temp As Integer
    temp = x: x = y: y = temp
End Sub
Private Sub Change2(ByRef x As Integer, ByRef y As Integer)
    Dim temp As Integer
    temp = x: x = y: y = temp
End Sub
Private Sub Form_Click()
    Dim a As Integer, b As Integer
    a = 8: b = 15
    Print "a="; a, "b="; b
    Call Change1(a, b)
    Print "a="; a, "b="; b
    Call Change2(a, b)
    Print "a="; a, "b="; b
    Call Change2(a + 3, b)
    Print "a="; a, "b="; b
End Sub
```

2)编写一个判断素数的子过程或函数过程。要求输入一个整数,就能够通过该子过程或函数过程求得该整数是否为素数。

3)编写一个在数组中查找最大值的过程。要求给定或由机器产生一系列随机数构成一个一维数组,然后调用该过程,就可以找到并显示数组中的最大值。

4)编写过程,求出 1000 以内的所有完数。

13.8 实验八 用户界面设计

1. 实验目的

1）掌握常用控件的重要属性、方法和事件，熟悉它们的使用。

2）掌握下拉菜单和弹出式菜单的设计和使用方法。

3）熟悉工具栏、状态栏的应用。

4）掌握各种标准对话框的使用。

2. 实验内容

1）如图 13-19 所示，用列表框、框架、单选按钮、复选框等控件实现对文本框中文字的字体、字号和粗斜体属性的设置。

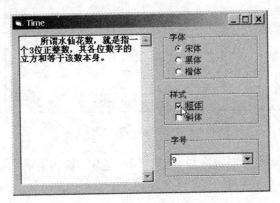

图 13-19　实验 8-1 程序运行界面

2）设计一个运行界面，如图 13-20 所示，当用户在"操作选项"框架中选定操作后，文本框发生相应的变化，同时在"操作说明"框架中的标签上显示有关的操作说明。

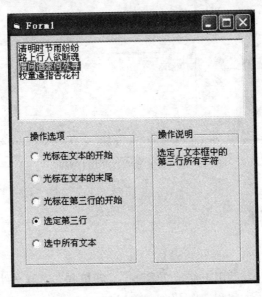

图 13-20　实验 8-2 程序运行界面

3）建立窗口菜单，实现一个简易文本编辑器，如图 13-21 所示。文本框中的文本属性在"设置"菜单中指定，当单击"退出"时，结束程序。在设计菜单时，试给"设置"、"字体"、"字号"子菜单分别加上热键"C"、"N"和"S"。"退出"菜单项加上热键"Q"。

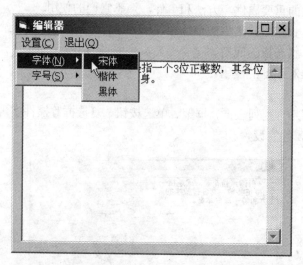

图 13-21 实验 8-3 程序运行界面

4）编写一个运行界面，如图 13-22 所示，用户能从"饭店菜单"中把选定的"菜"添加到下面的列表框中。

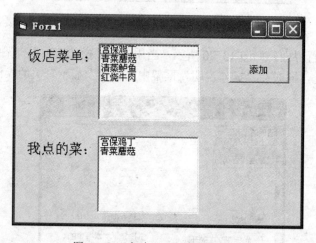

图 13-22 实验 8-4 程序运行界面

13.9 实验九 文件

1. 实验目的

1）掌握文件的概念及其使用方法，注意顺序、随机和二进制文件各自的特点和区别。

2）掌握文件的打开、关闭和读/写操作。

3）熟悉文件在应用程序中的作用和意义。

2．实验内容

1）设计一个运行界面，如图 13-23 所示，单击"Write"可以将 3 个文本框中的信息用"Write"语句写入"D:\studentA.txt"文件，单击"Print"可以将 3 个文本框中的信息用"Print"语句写入"D:\ studentB.txt"文件。

程序运行后，用"记事本"同时打开"D:\ studentA.txt"和"D:\ studentB.txt"，比较它们的结构有何不同？试说明"Write"和"Print"语句的相同和不同。

图 13-23　实验 9-1 程序运行界面

2）设计一个学生成绩管理应用程序，输入一个班 10 个学生的成绩，并将数据存放到磁盘文件中，记录号和总分自动显示，界面如图 13-24 所示。

图 13-24　实验 9-2 程序运行界面

13.10 实验十 图形操作

1. 实验目的

1）了解 Visual Basic 的图形功能。

2）掌握几个重要的图形方法。

3）掌握建立图形坐标系的方法。

4）掌握 Visual Basic 的图形控件。

5）熟悉简单动画设计的方法。

2. 实验内容

1）设计一程序，自定义一个坐标并显示该坐标系，界面如图 13-25 所示。

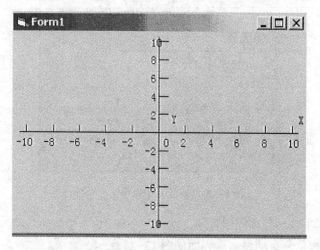

图 13-25　实验 10-1 程序运行界面

2）画出图形，如图 13-26 所示。

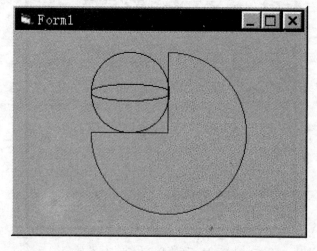

图 13-26　实验 10-2 程序运行界面

【提示】

按如下步骤进行绘画：

利用 Circle 方法在窗体上先画出一个左上部缺四分之一的圆，然后再用相对坐标在缺口内画第 2 个圆，最后用小于 1 的纵横比在第 2 个圆中画一个小椭圆。编写窗体的 Click 事件代码。

3）图片框控件和图像控件的使用。

在窗体上左右各放置一个大小相同的图片框和图像框，如图 13-27 所示。修改它们的边框式样（BordeStyle 属性），使它们的边框一栏通过 Picture 属性装入一个同样的位图文件（.bmp），观察两个控件的变化及其中图形的差异。若装入的是图元文件（.wmf），则图片框和图像控件中的图形又会怎样？

图 13-27　实验 10-3 程序运行界面

可以设置图片框的 AutoSize 属性为 True，观察两个图形的差异；也可以设置图像控件的 Stretch 属性为 True，再次通过 Picture 属性装入同样的位图文件（.bmp），观察两个图形的差异。

4）如图 13-28 所示，在窗体中建立一个坐标系。要求 X 轴向右为正，Y 轴向上为正，原点在窗体中央。当单击窗体时，用 Line()方法画出坐标轴和刻度线，再设置 CurrentX 和 CurrentY 属性，用 Print 方法在相应的位置标注 X 轴和 Y 轴的坐标刻度，最后在该坐标系下画出 y=cos(x)在[-2π,2 π]区间的曲线图。

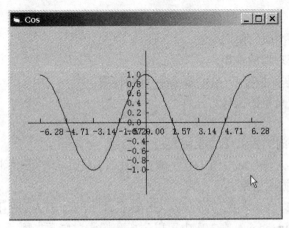

图 13-28　实验 10-4 程序运行界面

【提示】

● 可采用 Scale 方法定义坐标系。

● 使用循环画出刻度线和标注刻度值。例如，X 轴上的某刻度线（用 I 来代表）可用 Line()
从点(I,0)到(I,yk)画出，其中 yk 为常数，大小代表该刻度线的长度。

● 运行时如果窗体内容过于拥挤，可以先最大化窗体，然后再单击窗体。

5）用 Circle 方法绘制如图 13-29 所示的艺术图形。其中 X 轴 0 点在圆半径 r→0 处，各
圆的半径取 x/2。

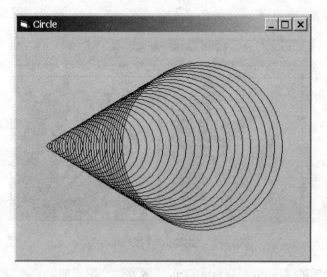

图 13-29　实验 10-5 程序运行界面

【提示】

用循环完成。循环中只需改变圆心坐标 x 和半径 r。圆心坐标 y 可取窗体高度的 1/2。

13.11　实验十一　数据库编程

1. 实验目的

1）掌握 VB 中数据库的使用方法。

2）掌握数据库管理器的使用。

3）掌握 Data 数据库控件和 ADO 数据控件的使用。

4）掌握数据库记录集的操作方法。

2. 实验内容

（1）了解 VB 访问的数据库的 3 种方式

1）Jet 数据库：数据库由 Jet 引擎直接生成和操作，不仅灵活而且速度快，Microsoft Access 和
VB 使用相同的 Jet 数据库引擎。

2）ISAM 数据库：索引顺序访问方法（ISAM）数据库。有几种不同的形式，如 dBase、
FoxPro、Text Files 和 Paradox。在 VB 中可以生成和操作这些数据库。

3）ODBC 数据库：开放数据库连接。这类数据库包括遵守 ODBC 标准的客户 / 服务器数据库，如 Microsoft SQL Server、Oracle 和 Sybase 等，VB 可以使用任何支持 ODBC 标准的数据库。

（2）数据管理器的使用

1）启动数据管理器。

启动数据管理器有两种方法。

● 在 VB 集成环境中启动数据管理器：选择"外接程序"→"可视化数据管理器"命令，即可打开可视化数据管理器的"VisData"窗口。

● 直接执行 VisData 程序：可不进入 VB 环境，直接运行 VB 安装目录下的 VisData.exe 程序文件来启动可视化数据管理器。

2）添加数据表。

建立数据表结构，数据表的建立步骤如下。

步骤 1：打开已经建立的 Access 数据库。

步骤 2：在"表名称"文本框中输入表名，如"职工工资"。

步骤 3：单击"添加字段"按钮打开"添加字段"对话框。

步骤 4：单击"表结构"对话框中的"添加索引"按钮，打开"添加索引"对话框。

步骤 5：在"表结构"对话框中，单击"生成表"按钮生成表，关闭"表结构"对话框。

至此，在 Access 的数据库窗口中可以看见生成的"职工工资"数据表结构。

3）数据控件的常用属性、方法和事件。

使用 ADO 数据控件建立的工资管理数据窗体。

设计步骤如下。

步骤 1：建立应用程序用户界面，如图 13-30 所示。

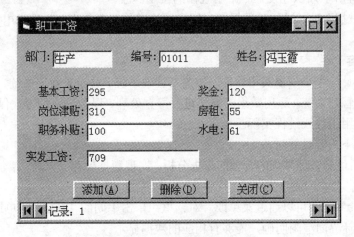

图 13-30 应用程序用户界面

步骤 2：设置对象属性。

步骤 3：编写代码。

编写命令按钮组 Command1 的 Click 事件代码：

```
Private Sub command1_Click(Index As Integer)    '采用控件数组
```

为文本框控件组 Text1 编写计算"实发工资"的过程代码：

    Private Sub text1_Validate(Index As Integer, Cancel As Boolean)

为显示当前记录位置，编写 adodc1 的 MoveComplete 事件代码：

    Private Sub adodc1_MoveComplete(ByVal adReason As ADODB.EventReasonEnum, ByVal pError As ADODB.Error, adStatus As ADODB.EventStatusEnum, ByVal pRecordset As ADODB.Recordset)

（3）创建数据报表

1）计数据环境。

2）添加 DataReport。

在属性窗口中设置 DataReport1 对象的属性：DataSource 属性改为 DataEnvironment1，DataMember 属性改为 Command1_分组。

3）设计报表中的界面。

4）编写代码。

编写 DataReport1 的 Initialize 事件代码：

    Private Sub DataReport_Initialize()

5）运行报表。

13.12　实验十二　小规模实用软件的设计

1．实验目的

1）运用课程所学知识，设计一个小规模的实用程序。

2）理解和掌握函数、过程和数据库在程序设计中的重要作用，熟悉常用算法，理解算法设计的作用。

2．实验内容

学生自行设计一个小规模实用软件，如图书管理系统、通讯录管理系统、学生成绩管理、日记管理等信息管理系统，运用数组的算法进行数据处理，以数据库的方式保存和打开数据，各种功能要求使用函数或过程实现。

要求实现以下内容及算法。

1）给出所需信息管理系统的合理的需求分析，实现数据保存、查询、增加、删除、修改、排序等功能。

2）自行设计界面，可以通过菜单或者对话框，单击不同的 Button 或单选按钮，进行选择操作，要求设计界面清晰明确，能够有相应的数据显示。

3）通过数组的遍历、排序、插入、逆序、查找、删除、求 max\min 值，对数据进行处理。

4）数据通过数据库保存。

参 考 文 献

[1] 龚沛曾，杨志强，陆慰民. Visual Basic 程序设计教程[M]. 北京：高等教育出版社，2007.

[2] 曾强聪. Visual Basic 6.0 程序设计教程[M]. 北京：中国水利水电出版社，2003.

[3] 黄淼云. VB 6.0 办公自动化编程：Visual Basic 6.0 中文企业版[M]. 北京：国防工业出版社，2006.

[4] 谭浩强，袁玫，薛淑斌. Visual Basic 程序设计学习辅导[M]. 北京：清华大学出版社，2003.

[5] 秦戈，冉小兵，刘勇. Visual Basic 6.0 编程指导与技巧指点[M]. 成都：电子科技大学出版社，2004.

[6] 郭江鸿. VB 程序设计实验和考试指导[M]. 哈尔滨：哈尔滨工程大学出版社，2003.